明人詩話要籍彙編

詩法卷 壹

陳廣宏 侯榮川 編校

復旦大學出版社

本册總目

傅若川◇編

傅與礪詩法

四卷

侯榮川◎點校

傅與礪詩法卷之一

元任丘宋應祥伯禎點校
弟傅若川編
明清江熊逵、錢塘方九叙重校

詩法源流

夫詩權輿於《擊壤》、《康衢》之謡，演迤於《卿雲》、《南風》、《載賡》之歌，制作於《國風》、《雅》、《頌》三百篇之體，此詩道之大原也。《周官》：《詩》有六義。《風》、《雅》、《頌》爲之經，賦、比、興爲之緯。《風》、《雅》、《頌》各有體，作詩者必先定是體於胸中，而後作焉。

《風》之體，如後世歌謡，采之民間而被之聲樂者也。其言主於盡事情，通諷諭。二《南》爲《風》之始，純乎美者也，故謂之正《風》。諸國之《風》兼美刺，故謂之變《風》。《豳風》則詩之正而事之變，故亦以屬之變《風》焉。

《雅》之體，如後世之五、七言古詩，作於公卿大夫，而用之朝會燕饗者也。其言主於述先德，通下情。事有大小，故有《大雅》焉、《小雅》焉。成、康以上之詩專於美，故謂之正《雅》；成、康以後之詩兼美刺，故謂之變《雅》。變《風》、變《雅》皆因正《風》、正《雅》而附見焉。

《頌》之體，如後世之古樂府，作於公卿大夫，而用之宗廟，告於神明者也。其言主於美盛德，告成功。《商頌》、《周頌》其正，而《魯頌》則不當作而作，比之《風》、《雅》，蓋亦變之類也。

姜堯章云：「守法度曰詩，放情曰歌，體如行書曰行，兼之曰歌行，述本末曰引，悲如蛩螿曰吟，通俚俗曰謡，委曲盡情曰曲。」觀於此言，可以得《風》、《雅》、《頌》各有體之言矣。然其言猶有未盡者。蓋詩有體、有義、有聲。以體爲主，以義爲用，以聲合體。如今人慢詞、要令之類，體制固殊，音律亦異，義之用則存乎人爾。自樂書不傳，得其體制，失其音律，是可惜也。若其義，則朱子之《傳》詳矣。《詩》亡而《離騷》作，亦《國風》之變也。朱子《集注》以屈原所作爲首，而附學《騷》者於後，是亦夫子删《詩》而附諸《國風》於二《南》之意。自漢以來，由《騷》之變而爲賦，故班固曰：「賦者，古詩之流也。」李陵、蘇武，始爲五言詩。當時去古未遠，故猶有《三百篇》之遺風。魏晉以來，則世降而詩隨之，故載於《文選》者，詞浮靡而氣卑弱。要以天下分裂，三光五嶽之氣不全，而聲詩遂不復振爾。劉禹錫有言：「八音與政交通，而文章與時高下。」豈不信歟？其間獨淵明詩澹泊淵永，夐出流俗，蓋其情性然也。後世稱陶、韋、柳爲一家，殆論其形，而未論其神者也。唐海宇一而文運興，於是李、杜出焉。太白曰「大雅久不作」，子美曰「恐與齊梁作後塵」，其感慨之意深矣。太白天才放逸，故其詩自爲一體；子美學優才贍，故其詩兼備衆體，而述綱常、繫風化爲多。《三百篇》以後之詩，子美其大成也。昌黎後出，厭晚唐流連光景之弊，其詩又自爲一體，老泉所謂「蒼然之色，淵然之光」是也。唐人以詩取士，故詩莫盛於唐。然詩原於德性，發於才情，不同有如其面，故法度可學，而神意不可學。是以太白自有太白之詩，子美自有子美之詩，昌黎自有昌黎之詩，其它如陳子昂、李長吉、白樂天、杜牧之、劉禹錫、王摩詰、司空曙、高、岑、賈、許、姚、鄭、張、孟之徒，亦皆各自爲體，不可强而同也。自五星聚奎而啓宋之文治，歐、蘇、王、黄出其文章之餘，猶足以名世，後山、簡齋、放翁、晦翁、誠齋，亦其傑然者也。然宋詩比唐，氣象夐别。今以唐詩雜而觀之，雖平生所未讀者，亦可辨其孰爲唐而宋也。大概唐人以詩爲詩，宋人以文爲詩。唐詩主於達情性，故於《三百篇》爲近；宋詩主於立議論，故於《三百篇》爲遠。達情性者，《國風》之餘；立議論者，《雅》、《頌》之變，固未易以優劣也。詩至宋南渡末，而弊又甚焉。高者刻削，矜持太過；卑者模倣，掇拾爲奇；深者鈎玄撮怪，至不可解；淺者杜撰張皇，有若俳劇。至此而作詩之意泯矣。然陷溺其中者，方以能詩自負，見其有深於理致如晦翁之作者，則指之曰：「此儒者詩也。」見其涉於俚俗如誠齋之作者，則指之曰：「此村學究之詩也。」吁！此豈特不知詩哉，尤不足以知晦翁、誠齋矣！蓋晦翁詩，如《烝民》、《懿戒》諸作，不害其爲二《雅》之正；誠齋詩，如《竹枝》、《欸乃》之作，不害其爲《國風》之餘也。猗歟！元朝有亘古所無之混一，故有亘古所無之氣運。一時文人，如劉静修、姚牧庵、盧疏齋、元復初、趙子昂諸先達，固已名世矣。大德中，有清江德機先生，獨能以清拔之材、卓異之識，始專師李、杜，以上遡《三百篇》。其在京師也，與伯生虞公、仲弘楊公、曼碩揭公諸先生，倡明雅道，以追古人，由是而詩學丕變，范先生之功爲多。曼碩常語人曰：「近年詩流，善評者無如劉會孟，能賦者僅見范德機。」熊雪嶠曰：「范詩如絶色婦人，浄洗脂粉，與人鬥妍，故無有及者。」周靖之曰：「范公踐履不愧古人，故其詞翰亦不愧古人。要皆自其胸次流出，不可强學而能也。」是可以觀公論矣。且范先生嘗曰：「詩貴乎實而已。實則隨事命意，遇景得情，如傳神寫照，自不致有重複套襲之患。」又曰：「詩能不失家數，不失法度，雖疏拙亦不害也。不然，則大好祇大謬爾。」

又曰：「作詩作文，係其人所養如何。古人不可及者，只是養得好。」又曰：「如近世詩有云：『王謝風流在何處，曾如劉阮醉陶陶。』此又江湖體之下者，不過戲臺上、鼓吹間語耳。」又曰：「吾平生作詩，藁成，讀之不似古人，即削去改作。今人詩險詐相尚，得意處自謂殆過古人。噫！使詩而可險詐求工，則古人先爲之矣。」

或又問作詩下手處，先生曰：「作詩成法，有起、承、轉、合四字。以绝句言之，第一句是起，第二句是承，第三句是轉，第四句是合。律詩，則第一聯是起〔二〕，第二聯是承〔三〕，第三聯是轉，第四聯是合。或一題而作兩詩，則兩詩通爲起、承、轉、合。如子美詩中《八月十五夜月》二首，『滿目飛明鏡』以下四句説客中對月，是起；『水路凝雪霜』以下四句形容月明，是承；『稍下巫山峽』以下四句言月出没晦明之地，就含結句之意，是轉；『刁斗皆催曉』以下四句，言兵亂對月之感，是合。如作三首以上，及作古詩、長律，亦以此法求之。《三百篇》，如《周南·關雎》，則以第一章爲起、承，第二章爲轉，第三章爲合。《葛覃》則第一章爲起，第二章爲承，第三章爲轉、合。《卷耳》則第一章爲起，第二章、三章爲承，四章爲轉、合。《樛木》、《螽斯》、《桃夭》、《兔罝》、《芣苢》、《漢廣》，則每章四句、八句，自爲起承轉合。《汝墳》則第一章爲起，第二章爲承，三章爲轉、合。《麟之趾》，則每章一句爲起，二句爲承，三句爲轉、合。其它詩，或短或長不齊者，亦以此法求之。古之作者，其用意雖未必盡爾，然文者理勢之自然，正不能不爾也。但後世風俗澆訛，情性乖戾，故心聲之發，自不能與古人合爾。大抵起處要平直，承處要春容，轉處要變化，合處要淵永。起處戒陡頓，承處戒促迫，轉處戒落魄，合處戒斷送。起處若必突兀，則承處必不

〔二〕「起」，原本作「承」，據文意改。
〔三〕「二」，原本作「三」，據文意改。

優柔，轉處必至窘束，合處必至匱竭矣。又以一詩全首論之，須要有賦、有比、有興，或興而兼比，尤妙。《三百篇》多以比、興重複置之章首，唐律多以比、興作景聯，古詩則比、興或在起處，或在轉處，或在合處。長篇長律，則轉處或有再轉、三轉方合者。若三、四十韻以上，則先須布置語意，不可錯陳。長篇則當先得起句，絶句則當先得後二句，律詩則當先得中四句。律詩固以對偶爲工，然得意處，則意對而語不對亦可。長篇古體，則參差中時出整齊語，尤見筆力，最戒似對不對。但涉江湖鬧熱語，便鄙俗；但用通用門字無法，即軟弱。軟弱猶易療，鄙俗最難醫。詩法雖不盡此，然大要亦不外此。至若升降開合、出没變化之妙，又在自得，非教者所能與也。法度既立，須熟讀《三百篇》，而變化以李、杜，然後旁及諸家，而詩學成矣。

或曰：「如子美『老夫清晨梳白頭，玄都道士來相訪』，此二句是起，語極平直，似鄙俗而實非鄙俗也；『握髮呼兒延入户，手提新畫青松障』，此二句是承，語便春容；『障子松林静窈冥』以下是轉，『已知仙客意相親，更覺良工心獨苦』，是再轉，語意極變化之妙；『松下丈人巾屨同』以下是合，乃借松障中實景與當時人事感慨結之，意兼比、興，可謂淵永之至矣。及太白『憶昔洛陽董糟丘，爲予天津橋南造酒樓』一詩，往昔看此等起處，皆怪其朴陋，今以起處要平直之説求之，方知平生論詩未及此也。」先生曰：「然二詩起得有法，故下面承、轉處自然春容變化。然詩法有正有變，如子美『一片花飛减却春，風飄萬點正愁人』，起處似甚突兀，然通篇意是惜春，起處正合如此，乃痛快語，而非陟頓語也。『且看欲盡花經眼，莫厭傷多酒入唇』，一句承上，一句起下，甚得春容之體。第三聯『江上小堂巢翡翠，苑邊高冢卧麒麟』，就景物中寓感慨意，政是轉處變化之法。結句『細推物理須行樂，何用浮名絆此身』，若非第七句沉著淵永，則第八句便有斷送之患矣〔一〕。又如《送王司直》詩云：『王郎酒酣拔劍斫地歌莫哀，我能拔爾抑塞磊落之奇才。』起處亦甚突兀，然意却平直。大概只是説王郎有雄豪之才爾，與今人尚險詐者不同。下面承兩句云：『豫章翻風白日動，鯨魚跋浪滄溟開。』此是申説『才』字意，便春容整齊。若不如此，即非典雅之作，亦接上兩句不住。『且脱劍佩休徘徊』以下三句是轉，力量已極匀稱。又就情景上轉云：『仲宣樓頭春已深，青眼高歌望吾子。』却以『眼中之人吾老矣』一句結之，七字而含無限之意，勢如截奔馬。此又詩法之變，而不離平正也。」

又若太白詩云：「君不見，黄河之水天上來。」又有云：「棄我去者昨日之日不可留，亂我心者今日之日多煩憂。」又曰：「攀天莫登龍，走山莫騎虎。」或以興爲起，或以比爲起，一皆不逾此法，未可以矢口成文視之也。

或曰：「子美《醉歌行贈公安顔少府請顧八題壁》云：『神仙中人不易得，顔氏之子才孤標。

〔一〕「患」，原本作「句」，據明刻本《詩法源流·詩法正論》改。

天馬長鳴待駕馭，秋鷹整翮當雲霄。君不見東吴顧文學，又不見西漢杜陵老。詩家筆勢君不嫌，詞翰升堂爲君掃。是日霜風凍七澤，烏蠻落照銜赤壁。酒酣耳熱忘頭白，感君意氣無所惜，一爲歌行歌主客。』此詩法度，與《贈王郎》詩無一不合。」先生曰：「然。不特此也，《離騷》、古賦，莫不皆然。屈、宋、班、馬，固用此法，唐宋諸賢亦未有能外是法者。如歐公《秋聲》、坡翁《赤壁》等賦〔一〕，已極變化，而起承轉合，截然不亂。又不特騷與賦也，凡爲文，莫不由斯道哉！」

又如范先生《和鄧善之》詩云：「曩承持節江之東，騎鯨再上蓬萊宫。蓬萊仙人歌白鶴，聲落五湖烟雨中。世間爵禄不易致，何獨去就如飄風。朝廷禮樂須制作，六經隱義資發蒙。論思廟堂集耆碩，啓口寧讓前諸公。閉門授書古都市，四輩冠蓋方隆隆。我生生長在窮谷，那有文字争人雄。謬蒙引論百僚上，負禄府署慚無功。一别十年還又五，昔者少壯今成翁。誰知復客七閩下，隔二千里來詩筒。羸軀頓醒瘴厲惡，賴以慰此心冲冲。越王城南狼自白，越王城西花正紅。」曰：「此以興爲合者也。」

又如虞公《三鳳行贈海東之還江南》詩云：「海東之兄弟，三人如鳳凰。胸臆羽翮皆文章，九年三入天門翔。伯冲天，季驚人，一日四海皆知名。東之之文五色雲，見者眩晃生眵昏。三

〔一〕「等」，原本作「茅」，據《詩法源流・詩法正論》改。

進三已之〔一〕，了若耳不聞。二人得之喜未足，云東之不慍乃可尊。東書江上還見親，君子之樂樂最真。君不見，匡廬之山，嶒崒而嵯峨，左界豫章，諸川匯爲蠡鄱。其陰浩浩，千源導岷經潛沱。山氣鬱蓄不得去，上衝爲紫蓋，真與天相摩。爲雲覆八極，爲雨漲九河。海東之子，能觀山以成德，其進蓋未可量也〔二〕，偶爾小詘奈爾何。」此以比、興爲轉者也。

又如楊仲弘《寄友人》詩云：「聞君遊宦處，正值洞庭湖。落日波濤壯，晴天島嶼孤。舟帆通漢沔，風物覽衡巫。天下文章弊，非公孰起予。」此以興爲承、賦爲轉者也。

又如揭先生《贈涂雲章》〔三〕：「垂雲厲驚風，萬里摩高圓。蟠泥鼓巨浪，豈顧九重淵。毛生入楚庭，脱穎俄頃間。粲粲涂公子〔四〕，長笑起丘樊。朝辭豫章臺，暮過匡廬山。大帆割鸚鵡，極目空波瀾。黄鵠錦袍仙，吹笙紫霞端。相顧一笑粲，青春滿南天。黄金築高臺，更覺郭隗賢。聯翩樂劇輩，相逐入幽燕。平明九門開，劍佩如雲烟。豈無一字薦，傾倒平生言。東風杏花開，待我薊門前。」此以比、興爲起者也。以上四先生當今詩人，故舉其四詩爲凡例。其他有通首皆

〔一〕「已」，原本作「色」，據《詩法源流·詩法正論》改。

〔二〕「也」，原本作「他」，據元至正十四年金伯祥刻《道園遺稿》卷二改。

〔三〕「涂」，原本作「徐」，據《四部叢刊》景舊鈔本《文安集》卷二改。詩中「涂公子」同。

〔四〕「粲粲」，原本作「粲」，據《詩話源流·詩法正論》補。

賦而無比、興者，在《風》、《雅》、《頌》各有其例，但更難作爾。

或又問曰：「周伯弜所編《唐三體詩法》，以虛、實二字爲例，若四實中《早春遊望》詩及《廢寶慶寺》詩，中四句皆景物，似與賦、比、興承轉之説不合，何邪？」先生曰：「『雲霞出海曙，梅柳渡江春』，於六義屬賦；『淑氣催黄鳥，晴光轉緑蘋』，於六義屬興；『池晴龜出曝，松暝鶴飛回』，兩句是景物，於六義屬興；『古砌碑横草，陰廊畫雜苔』，兩句是説人事，於六義屬賦。伯弜以『四實』概論之，其説疏矣。」

又曰：「若杜詩五、七言絶句有四句皆對者，又何如？」「絶句者，截句也。後兩句對者是截律詩前四句，前兩句對者是截律詩後四句，皆對者是截中四句，皆不對者是截前後四句。雖正變不齊，而首尾佈置，亦四句自爲起承轉合，未嘗不同條而共貫也。如杜詩『遲日江山麗』是《中庸》天地位之意，第二句是《中庸》萬物育之意，起承處可謂平直而春容矣。第三句是中言萬物育之意，然『泥融飛燕子』是言物之動者得其所也，『沙暖睡鴛鴦』是言物之静者亦得其所也。轉合處可謂變化而淵永，而升降開合之法見矣。作者用心之苦如此，而讀者容易看過，殊不覺也。」

或又問：「古詩徑叙情實，去《三百篇》爲近，律詩牽於對偶聲律，去《三百篇》爲遠，其亦有優劣乎？」先生曰：「此詩體正變也。自《選》體以上，皆純乎正。唐陳子昂、李太白、韋應物之詩，猶正者多而變者少；杜子美、韓退之以來，則正變相半。變體雖不如正體之自然，而音律乃人聲之所同，對偶亦文勢之必有。如子美近體，佳處前無古人，亦何惡於聲律哉！但人之才情，各有所近，隨意所欲，亦可成家，二者固兼行而不背也。」

或曰：「或謂：詩法少用助語字，多則爲儒者詩，而非詩人之詩也。此説如何？」先生曰：「《國風》曰：『我心匪席，不可卷也。』《小雅》曰[一]：『一者之來，俾我祇也。』與《賡歌》之『哉』字、《卿雲歌》之『兮』字相似。太白有云：『乃知兵者是凶器，聖人不得已而用之。』少陵有云：『杖兮杖兮，爾之生也甚正直。』昌黎有云：『忽忽兮不知予生之爲樂也。』理皆如此。大抵詩者，所以道情性，隨所欲言，無不可者。若以此爲拘忌，不其固哉？」或曰：「《詩大序》云：『是謂四始，詩之至也。』邵子曰：『删詩之後，世不復有詩矣。』朱子之《傳》亦曰：『後世雖有作者，孰能加於此乎？』嘗謂詩者，發於人之情性，千萬世猶一日也，豈删後所能限邪？」先生曰：「《史記》：『《關雎》之亂以爲《風》始，《鹿鳴》爲《小雅》始，《文王》爲《大雅》始，《清廟》爲《頌》始。』皆周公所定之樂歌也。夫當教化純被之餘，文明極盛之運，作者之情性既極其正矣，而又得周公爲之删潤焉，故皆盡善盡美而不可復加。邵子所謂删後者，蓋兼指周公所删潤之詩言之，非

[一]「小」，原本作「大」，據《詩經·小雅·何人斯》改。

專指夫子《三百篇》之删定也。朱夫子所謂『後世不能復加』者，蓋指《風》、《雅》之正與《周頌》言之，非謂變《風》、變《雅》與《魯頌》也。大朴既散，風氣日開，王化不明，人心不古，後世作者，其性情既非古人之正，又不得周公、孔子爲之删潤表章，則詩之不逮古人，尚何疑耶？郝伯常有言：『自李、杜、蘇、黄，已不能越蘇、李而追三代，矧其下者乎？於是近世又作爲辭勝之詩，莫不惜盧仝之怪，賞杜牧之警，趨元稹之艷。又下焉，固爲温庭筠、李義山、許渾、王建，謂之晚唐。轟轟隱隱，啅噪喧聒，八句一絶，競自爲奇。推一字之妙，損一聯之工，嘔嘔嚼嚼於齒牙間者，祇是天地風雷、日月星斗、龍虎鸞凰、金玉珠翠、鶯燕花竹、六合四海、牛鬼蛇神、劍戟綺繡、醉酒高歌、美人壯士等，磨☐錙銖〔二〕，偶韻較律，餖飣排比以爲工，驚嚇唱喊以爲豪，莫不病風喪心，不復知有李、杜矣，又焉知三代性情、《風》《雅》之作哉？草廬吴先生《感興》詩亦云：『周詩三百篇，《離騷》三十五。自從蘇李來，萬變不復古。』皆謂是也。」

或又問：「前輩謂人工於字、工於畫者，皆爲玩物喪志，與嵇康之鍛、阮孚之蠟屐，同爲費精神於無補。今之工詩，得無類此耶？」先生曰：「夫子删《詩》，列於六經，謂其『可以興，可以觀，可以群，可以怨。邇之事父，遠之事君，多識於鳥獸草木之名』。推之從政專對，而無不可

〔二〕「磨」下，原本僅可見「石」邊。《詩話源流・詩法正論》作「切」。

也，其所關亦大矣。若作者能以思無邪，而不墮於奇怪浮靡之失，則固聖人所不棄也。其或於正學正教漫不知講，而惟詩是務，則志荒之罪，亦不得辭，而(兵)〔其〕人其詩亦可知矣。如德機范先生《感秋》詩云：『蒼山秋意長，池館静而閟。雨止修竹間，流螢夜深至。羲黄世已遠，雅頌日凋弊。舉手遏頹波，誰識作者意。鳥啼魯東門，泗水不染袂。後出三千年，直可肩聖智。機關係風化，詞語特细事。月落閉虚簾，坐夢大古帝。揚眉順玉色，盡發養生秘。勿謂仙學難，此道立可致。』觀於此詩，意義深遠矣，學者可不知所感而審所趨哉？」

文法

傅與礪述

大凡作詩，須用《三百篇》與《離騷》。言不關於世教，義不出於比興，詩亦徒作。夫詩，發乎情，止乎禮義。《關雎》樂而不淫，哀而不傷，斯得性情之正。古人於此觀風焉。賦者，古詩之流也。前極宏侈之規，後歸簡約之制，故班固《兩都》一賦，冠絶千古。前極鋪張巨麗，後必稱帝王典謨訓誥之作終焉，所謂「衆言淆亂折諸聖」是也。厥後十數作者，倣而傚之，豈非詩人之賦必麗以則乎？古今文章，大家數甚不多見。六經不可尚矣。戰國之文，反復善辨。孟軻之條暢，莊周之奇偉，屈原之清深，爲大家數。而西漢之文章，渾厚典雅。賈誼之俊健，司馬遷之雄放，爲大家數。三國之文，孔明《出師》二表，建安諸子之數書而已。兩晉之文，陶淵明《歸去來辭》、李令伯《陳情表》、王逸少《蘭亭序》而已。唐之文，韓之雅健，柳之刻削，爲大家數。夫孰不知？然古文亦有數。漢文，相如、揚雄，名教罪人，其文古；唐文，韓、元次山近古，樊宗師作爲苦澀，非古。宋文章之大家數尤多，老歐之雄粹，老蘇之蒼勁，長蘇之神俊，而古作甚不多見。蓋清廟茅屋謂之古，朱門大厦謂之華屋則可，謂之古不可；太羹元酒謂之古，八珍謂之美味可，謂之古不可。知此者，可與言古文之妙矣。夫古文以辨而不華、質而不俚爲高，無俳句，無陳言，無贅辭。初學由韓、柳爲入門，稍(近)[進]，宜宗《史》、《漢》，又進而六經，極矣。記者[一]。語宜峻峭，以示不可復加之意。說則出自己意，橫說豎說，其文詳贍抑揚，無所不可，如韓文《師說》是

[一]「記者」以下，原本或缺頁，《詩法源流·詩法正論》多以下文字：

所以紀日月之遠近，工費之多寡，主佐之姓名。叙事如書史法，如《尚書·顧命》是也。叙事之後，略作議論以結之，然不可多，蓋記者，以備不忘也。夫序者，次序其語。前之說勿施於後，後之說勿施於前。其語次第不可顛倒，故次序其語曰序。《尚書序》、《毛詩序》，古今作序大格樣。《書序》首言畫卦書契之始，次言皇墳帝典三代之書，及夫子定書之由，又次言秦亡漢興求書之事。《詩序》首言六義之始，次言變《風》、變《雅》之作，又次言二《南》王化之自。碑文，惟韓公最高。每碑行文，言人人殊，面目首尾，各有所自，決不可再行蹈襲。神道碑揭於外，行文稍可加詳。埋文壙記，最宜嚴謹。銘字從金，喻如金玉，一字不可泛用。善爲銘者，宜如古詩雅頌之作。行實之作，當取其人平生忠孝大節，其餘小善寸長，書法宜略。爲人立言作傳之法亦然。跋，取古詩「狼跋其胡」之義，狼前行，則獵其胡。跋語不可多，多則冗，尾語宜峻峭。

已。真西山編類古文，自西漢而下，他并不録。迄于唐，惟存韓公、柳公數記而已。古文之難，不其然乎？

先兄與礪早年博學好吟詠，天曆己巳歲，適值同邑德機范先生詔許歸養親，而先兄遂獲與討論答問詩文之正宗，於是退而述范先生之意，撰其詩法之源流，文章之機杼，深切著明，以便後學，而意有在也。其違正趨譎末流之弊，可不考焉？若川藏其遺稿有年矣，不敢秘而弗傳，遂併輯前賢之軌范，一概鋟諸梓，願與吾斯文共之。必有卓異清拔之才，捐去怪誕卑陋之習，力追古作，倡爲治世之音，以鳴當今太平之盛，豈不韙歟？予兹耄矣，無能爲也，亦當拭目延佇以俟。

洪武戊辰冬，弟傅若川僅識。

傅與礪詩法卷之二

元任丘宋應祥伯禎點校
弟傅若川編
明清江熊逵、錢塘方九敘重校

詩法

黄子肅先生述

大凡作詩，先須立意。意者，一身之主也。如送人則言離别不忍相捨之意，寄贈則言相思不得見之意，題詠花木之類，則用《離騷》芳草之意。故詩如馬，意如善馭者，折旋操縱，先後疾徐，隨意所之，無所不可，此意之妙也；又如將之用兵，或攻或戰，或屯或守，或出奇以取勝，或不戰以收功，雖百萬之衆，多多益辦，而敵人莫能窺其神，此意之妙也。意在於假物取意，則謂之比；意在於托物興辭，則謂之興；意在於鋪張實事，則謂之賦。但貴圓活透徹，辭語相頡頏，常使意在言表，涵蓄有餘不盡，乃爲佳耳。是以妙悟者，意之所向，透徹玲瓏，如空中之音，雖有所聞，不可仿佛；如象外之色，雖有所見，不可描摸；如水中之味，雖有所知，不可求索。洞觀天地，眇視萬物，是爲高古；剖出肺腑，不（惜）〔借〕語言，是爲入神；超達空虚，了悟生死，是爲離衆；寄興悠揚，因彼見此，是爲造巧；隔關寫景，不露形迹，是爲不俗。故意在於閑適，則全篇以雅淡之言發之；意在於哀傷，則全篇以悽惋之情發之；意在於懷古，則全篇以感慨之言發之，此詩之悟意也。意既立，必須得句。句有法，當以妙悟爲上。第一等句，得於天然，不待雕琢，律吕自諧，神色兼備。奇绝者如孤崖斷峰，高古者如黄鍾大吕，飄逸者如清風白雲，森嚴者如旌旗甲兵，雄壯者如千軍萬馬，華麗者如奇花美女，是爲妙句。其次必須造語精工，或動静，或大小，或真假，或生死，或遠近，或今古，或虚實，或有無，變化仿佛，使一句之中，常具數節意，乃爲佳句。是以洞觀天地之句，似放誕而非放誕；了達生死之句，似虚無而非虚無；剖出肺腑之句，似粗俗而非粗俗。寄興悠揚之句，意之所至，信手拈來，頭頭是道，不待思索，得之於自然；隔關寫景之句，不落方體，不犯正位，不滞聲色，左右上下，無所不通，似著題而非著題，非悟者不能作也。句既得矣，於句中之渾然天成者爲佳。下字必須清，必須圓，必須活，必須響，與一篇之意、一句之意相通，各自卓立，而復相成，是爲本色。能了達生死之句，其字宜高古、宜真率；洞觀天地之句，其字宜開闊、宜雄渾；剖出肺腑之句，其字宜沈著、宜痛快；寄興悠揚之句，其字宜涵蓄不露、優游不迫；隔關寫景之句，其字宜精工、宜神奇、宜飛動、宜變化、宜峻峭、宜飄逸。每每有似真非真，似假非假，若有若無，若彼若此之意，爲得之。總而言之，詩之中必先得意，一句之中，必先得字。先得意，後得句，而字在乎其中，不待求索者，上也。若先得句，因句之所在而生意，或先或後，使意能成就其句之美者，次也。若先得字，因字而生句，因句而生意[一]，意復與句皆成其字之美者，又其次也。故意也，句也，字也，三者全備，爲妙悟。意與句皆悟，而字有虧欠，則爲小疵。若有意無句，則精神無光；有句無意，則徒事妝點。句、意俱不足，而惟於一字求工，何足取哉！然詩之所忌者，最忌用俗，最忌議論，議論則成文字而非詩，用俗則淺近而非古。句之所忌者，最忌虚中之虚，實中之實，須虚中有實，實中有虚。字之所忌者，最忌妝點，最忌襯貼，蓋非本句之所有，而强牽合以成之，是又不可不知。詩法中千言萬語，大意皆不出於熟矣。參之，杜陵復出，不易吾言矣。

詩法正宗

揭曼碩先生述

學問有淵源，文章有法度。文有文法，詩有詩法，字有字法。凡世間一能一藝，無不有法，

[一]「句」，原本作「字」，據《新編名賢詩法》卷下改。

得之則成，失之則否。信手拈來，出意妄作，本無根源，未經師匠，名曰杜撰。正如有修無證，縱是一聞千悟，盡屬天魔外道。世言三代無文人，六經無文法，不知文人莫盛於三代，文法盡出於六經。韓文公言：「其在唐虞，臯陶、禹其善鳴者也，而假之鳴。夏之時，五子以其歌鳴。伊尹鳴殷，周公鳴周。周之衰，孔子之徒鳴之，其聲大而遠。」非盛乎？文公又言：「作爲文章，其書滿家。上規姚、姒，渾渾無涯。《周誥》、《殷盤》，詰屈聱牙。《春秋》謹嚴，《左氏》浮誇。《易》奇而法，《詩》正而葩。」又云：「讀《書》者無如《詩》，讀《易》者無如《春秋》。」〔一〕文法不出於六經，將安出乎？或者又曰：「古詩作於田夫野老、幽閨婦女〔二〕，豈有法乎？」是不然。三百五篇出於先王之澤，沈浸醲郁，道化所及，南北同風，性情既正，《雅》、《頌》自作。及變《雅》、變《風》，猶且發乎情，止乎禮義，此人心之詩也。云何三百五篇刪後之詩不能仿佛一語〔三〕？蓋非王者之民，不能作也。豈特删後，春秋之時已不能作，孟子所謂「王者之迹熄而《詩》亡，《詩》亡然後《春秋》作」是也。詩之法度，豈無自來哉？諸君（六）〔方〕學詩，姑且言其概。詩易吟，亦未易吟。詩者，人之情性，途歌里詠，皆有可采。擊壤老人，遊衢童子，敕勒之鮮卑，擁棹之越

〔一〕按，此處所引兩句，見歐陽脩《答吴充秀才書》：「讀《書》者如無《詩》，讀《易》者如無《春秋》，何其用功少而至於至也。」

〔二〕「於」，原本缺，據《詩學指南》本《詩法正宗》補。

〔三〕「能」，原本作「然」，據《詩法正宗》改。

人，人人有之，如之何不易？惟古人（若）［苦］心終身，旬煅月煉，不曰「語不驚人死不休」，則曰「一生精力盡於詩」。今人未嘗學詩，往往便謂能詩，豈不學而能哉？以此求工，豈不甚難？甚者未踏李、杜脚板，便已平視鮑、謝；未辨芳洲、杜若，便謂奴僕《離騷》。雖曰一盲引衆，豈無明眼遥觀？祇見其率爾可哂也。若欲真學詩，須是力行五事。一曰詩本。吟詠本出情性，古人各有風致。學詩者，必先調燮性靈，砥礪風義，必優游敦厚，必風流醖藉，必人品清高，必神情簡逸，則出辭吐氣，自然與古人相似。文中子謂：「文人之行可見。謝靈運，小人哉，其文傲；沈休文，小人哉，其文冶；鮑照、江淹，古之狷者也，其文急以怨；吴筠、孔珪，古之狂者也，其文怪以怒；謝莊、王融，古之儉人也，其文碎；徐陵、庾信，古之夸人也，其文誕；劉孝綽兄弟，鄙人也，其文淫；湘東王兄弟，貪人也，其文繁；謝朓，淺人也，其文捷；江總，詭人也，其文虚。」此非但作文之病，亦作詩之害。若做得好人，必做得好詩也。二曰詩資。王荆公謂：「杜少陵『讀書破萬卷，下筆如有神』，是他自言入處。」韓文公亦稱：「盧殷於書無不讀〔二〕，然止用以資爲詩。」山谷謂：「不讀書萬卷，不行地千里，不可看杜詩。杜詩無一字無來處。」東坡謂：「孟浩然如内法酒手而乏材料。」蓋有才無學，如有良將而無精兵，有巧匠而無利器，雖材高如孟浩然，猶

〔二〕「盧殷」，原本作「盧設」，《詩法正宗》作「盧仝」，據宋刻本《詳注昌黎先生文集》卷二十五《登封縣尉盧殷墓誌銘》改。

不能免譏，況他人乎？今人空疏窘材料者，只是讀少、記少、講明少故也。如晉王恭少學，雖善談論，未免重出，以至對偶偏枯，意氣餒薄，皆無以爲之資耳。三曰詩體。《三百篇》末流爲楚辭，爲樂府，爲《古詩十九首》，爲蘇、李五言，爲建安、黄初，此詩之祖也。《文選》劉琨、阮籍、潘、陸、左、郭、鮑、謝諸詩，淵明全集，此詩之宗也。齊梁、《玉臺》，體質卑弱，然杜甫於陰、何、徐、庾，稱之不置，但不可學其委靡。唐陳子昂《感遇》諸篇，高古簡遠，出人意表；李太白《古風》，韋蘇州、王摩詰、柳子厚、儲光羲等古體，皆平淡蕭散，近體亦無拘攣之態、嘲哳之音，此詩之嫡派也。杜少陵古、律各集大成，漸趨浩蕩，正如顔魯公書一出，而書法盡廢，言其渾然天成，略無斧鑿，乃詩家運斤成風手也，是以獨步千古，莫能繼之。其他唐人宋賢奇作大集，固當遍參博採，難以遍學。韓詩太豪，難學；白樂天太易，不必學；晚唐體太短淺，不足學；東坡詩太波瀾，不可學。若宛陵之淡、山谷之奇、荆公之工、後山之苦，簡齋以李、杜之才，兼陶、柳之體，最爲後來一大宗本。若近世江湖等作，非特不足觀，須是將夙生所記一聯半句一洗而空，使吾胸中無非古人之語言意思，則下筆不期於高遠而自高遠矣。朱文公《答鞏仲至書》，於詩道源委正變最爲詳盡，玩味之餘，觸類而長，則詩體洞然矣。四曰詩味。唐司空圖教人學詩，須識味外味，坡公嘗舉以爲名言，如所舉「緑樹連村暗」、「棋聲花院閑」、「花影午時天」等句是也。人之飲食爲有滋味，若無味之物，誰復飲食之爲？古人盡精力於此，要見語少意多，句窮篇盡，目中恍然別有一境界意思，而其妙者意外生意，境外見境，風味之美，悠然辛甘酸鹹之表，使千載雋永，常在頰舌。今人作詩，收拾好語，襞積故實，秤停對偶，遷就聲韻，此於詩道有何干涉？大抵句縛於律而無奇，語周於意而無餘。語句之間，救過不暇，均爲無味。稿壤黄泉，蚓而後甘其味耳。若學陶、王、韋、柳等詩，則當於平淡中求真味，初看未見，愈久不忘。如陸鴻漸遍嘗天下泉味，如楊子中濡爲天下第一水，味則淡，非果淡，乃天下至味，又非飲食之味所可比也。但知飲食之味者已鮮，知泉味又極鮮矣。五曰詩妙。詩妙謂變化神奇，遊戲三昧。任淵謂：「看後山詩，如參曹洞禪，不犯正位，切忌死語〔二〕。」又詩之文，識者譬之散聖安禪，凡正言若反，寓事十九，言景見情，辭近旨遠，不迫切而意獨至者皆是也。莊語不可用，謂之不韻；經書語不可用，謂之抄書。至於説道理〔三〕，字字著相，句句要好，謂之「作詩必此詩」，皆病也。劉賓客謂：「詩者，人之神明。」謂當神而明之，大而化之。如林間月影，見影不見月；如水中鹽味，知味不知鹽。如畫不觀形似，而觀蕭散淡泊之意；如字不爲隸楷，而求風流蕭散之趣。超脱之禪，飄逸如仙，神變如龍虎，抵掌笑談如優孟，詼諧滑稽如東方朔，則極玄造妙矣。諸君儻能養性以立詩

〔二〕「忌」，原本作「近」，據《詩法正宗》改。

〔三〕「於」，原本作「誠」，據《詩法正宗》改。

本，讀書以厚詩資，識詩體於源委正變之餘，求詩味於鹽梅姜桂之表，運詩妙於神通遊戲之境，則亡人不難到，而詩道昌矣。愚見如此，幸相與勉之。

詩宗正法眼藏

學詩宜以唐人爲宗，而其法寓諸律。心神節制，字數經緯，小能使大，大能使小，遠可使近，近可使遠，下抗高抑，變化無窮，龍合成章，斤運成風，謂之微妙玄通，何可以匆匆求之乎？我法如是〔一〕，有謂不必然者，卿用卿法。然詩至唐方可學，欲學詩，且須宗唐諸名家，諸名家又當以杜爲正宗。蓋上一等是六朝，陶、謝爲高。陶意語自成，謝勢氣傳運，皆未易學。又上則建安、黄初諸人，其才掞出，一筆寫就，岳運培塿，海露岸角，高處極高，淺處極淺，亦時近古，古風未灕，宜爾也。然此兩等詩，其旨與《三百篇》義不同。時之盛者，《雅》、《頌》之旨未能渾以振，而失之晏安；時之衰者，民心之彝無復哀以思，而失之怨憤。近世有數家詩，開口便教人作《選》體。夫《文選》中諸詩，當時擬作者，各有所屬，今泛而曰《選》體，吾不識何謂也。且如看杜詩，自有正法眼藏，毋爲傍門邪論所惑。今於杜集中取其鋪叙正、波瀾闊、用意深、琢句雅、使事當、

〔一〕「我」，原本作「哉」，據《詩學指南》本《詩宗正法眼藏》改。

下字切五七言律十五首，學者不可草草看過。如此去看古人詩，胸中所閲義理既多，則知近世詩格中氣弱，莫能逃矣。

收東京三首

曲而直，婉而成章，言不迫切，意已獨至。

仙仗離丹極，妖星照玉除。此十字説一場世亂，天時人事之駭異，有過此者乎？字既停當，語尤涵粹，比「漁陽鼙鼓動地來」之句，霄壤懸隔。須爲下殿走，不可好樓居。語帶前詠。「下殿走」、「好樓居」，使事停當。「須爲」、「不可」，四字緊嚴，又包得興兵當割愛之意。暫屈汾陽駕，聊飛燕將書。汾陽，帝駕可久屈乎？故下一「暫」字。燕將之書，未能必於感動，聊復爾耳。此二字下得有味。依然七廟略，更與萬方初。祖宗之廟謨已壞，然不敢言，稱依然焉。其更也，人皆仰之，日月已食。「更與萬方初〔一〕」，當時宇宙再造之懷可知〔二〕。

其二

生意甘衰白，天涯正寂寥。衰白之時，生意自少，故下一「甘」字，他字便不可代。忽聞哀痛詔，又下聖明

〔一〕「萬」，原本作「方」，據文意改。
〔二〕「當」，原本缺，據《詩宗正法眼藏》補。

朝。聖明之朝，豈有哀痛之詔？縱使有之，一已甚，可又下乎？「忽聞」、「又下」四字，多少驚且疑意。蓋是玄宗播遷，已有詔罪己矣，肅宗即位，又一詔焉。羽翼懷商老，文風憶帝堯。此十字渾涵多少意思。「撫軍監國天子事，何乃促取大物爲」，山谷用十四字，太露，如何有此十字之高〔一〕？夫太子之側，□□□人故至此，此商老□□。叨逢罪己日，霑灑望青霄。是可□□□□堯神舜重，茫□□□古之不復見也。

其三

神馬收宮闕，春城鏟賊壕。第三篇方説戰功，只十字，見用力之不易如此。先宮闕後賊壕，有次序。賞應歌杕杜，歸及薦櫻桃。雜虜横戈數，以數軍實〔二〕。功臣甲第高。萬方頻送喜，無乃聖躬勞。今日收復一處，明日收復一處，奏凱之音日報。

喜達行在所

西憶岐陽路，無人遂却回。言昔道梗也。下五字好。眼穿當落日，愁望之極也。心死著寒灰。幾不可

〔一〕「此十字」，原本缺，據《詩宗正法眼藏》補。
〔二〕「以數軍實」，《詩宗正法眼藏》作「此數字實」。

生也。霧樹行相引，蓮峰望或開。言喜達意。所親驚老瘦，辛苦賊中來。

其二

愁思胡笳夕，凄涼漢苑春。雖達行在，而風景如此。生還今日事，間道暫時人。司隸章初睹，南陽氣已新。「初」字、「已」字不是容易下。喜心翻倒極，嗚咽淚沾巾。甚是可喜可悲〔二〕。

其三

死去憑誰報〔三〕，歸來始自憐。十字妙。至今使人憐其意也。猶瞻太白雪，時未和也。喜遇武功天。漸近日也。影静千官裏，心蘇七校前。昔也陪千官之榮，今也弔一影之静，蓋是朝無人焉。然猶幸熊羆之士爲國討賊，每至其前，心少蘇焉。今朝漢社稷，新數中興年。猶司隸南陽之意。

〔二〕「是」，原本缺，據《詩宗正法眼藏》補。
〔三〕此句以下至「向秀傷嵇」，原本缺，據《詩宗正法眼藏》補。

歸夢

徑路時通塞，江山日寂寥。偷生惟一老，伐叛已三朝。「已」字好。雨急青楓暮，雲深黑水遥。天地昏塞時也。夢魂歸未得，不用楚辭招。

過故斛斯校書莊

二首纏緜悽愴，句句字字可法。

此老已云没，鄰人嗟未休。或以爲杜老自稱。竟無宣室召，徒有茂陵求。傷其臨老方得一官，句字皆停當。文帝召賈誼於宣室，武帝求相如遺文。妻子寄他食，園林非昔遊。意涵粹，比「寡妻無子息，破屋帶林泉」者不同。空餘蕙帳在，淅淅野風秋。蕙帷猶在，而妻子寄食於他所，可哀也。

燕入非傍舍，傍無歸人，怕此空宅耳。鷗歸祗故池。景在人目。斷橋無復板，卧柳自生枝。十字好。遂有山陽作，「遂有」二字好。向秀傷嵇康過山陽，作《思（山）［舊］賦》。多慚鮑叔知。素交零落盡，白首泪雙垂。讀之可以敦伐今之意。

詠懷古迹　句字皆雅實，意度極高遠。

詠三峽五溪

支離東北風塵際，飄泊西南天地間。因支離於東北，遂飄泊於西南。三峽樓臺淹日月，五溪衣服共雲山。處墳之久，與俗俱化。羯胡事主終無賴，詞客哀時且未還。庾信平生最蕭瑟，暮年詩賦動江關。子美自謂漂泊日久而詩益進也。退之謂子厚窮不極必不能自力以致，必傳於後。然則名動江關，獨非蕭瑟之助與？

詠宋玉宅

摇落深知宋玉悲，風流儒雅亦吾師。悵望千秋一「一」字好。灑淚，蕭條異代不同時。江山故宅空文藻，雲雨荒臺豈夢思。最是楚宫俱泯滅，舟人指點至今疑。

詠昭君墓

群山萬壑赴荆門，生長明妃尚有村。一去紫臺連朔漠，獨留青冢向黄昏。畫圖省識春風面，環珮空歸夜月魂。猶言歸長安也，即絶世於冥漠，語意俱到也。千載琵琶解胡語，分明哀怨曲中論。

詠蜀主廟

蜀主窺吴幸三峽，因伐吴，出於峽下。「窺」、「幸」（三）〔二〕字好甚。崩年亦在永安宫。其年改夔爲永安，遂崩，故下「在」字。翠華想像空山裏，玉殿虚無野寺中。想其時盛而今蔑如此。古廟杉松巢水鶴，歲時伏臘走村翁。二句有朱木不伐，民猶思也。武侯祠屋長鄰近，一體君臣祭祀同。

詠孔明廟

諸葛大名垂宇宙，功臣遺像肅清高。三分割據紆籌策，「紆」字好，未能以直遂也。萬古雲霄一羽毛。飛騰濟時也。伯仲之間見伊吕，指揮若定失蕭曹。亦言有王佐才。「失」，如舒元與《牡丹賦》云「芍藥自失之矣」。福移漢祚終難復，「福移」，猶運去。志決身殲軍務勞。孔明之死，乃漢福已移，漢祚已去，大數不可支持耳。「志決身殲」，豈因軍務之勞？蓋不然。史臣之説也。

愁　句法極峻峭，山谷機軸多如此。

江草日日喚愁生，草之生喻愁之多。「喚」字好。巫峽泠泠非世情。巫峽阻險，水之泠泠，豈世之情哉〔一〕？盤渦鷺浴底心性，潔身於險阻，何自苦？獨樹花發自分明。章美於榮枯，欲何傷〔二〕？十年戎馬暗南國，「暗」字好。異域賓客老孤城。渭水秦川得見否？人今罷病虎縱橫。此外句法如「野日荒荒白，春流泯泯青」、「江市戎戎暗，山云淰淰寒」，觀其叠字之妙，豈是容易？「水流心不競，雲在意俱遲」，上生下尤奇特。「力稀經樹歇，老困撥書眠」〔三〕，當比「數息樹邊身」者大有逕庭。半山「細書妨老讀，長簟愜昏眠」〔四〕，是此下句衍文。如此去究思，方知古作辭約而意義豐矣。「蘆花留客晚，楓葉坐猿深」〔五〕，晚唐諸子極力步驟方到。「病中吾見弟〔六〕，書到汝爲人」，幾多意思。「親朋無一字」者，病有孤舟，哀而不傷。「接宴身兼杖，聽歌淚滿衣」，喟然其哀。「樓光去日遠，峽影入江深」、「鼓角悲荒塞，星河落曉□」〔七〕，狀景涵情，可泣鬼神者也。試舉數聯後學者庶因此悟入。古人云：「詩無庸自作，作必古。」

〔一〕「水之泠泠」以下至此，原本缺，據《詩法源流》補。
〔二〕「何傷」，原本缺，據《詩法源流》補。
〔三〕「稀」、「撥」、「眠」，原本缺，據宋寶慶元年刻本《九家集注杜詩》卷三十《九月一日過孟十二倉曹十四主簿》補。
〔四〕「眠」，原本缺，據元大德刻本《王荆公詩注》卷四十《臺上示吴愿》補。
〔五〕「晚」、「猿」，原本缺，據《九家集注杜詩》卷三十《峽口》二首其二補。
〔六〕原本「弟」後衍二「之」字，據《九家集注杜詩》卷二十八《喜觀即到復題短篇》二首其一刪。
〔七〕「曉□」，《九家集注杜詩》卷二十七《將曉》作「曙山」。

所以記日月之遠近，工費之多少，主佐之姓名，叙事如書史，法如《尚書·顧命》是已。叙事之後，略作議論以結之，然不可多，蓋記者以備不忘也。《尚書序》、《毛詩序》，乃古今作序大格樣。《書序》首言畫卦，作書契之始，次言皇《墳》帝《典》三代之書及夫子定《書》之由，又次以秦亡漢興求《書》之事。《詩序》首言六義之始，次言變《風》、變《雅》之作，又次言二《南》王化之自。夫序者，次序之語，前之説勿施於後，後之説勿施於前，其語次第不可顛倒，故次序其語曰序。碑銘唯韓文公最高逸，碑行文如人之殊頭面首尾，决不可再行蹈襲。神道碑刻於外，行文稍可加詳。埋銘壙記最宜謹嚴。「銘」字從金，喻如金石，一字不可泛用。善爲銘者，宜如古詩雅頌之作。行實之撰，當取其人平生忠孝大節，其餘小善寸長，書法宜從略。爲人立言作傳之法亦然。跋取古詩「狼跋其胡」立義，狼前行則跋其胡，跋語不可多，多則冗尾。

傅與礪詩法卷之三

元任丘宋應祥伯禎點校
弟傅若川編
明清江熊逵、錢塘方九叙重校

詩法家數

楊仲弘先生述

夫詩之爲法也，有其説焉。賦、比、興者，詩之製作之法也。然有賦起，有比起，有興起。有主意在上一句，下則貼承一句，而後方發出其意者；有直起一句，而主意在下一句，而就即發其意者；有隻起兩句，而作兩股以發其意者；有一意作出者；有前六句俱若散緩，而收拾在後兩句者。詩之爲體有六：曰雄渾，曰壯悲，曰平淡，曰蒼古，曰沈著，曰痛快，曰優游不迫。詩之俗忌有四：曰俗意，曰俗字，曰俗語，曰俗韻。詩之戒有十：曰不可硬礙人口，曰爛熟不新人目，曰差錯不貫串，曰直置不宛轉，曰妄誕事不實，曰綺美不典重，曰蹈襲不識使，曰穢濁不清新，曰拗合不純粹，曰俳諧而劣弱。詩之爲難有十：曰造理〔二〕，曰精神，曰高古，曰風流，曰典麗，曰質幹，曰體裁，曰勁健，曰耿介，曰淒切。大抵詩之作法有八：曰起句要高速，曰結句要不著迹，曰承句要穩健，曰下字要有金石聲，曰上下相生，曰首尾相應，曰轉摺要不著力，曰占地步。蓋首兩句先須闊占地步，然後六句若有本之泉，源源而來矣。地步一狹，譬猶無根之潦，可立而竭也。今之學者，倘有志乎詩，且須先將漢魏、盛唐諸詩，日夕沉潛諷詠，熟其詞，究其旨，則又訪諸善詩之士，以講明之。若今人之治經，日就月將，而自然有得，則取之左右逢其源。苟爲不然，吾見其能詩者鮮矣。是猶孩提之童，未能行者而欲行，鮮不仆也。予於詩之一事，用工凡二十餘年，乃能會諸法而得其一二，然於盛唐大家數，抑亦未敢望其有所似焉。

詩學正源　風　雅　頌　賦　比　興

《詩》之六義，而實則三體。《風》、《雅》、《頌》者，《詩》之體；賦、比、興者，《詩》之法。故賦、比、興，又所以製作乎《風》、《雅》、《頌》者也。凡《詩》中有賦起，有比起，有興起。然《風》之中有賦、比、興，《雅》、《頌》之中亦有賦、比、興，此詩學之正源、法度之準則。凡有所作，而能

〔二〕按，「造理」以下至「詩之體賦比興」原本缺，據《格致叢書》本《詩法家數》補。

備盡其義，則古人不難到矣。若直賦其事，而無優游不迫之趣、沈著痛快之功，首尾率直而已，夫何取焉？

作詩準繩　八法

立意　要高古渾厚，有氣概。要沈著，忌卑弱淺陋。

鍊句　要雄偉清健，有金石聲。

琢對　要寧粗毋弱，寧拙毋巧，寧樸毋華。忌俗對。

寫景　要景中含意，事中瞰景。要细密清淡，忌庸腐雕巧。

寫意　要意中帶景，議論發明。

書事　大而國事，小而家事、身事、心事。

用事　陳古諷今，因彼證此，不可著迹，只使影子可也。雖死事，亦當活用。

押韻　押韻穩健，則一句有精神，如柱磉欲其堅守也。

下字　或在腰，或在膝，在足，最要精思，宜的當。

律詩要法　起句 承轉合

破題　或對景興起，或比起，或引事起，或就題起。突兀高遠，如狂風捲浪，勢欲滔天。

頷聯　或寫意，或寫景，或書事，用事引證。此聯要接破題，要如驪龍之珠，抱而不脱。

頸聯　或寫意、寫景，書事、用事引證。與前聯之意相應相避，要變化，如疾雷破山，觀者驚愕。

結句　或就題結，或推開一步，或繳前聯之意，或用事，或放一句作散場，要如剡溪之棹，自去自回，言有盡而意無窮。

七言　聲響　雄渾　鏗鏘　偉健　高遠

五言　沉静　深遠　細嫩

五言、七言，句語雖殊，法律則一。句起尤難。起句先須闊占地步，要高遠，不可苟且。中間兩聯，句法或四字截，或兩字截，須要血脉貫通，音韻相應，對偶相停，上下匀稱。有兩句共一意者，有各意者。若上聯已共意，則下聯須各意；前聯既詠狀，後聯須説人事。兩聯最忌同律。頸聯轉意要變化，須多下實字。字實則自然響亮，而句法健。其尾聯要能開一步，别運生意結之。然亦有合起意者，亦妙。

詩句中有字眼。兩眼者妙，三眼者非。且二聯用連綿字，不可一般。中腰虚活字，亦須迴避。五言字眼多或第三，或第二字或第四字，或第五字〔二〕。

字眼在第三字

「鼓角悲荒塞，星河落曉山。」「江蓮摇白羽，天棘蔓青絲。」「竹光團野色，舍影漾江流。」

字眼在第二字

「屏開金孔雀，褥隱繡芙蓉。」「碧知湖外草，紅見海東雲。」「坐對賢人酒，門聽長者車。」

字眼在第五字

「兩行秦樹直，萬點蜀山青。」「香霧雲鬟濕，清輝玉臂寒。」「市橋官柳细，江路野梅香。」

字眼在第二、五字

「地（拆）〔坼〕江河隱〔三〕，天清木葉聞。」「野潤烟光薄，沙喧日色遲。」「楚設關河險，吴吞水府寬。」

杜詩法多在首聯兩句，上句爲頷聯之主，下句爲頸聯之主。七言律難於五言律，七言下字較粗實，五言下字較細嫩。七言若可截作五字，便不成詩，須字字不可去方是。所以句要藏字，字要藏意，如聯珠不斷爲妙。

〔二〕「五言字眼」以下，《格致叢書》本《詩法家數》作：「五言字眼多在第三，或第二字，或第五字，或在第二及第五字。」

〔三〕此句《九家集注杜詩》卷三十二《曉望》作「地坼江帆隱」。

古詩要法

凡作古詩，體格句法俱要蒼古。且先立大意，鋪叙既定，然後下筆，則文墨貫通〔一〕，意無斷續，整然可觀。

五言古詩之法

或興起，或比起，或賦起。須要寓意深遠，托辭温厚，反復優游，雍容不迫。或感古懷今，或懷人傷己，或瀟灑閒適。寫景要雅淡，推人心之至情，寫感慨之微意。悲喜含蓄而不傷，美刺宛曲而不露，要有《三百篇》之遺意。觀漢魏諸古詩，藹然有感動人處，如《古詩十九首》，皆當熟讀，久之自見其趣。

七言古詩之法

要鋪叙得好，要有開合，要風度，要迢遞，要險怪雄偉，要鏗鏘。波瀾開合，如江海之波，一

〔一〕「墨」，《格致叢書》本《詩法家數》作「脉」。

波既作，一波復隨；又如兵陣，方以爲正，又復爲奇，方以爲奇，忽復是正。出入變化，不可紀極，備是法者，惟李、杜也。

絶句之法

要宛曲回環，句絶而意不絶，蹙繁就簡。多以第三句開之，第四句發之。有實接，有虛接。承接之間，開與合相關，反與正相依，順與逆相應，一呼一吸，宫商自諧。大抵起承一句固難，然不過平直叙起爲佳，從容承之爲是。至如宛轉變化，工夫全在第三句，若於此轉變得好，則第四句如順流之舟矣。

榮遇之詩

此詩格體當尊嚴典雅，温厚富貴。寫意宜閑暇，美麗清細。杜公、王維、賈至諸公《早朝大明宫》詩，氣格雄深，句意嚴整，如宫商迭奏，音韻鏗鏘，真鳳鳴朝陽也。學者熟之，可以一洗寒陋。其後諸公應詔之作，亦多用此體，然多志驕氣盈，處富貴而不失其正者幾希。此又不可不知。

諷諫之詩

此詩要感事陳詞，忠厚懇惻，諷諭甚切而不失情性之正，觸物感傷而無怨懟之辭，雖美實刺，此方爲有益之語也。古人凡欲諷諫，多借此以喻彼。臣不得於君，多借妻以思其夫，或托物以陳諫諭，以通其意。但觀漢魏古詩及前輩之作可見。

登臨留題之詩

此詩不過感今懷昔，寫景嘆時，思國懷鄉，瀟灑遊適，或寓歸美譏刺之意，中間宜寫四面所見山川之景，庶幾移不動。首聯指所題之處，或隨意叙説起。二聯合詠實景，三聯説人事，或感嘆古今，或議論。或前聯先説人事感嘆，則此聯寫景。其結句可就題生意，發感慨，繳前二句，或説何時再來。

征行之詩

此詩要發出悽愴之意，哀而不傷，怨而不亂。要發興以感其事，而不失情性之正。或悲時感事，觸物寓情。若於傷亡悼屈，吾無取焉。

贈行之詩

此詩當寫不忍之情，方見襟懷之厚。然亦有數等。如贈征戍，則寫死别而勉之用力效忠；送别遠游，則寫不忍别而勉之及時早回；送人仕宦，則寫喜别而勉之憂國恤民，或言己之窮困而望其薦引，如「惟待吹嘘送上天」之句是也。其餘當量親疏之分而寫厚薄之情，隨(顯)[題]命意可也。凡送别，多托酒以寫一時之景以興懷，寓相勉之辭以致意。首聯叙意起，二聯合説人事，或叙别，或議論，或寫景。三聯合説景，帶思慕之情，或言所去地里山川景物人事之盛，或用事點意。末聯或説何時再會，或祝付，或期望。大抵結句要有規警，意味淵永爲佳。

詠物之詩

此詩可托物而伸意，要一聯詠狀寫生，忌極雕巧。首聯合直説題目，明白物之出處。二聯合詠物之體。第三聯合説物之用，或議論，或用事體貼，或説人事。結句就題外生意，或就本意結之。

讚美之詩

此詩多以慶喜、頌禱、期望爲意，大體貴乎典雅渾厚。用事宜的當親切。首聯要平直，或隨事命意叙起。第二聯意相承，或用事，必須實説本題之事。三聯轉説，要變化，或前聯不曾用事，此正宜用引證，蓋有事料則詩不空疏。結句則多期望之意。大抵頌德貴乎實，若褒之太過，則近乎諛，讚美不及，則不及人情，而有淺陋之失。蓋儗人必於其倫，而過猶不及也。

賡和之詩

此詩當觀元詩之意如何，以其意和之〔二〕，則更新奇。要造一兩句雄健壯麗之語，方能壓倒元、白。若又隨元詩脚下走，則無光彩，不足觀。其結句當歸著其人方得體，亦有就中聯歸著者，亦可。

哭輓之詩

此詩要情真事實，若於其人情義深厚，則哭之，無甚情分則輓之。當隨人行狀實事作，要切題，使人開口讀之，便見是哭輓其人方好，要移不動爲是。又不可習爲諛詞，中間要隱然有傷感之意。

〔二〕「以」，原本缺，據《格致叢書》本《詩法家數》補。

凡作，氣象欲其渾厚，體面欲其弘闊，血脉欲其貫通，風度欲其飄逸，音律欲其鏗鏘。若雕刻傷氣，敷演露骨，此涵養之未至，當益心學。

詩要鋪叙正，波瀾闊，用意深，琢句雅，使事當，下字切。觀詩之法，亦當如此求之。

長篇妙在鋪叙，時將一聯挑轉，又平平説將去，如此轉換數匝，却以數語收拾，則妙矣。

詩語貴含蓄。言有遇，言無窮者，天下之至言也。如清廟之瑟，一倡三嘆，而有餘音遠矣。大概要沉著痛快，優游不迫。

詩有四種高妙：一曰理高妙，二曰意高妙，三曰思怨高妙，四曰自然高妙。

句中要有字眼，或腰，或膝，或足，無一定之處，最要的當。所謂要鍊字下字者是也。

作詩要運意高遠，則胸次開廣，自不謂淺近之見。世之學者，多用意中間兩聯，而不知首尾起結尤爲難也。

人所常言，我寡言也；人所難言，我易言之，則自不俗。

詩有三多：讀得多，記得多，作得多。

作詩要苦思，詩之不工，只是不精思耳。不思而作，雖多亦奚以爲？古人苦心講求，其句法鍊字鍛〔二〕，直曰「語不驚人死不休」，又曰「一生精力盡於詩」，其苦思可知矣。今學者於詩法茫然不知涯涘，往往便稱能詩。嗚呼！詩豈不學而能哉？

楊仲弘先生解

秋興八首 此甫流寓夔州，秋日感傷而作也。

玉露凋傷楓樹林，巫山巫峽氣蕭森。上句以玉露凋傷木葉而興夔州之客懷，下句言巫山巫峽之所以蕭森者，蓋以玉露凋傷故也。其相生如此。江間波浪兼天湧，塞上風雲接地陰。上句言巫峽，下句言巫山，「兼天湧」、「接地陰」，其爲蕭森可知也。叢菊兩開他日淚，孤舟一繫故園心。上句言其往夔州三年，故兩見菊花之開，然使他日復見此花，必爲之感傷焉。下句言繫舟巫峽，即有思歸之心，故出郊州也。寒衣處處催刀尺，白帝城高急暮砧。此兩句正是收拾前面，以其所見皆秋日可惡之事，而思歸之心切。況又處處刀尺，以造寒衣，而白帝城又急擣衣之砧，則見思歸之心愈切矣，故重有感嘆之也。

其二 交股格

夔府孤城落日斜，每依南斗望京華。甫常以將晚之際，依南斗所指之地而望京華。京華，即長安也。蓋此時

〔二〕 按，「句法」二字或乙倒。

吐蕃騷擾京師，故甫思君之意拳拳而日望之，此可見皇皇憂君之意。**聽猿實下三聲淚，奉使虛隨八月槎。**上句言望之時聽猿啼三聲而淚下，亦可以見人民寥落，不過聞猿聲而已矣。下句言奉使之臣空自隨八月之（查）〔槎〕而到長安，以其明皇幸蜀而無君在長安。**畫省香爐違伏枕，山樓粉堞隱悲笳。**上句言明皇幸蜀，甫不爲官於京華，但遺下當時寢伏之枕於畫省香爐之傍。下句言吐蕃陷長安而悲笳隱藏於山樓粉堞之中。此兩句皆就「望」之一字上作來。**請看石上藤蘿月，已映洲前蘆荻花。**此兩句正是照前夔州落日之時，已在望于京華，至月映藤蘿，猶在望也。「請看」二字，此甫假設之辭，於此一詩見甫憂念長安之甚。

其三　纖腰格　又名開合格

千家山廓靜朝暉，日日江樓坐翠微。上句言夔州日初景氣之美可喜也如此，故日日兀坐於江干山腰之間。下二句就便日日上作。**信宿漁人還泛泛，清秋燕子故飛飛。**信宿，兼宿也。故，舊也。此二句日日坐江樓間可見，大抵此前四句皆是興起，後二句蓋以景象人物各得其道，我則不如是也。**匡衡抗疏功名薄，劉向傳經心事違。**此一句見甫非得意坐翠微之樓也，是以睹物有感而成詩。蓋甫欲如匡衡之抗疏而薄乎功名，欲學劉向之傳經於世，則又不遂其心之所欲，是反不若漁人燕子各得其時。**同學少年多不賤，五陵衣馬自輕肥。**上句言甫與同學之子弟皆有功名，我則不如之。下句是甫自寬之言。

其四　雙蹄格

聞道長安似弈棋，百年世事不勝悲。上句是甫假設聞他人言長安之更變如弈棋，下句是言昔日天子晏然而轉眼百年之久，今日之一變如此，其爲世事可勝悲傷之甚。大抵前一句是總腦，以後四句是發出其事，下一句是貼承上一句也。王侯第宅皆新主，文武衣冠異昔時。此言更變如此，故不勝悲。直北關山金鼓振，征西車馬羽書遲。此兩句是言夔州之西征用兵未已，而勝負可悲，未有休日也。魚龍寂寞秋江冷，故國平居有所思。上句是收拾前面勝負如此，以其君子在野，小人在位，所以國家□寂而賢人隱遁。下句是甫追思昔日國家無事，今日之更變，詎不爲之有所思邪？

其五　續腰格

蓬萊宮闕對南山，承露金莖霄漢間。上句是言蓬萊宮其址所向如此，下句則言承露盤高在霄漢間也。夫蓬萊宮闕者，神仙之宮也，明皇作之以求長生。明皇常幸其宮，甫亦常獻賦宮內，故下句即以神仙事接之。西望瑶池降王母，東來紫氣滿函關。此兩句便是説神仙事，亦可見蓬萊承露之高，而西望王母下降瑶池，東見紫炁之出函關，即老子之事也。雲移雉尾開宮扇，日繞龍鱗識聖顔。此是言明皇幸宮事。一卧滄江驚歲晚，幾回青瑣點朝班。此兩句言甫流寓夔州而驚歲時之晚也，斯時玄宗又已幸蜀，不復可再賦而觀是宮之景象，特夢想省中諸官，幾回點青瑣而朝覲也。青瑣，省中門名，非蓬萊之門也。

其六　首尾互换格

瞿塘峽口曲江頭，萬里風烟接素秋。瞿塘峽，夔州地名，二句言曲江、瞿塘相去萬里，當素秋之時，風烟交接，蓋甫客夔州而追思昔日同諸公遊賞曲江宴樂無限，今則皆不然矣，故□秋日爲感傷也。花蕚夾城通御氣，芙蓉小苑入邊愁。花蕚，樓名。夾城，城名。芙蓉、小苑，皆宫苑名也，俱在曲江，而花蕚樓御殿所通之處。今則明皇幸蜀而芙蓉、小苑爲吐蕃所陷，如之何不感傷也？珠簾繡柱圍黄鵠，錦纜牙檣起白鷗。此二句是甫言與明皇諸官遊曲江時事。回首可憐歌舞地，秦中自古帝王州。上句却是追時遊賞曲江，故轉首憐其歌舞之地，今爲吐蕃所陷于此，他日必有中興之君復位秦中，《春秋》誅心之論是也。

其七　首尾相同格

昆明池水漢時功，武帝旌旗在眼中。此二句大意是壯武帝之鑿昆明池，將習水戰以厲兵，業不使方外之軍得入中國。然漢、晉、唐蓋遠，而旌旗猶在眼中者何也？以其織女機（縣）［絲］、石鯨鱗甲尚餘池之兩傍，爲其唐者猶可，因其舊物而新知，如之何使被物動秋風、虚夜月耶？是甫之深傷唐之不思耳。是詩與韓公本意築三城之詩，辭不同而意相同也哉。織女機絲虚夜月，石鯨鱗甲動秋風。此二句便見旌旗在眼，二物雖非旌旗，亦因之而可感也。波漂菰米沈雲黑，露冷蓮房墜粉紅。此二句言二物，皆池中之物也。大抵是感傷唐之君臣不思漢之作昆明池者，良有以也。而一旦使之湮塞，不修攻戰之備以防禍，□但見菰米、蓮房而已。關塞極天惟鳥道，江湖滿地一漁翁。此二句是言唐之不思漢而使彼荒廢，故有此際天之關塞，獨鳥有一路至可通，而滿地俱是兵戈，但我若一漁翁而無所依歸也，是亦唐明皇與貴妃、楊國忠盤樂怠傲致也。

其八　單蹄格

昆吾御宿自逶迤，紫閣峰陰入渼陂。昆吾、渼陂，皆地名，此言明皇與貴妃。昆吾自逶迤，何也？以其有景物之美，故下句及後兩聯皆發出，其所以逶迤以此。紅稻啄餘鸚鵡粒，碧梧棲老鳳凰枝。此興而比也。上句以喻臣貪君禄也，下句以喻貴妃與玄宗之樂也。佳人拾翠春相問，仙侣同舟晚更移。上句言玄宗春日御宿昆吾之時，而佳人採拾翠草，相問多寡也，此正與鬥草事同。下句言玄宗與貴妃、諸臣方同舟於渼陂，而晚又移也。觀此四句，其爲逸樂，從可知也。彩筆昔曾干氣象，白頭吟望苦低垂。上句言昔日曾携彩筆詠渼陂行覽於前，而所有氣象今當秋日，則不過吟嘆所望，而又苦白頭之低垂也。

傅與礪詩法卷之四

元任丘宋應祥伯禎點校
弟傅若川編
明清江熊逵、錢塘方九叙重校

五言古選

《古詩十九首》，「行行重行行」云云。無名氏。
《別蘇武》，「良時不再至」云云。李少卿陵。
《別李陵》，「骨肉緣枝葉」云云。蘇子卿武。
《四愁詩》四首，一思曰「我所思」云云。張平子衡。
《七哀詩》，「明月照高樓」云云。曹子建植。
《雜詩》，「高臺多悲風」云云。
《怨歌行》，「爲君既不易」云云。

《雜詩》，「日莫游西園」云云。　王仲宣。
《東門行》，「傷禽惡弦驚」云云。
《雜詩》，「職事煩填委」云云。　劉公幹。
《贈從弟》，「泛泛東流水」云云。
《詠懷》七首，「夜中不能寐」云云。　阮嗣宗籍。
《詠史》五首，「弱冠弄柔翰」云云。　左太冲思。
《招隱》，「策杖招隱士」云云。
《塘上行》，「江蘺生幽渚」云云。
《扶風歌》，「朝發廣莫門」云云。　郭景純璞。
《遊仙》，「翡翠戲蘭苕」云云。　陶淵明。
《詠貧》五首，「萬族各有托」云云。
《雜詩》，「人言無根蒂」云云。
《飲酒》，「道喪問千載」云云。
《歸田園居》，「少無適俗韵」云云。
《讀〈山海經〉、〈穆天子傳〉》三首，「王臺凌雲秀」云云。

《九日閒居》，「余閒居，愛重九之名，秋菊盈園，而持醪靡由，空服九華，寄懷於言。」「世短意常多」云云。

《贈羊長史》，松齡。「左軍羊長史使秦川〔二〕，作此與之」，「愚生三季後」云云。

〔二〕「左」，原本作「右」，據宋刻本《陶淵明集》卷三改。

朱權◇編

西江詩法

一卷

侯榮川◎點校

詩法序

詩不在古而在今，非今不能以明古之意；法不在詩而在我，非我不足以明詩之法。是以老狂畏逢掖之文不足以張其志，乃以己之所得，取其法之所有而自爲之序曰：猗歟盛哉！古詩所謂詩之志者，爲天地寫真，爲山川出色，爲萬家增輝，可以泣鬼神，可以播造化，與靈光景物之相頡頏也。然人志不同，其言各異，則見其涵養自得之如何耳，故詩可學而性情不可學，法可學而興趣不可學。其詩法亦曰「法度可學而神氣不可學」，又曰「語不驚人死不休」，「要皆自胸次流出，不可强學而能也」。又知其志之不可學也，但無塵腐之氣，出語神奇，無所剽竊，足見其志矣，豈特投門下受教而有所規哉？使詩可法，則爲之志之學宜矣；使志可法，觀史者必無孱夫矣。如文江詩人黄裴《詩法》二篇，予初以爲迂之甚也，後徵而得之，深有理趣，極其精妙，則見其詩之爲志，大不凡矣。然人之志，若志好侈麗者，則樂於華屋鐘鼓；若志尚清逸者，則樂於林泉琴鶴；若志在豪邁，則樂於酣歌雄飲。足見其人之志，有所不同也。是法也，雖不能襲其志，實足以鼓其志；雖不能法其詩，實足以法其法。鼓其志，懦者可以效其勇；法其法，曲者可以繩其直。效其勇者妒其氣，繩其直者導其理。理順則脉絡貫通，氣慨則襟懷磊落。貫通則風度好，磊落則膽氣粗。若爲人傳神，雖非其真，亦仿佛似之耳，誠爲詩家之模範，大有所得也。今又得元儒所作詩法，皆吾西江之聞人也，其理尤有高處。乃與黄裵《詩法》互相取捨，芟其繁蕪，校其優劣，自謂不由乎我，更由乎誰？除《文法》及《詩宗正法》不取外，擇其可以爲法者，編爲一帙。使知吾西江人傑地靈，氣勁趣高，有如此之才人，有如此之詩法，使高明孰不拱手而歸之也。其何偉焉，其何偉焉！於是左執鯨杯，右操毛穎，揎臂大叫而言之曰：西山朝來有爽氣，未知有眼孔者其何如耶？遂擲而起。

宣德五年後臘一日，涵虚子臞仙書。

詩法目録

作詩當用《大雅詩韻》，爲詩家之正韻，乃國朝《洪武正韻》之正音也。押韻忌其南音多，吴越之聲，太傷於浮，不取。作樂府北曲用《瓊林雅韻》，皆中州北音，與詩韻不同。

西江詩法

涵虚子朧仙　編

詩體源流

夫自《風》、《雅》、《頌》既泯，一變而爲《離騷》，再變而爲西漢五言，三變而爲歌行雜體，四變而爲沈、宋律詩。五言起於李陵、蘇武，《古詩十九首》，或云枚乘作。七言起於漢武《柏梁》，四言起於韋孟，六言起於谷永，皆漢人。三言起於晉夏侯湛，九言起於高貴鄉公。

以時而論，則有建安體、漢末年號，曹子建父子及鄴中七子。黄初體、魏年號，建安接，其體一也。正始體、魏年號，嵇康、阮籍諸人作。太康體、晉年號，左思、潘岳、二陸、劉琨諸人詩是也。元嘉體、宋年號，顔延年、鮑明遠諸人詩。永明體、齊年號。齊梁體與南北朝體、唐初作者猶有陳隋之體。盛唐體、景雲以後，開元、天寶間之詩。大曆體、中唐錢起十才子之詩。元和體、元和年間諸人作。晚唐體、賈島、姚合諸人詩。宋元祐體、蘇軾、黄庭堅、陳無己之詩。江西宗派體。山谷爲之宗。

以人而論之，有蘇李體、武、陵也。曹劉體、子建、公幹。陶體、淵明也。沈謝體、沈約、謝靈運諸人詩。

徐庾體、徐陵、庾信。陰鏗何遜體、唐王楊盧駱體、四傑詩。陳拾遺體、子昂古詩。沈宋體、佺期、之問。少陵太白體、高岑體、高適、岑參。王孟體、王維、浩然也。劉文房體、長卿。韋柳體、應物、子厚。温李體、飛卿、李長吉、商隱也。郊島盧劉體、孟東野、賈島、盧仝、劉叉。張籍王建體、謂多樂府之作及宫詞之作。韓昌黎體、文公。元白體、微之、樂天。二杜體。牧之、荀鶴也。自晚唐流於五代，梁、唐、晉、漢、周。至宋慶曆、元豐諸公及陳後山、王荆公、唐子西、張文潛、歐陽脩、劉後村、楊誠齋，雖宗於唐，而實爲宋體。元祐間，惟東坡、山谷號蘇黄體，詩之變至此極矣。至元時，有四君子體，虞、楊、范、揭也。馬伯庸效西崑體，薩天錫工温李體，自趙子昂、歐陽玄而下，諸公多鳴元之盛者，例謂之元朝體。

又所謂《選》體、梁昭明所選也。柏梁體、漢武帝與群臣共賦七言詩於柏梁臺，每句用一韻是也。玉臺體、乃徐陵所製，漢魏六朝皆有之。遊仙體、始於晉郭景純，唐陳子昂、李太白亦有此體。西崑體、李義山也，宋之人多效之。香奩體。韓渥有裙裾脂粉之詩，名《香奩集》。有宫體，梁簡文製，傷於輕靡，時號宫體。有塞上體。前後《出塞》等篇是也，古今多有之，謂極言征戍離别之意，悲憤之辭。

又有近體，即律詩也。有絶句，有雜言，有三五七言，自三言而終於七言，隋鄭世翼有此體。有五六言，晉傅休奕《鴻雁生塞北》之篇是也。有一字至七字，唐張南史《雪》、《月》、《風》、《花》等篇是也。又隋人應詔有三十字詩，凡三句七言、一句九言者，不足爲法。有三句之歌，《大風歌》是也。古《華山畿》三十五首，多三句之詞。有兩句之歌，荆卿《易水歌》是也，又古詩《青驄白馬》、《兒女子》之類皆兩句。有一句之歌。《漢書》「枹鼓不鳴」是也，又童謡云

「千乘萬乘上北邙」、「青絲白馬壽陽來」，皆是一句之詞。有口號，或四句或八句。有歌行，古有《鞠歌行》、《短歌行》。有樂府，漢武定郊祀，命採齊、楚、趙、魏之聲以入樂府，可被於管弦者。樂府者，總其詞之衆名也。有楚辭，騷些也，屈、宋以下效此體皆謂之楚辭。有琴操。孔子有《猗蘭操》。後又有《水仙操》，韋德源作；《別鶴操》，高陵牧子作。曰謡，古有《獨酌謡》，穆王有《白雲謡》，其他尤多。曰吟，古詞有《斷腸吟》、《隴頭吟》、《梁甫吟》、《白頭吟》之類。曰辭，有《秋風辭》、《木蘭辭》。曰引，有《箜篌引》、《飛龍引》。曰詠，《選》有《五君詠》，儲光羲有《群鴟詠》。曰唱，魏明帝有《氣出唱》。曰弄，樂府有《江南弄》。曰長調、短調。即今之詞調也，名不同，總言之爾。

有四聲八病，四聲設於周顒，八病嚴於沈約。又有以「嘆」名者，有《楚妃嘆》、《昭君嘆》。以「怨」名者，有《四怨》，有《明妃怨》。以「樂」名者，齊武有《依家樂》，臧質有《石城樂》。以「別」名者，杜甫有《無家別》、《新婚別》。以「思」名者。太白有《静夜思》、《君子有所思》等篇。有雙聲疊韻者，東坡有此體。有全篇字皆平聲，全篇皆仄字者，天隨子《夏日》詩皆平聲，梅聖俞《酌酒與婦飲》之詩皆仄字。有兩句十字皆平聲者，如曹子建「羅衣何飄飄，輕裾隨風還」是也。有兩句，一句仄聲一句平聲者。如太白「處世若大夢，胡爲勞其生」之類。其他如吴體、俚體、俳體、禁體、省題、歇後之類頗多，姑舉其概，要在具眼者有以自辨之。當取古人規矩之至者以爲法，則庶幾乎。

詩法源流

夫詩權輿於《擊壤》、《康衢》之謡，演迤於《卿雲》、《南風》、《載賡》之歌，製作於《國風》、《雅》、《頌》三百篇之體，此詩道之大原也。《周官》：《詩》有六義。《風》、《雅》、《頌》爲之經，賦、比、興爲之緯。《風》、《雅》、《頌》各有體，作詩者必先定是體於胸中而後作焉。

《風》之體如後世歌謡，採之民間而被之聲樂者也。其言主於達事情、通諷諭。二《南》爲《風》之始，純乎美者也，故謂之正《風》。諸國之風兼美刺，故謂之變《風》。《豳風》則詩之正而事之變，故亦以屬之變《風》焉。

《雅》之體，如後世之五七言古詩，作於公卿大夫而用之朝會燕饗者也。其言主於述先德、通下情。事有大小，故有《大雅》焉、《小雅》焉。成、康以上之詩專於美，故謂之正《雅》；成、康以後之詩兼美刺，故謂之變《雅》。變《風》、變《雅》，皆因正《風》、正《雅》而附見焉。

《頌》之體，如後世之古樂府，作於公卿大夫而用之宗廟告於神明者也。其言主於美盛德、告成功。《商頌》、《周頌》其正，而《魯頌》則不當作而作，比之《風》、《雅》，蓋亦變之類也。

賦者，古詩之流也。李陵、蘇武始爲五言詩，當時去古未遠，故猶有《三百篇》之遺意。魏晉以來，則世降而詩隨之，故載於《文選》者，詞浮靡而氣卑弱，要以天下分裂，三光五嶽之氣不全，而聲詩遂不復振爾。劉禹錫有言：「八音與政交通，文章與時高下。」豈不信歟！其間獨淵明詩澹泊淵永，夐出流俗，蓋其情性然也。後世稱陶、韋、柳爲一家，殆論其形而未論其神者也。

唐海宇一而文運興，於是李、杜出焉。太白曰「大雅久不作」，子美曰「恐與齊梁作後塵」，其感慨之意深矣。太白天才放逸，故其詩自爲一體。子美學優才贍，故其詩兼備衆體，而述綱常、繫風化爲多。《三百篇》以後之詩，子美其大成也。昌黎後出，厭晚唐流連光景之弊，其詩又自爲一體，老泉所謂「蒼然之色，淵然之光」是也。唐人以詩取士，故詩莫盛於唐。然詩原於德性，發於才情，心聲不同，有如其面，故法度可學而神意不可學。是以太白自有太白之詩，子美自有子美之詩，昌黎自有昌黎之詩。其他如陳子昂、李長吉、白樂天、杜牧之、劉禹錫、王摩詰、司空曙、高、岑、賈、許、姚、鄭、張、孟之徒，亦皆各自爲體，不可强而同也。

自五星聚奎而啓宋之文治，歐、蘇、王、黄出，其文章之餘，猶足以名世；後山、簡齋，放翁、晦翁、誠齋，亦其傑然者也。然宋詩比唐氣象夐别，今以唐宋詩雜而觀之，雖平生所未讀者，亦可辨其孰爲唐而孰爲宋也。大概唐詩主於達情性，故於《三百篇》爲近；宋詩主於立議論，故於《三百篇》爲遠。達情性者，《國風》之餘；立議論者，《雅》、《頌》之變，固未易以優劣論也。詩至宋南渡末而弊又甚焉。高者刻削，矜持太過；卑者摹倣，掇拾爲奇；深者鈎玄撮怪，至不可解；淺者杜撰張皇，有若俳劇。至此而作詩之意泯矣。

元朝一時文人如劉静修、姚牧庵、盧疏齋、元復初、趙子昂諸先達，固已名世矣。大德中，清江范德機先生獨能以清拔之材，卓異之識，始專師李、杜，以上遡《三百篇》。其在京師也，與伯生虞公、仲弘楊公、曼碩揭公諸先生倡明雅道，以追古人，由是而詩學丕變，范先生之功爲多。曼碩常語人曰：「近年詩流善評者無如劉會孟，能賦者僅見范德機。」熊雪崤曰：「范詩如絶色婦人，凈洗脂粉，與人鬥妍，故無有及者。」周靖之曰：「范公踐履不愧古人，故其詞翰亦不愧古人，要皆自其胸次流出，不可强學而能也。」是可以言公論矣。且范先生嘗曰：「詩貴乎實而已。實則隨事命意，遇景得情，如傳神寫照，自不致其重複套襲之患。」又曰：「詩能不失家數，不失法度，雖疏拙亦不害也。不然，則大好衹大謬爾。」

大抵起處要平直，承處要春容，轉處要變化，合處要淵永。起處戒陡頓，承處戒促迫，轉處戒落魄，合處戒斷送。起處若必突兀，則承處必不優柔，轉處必至窘束，合處必至匱竭矣。又以一詩全首論之，須要有賦、有比、有興，或興而兼比尤妙。《三百篇》多以比、興重複置之章首，唐律多以比、興作頸聯，古詩則比、興或在起處，或在轉處，或在合處。長篇長律，則轉處或有再轉三轉方合者。或作三四十韻以上，則先須布置語意，不可錯陳。長篇則當先得起句，絶句則當先得後二句，律詩則當先得中四句。

律詩固以對偶爲工，然得意處則意對而語不對亦可。長篇古體，則參差中時出整齊語，尤見筆力。最戒似對不對。但涉江湖鬧熱語，即鄙俗；但用通用閑字無法，即軟弱。軟弱猶易療，鄙俗最難醫。詩法雖不盡此，然大要亦不外此。至若升降開合、出没變化之妙，又在自得，非教者所能與也。法度既立，須熟讀《三百篇》，而變化以李、杜，然後旁及諸家，而詩學成矣。

又如楊仲弘《寄友人》詩云：「聞君游宦處，正值洞庭湖。落日波濤壯，晴天島嶼孤。舟帆通漢沔，風物覽衡巫。天下文章弊，非公孰起予。」此以興爲承、賦爲轉者也。又如揭先生《贈涂雲章》[二]：「垂雲厲鷩風，萬里摩高圓。蟠泥鼓巨浪，豈顧九重淵。毛生入楚庭，脱穎俄頃間。粲粲涂公子，長嘯起丘樊。朝辭豫章臺，莫過匡廬山。大帆割鸕鷀，極目空波瀾。黄鶴錦袍仙，吹笙紫霞端。相顧一笑粲，青春滿南天。黄金築高臺，更覺郭隗賢。聯翩樂劇輩，相逐入幽燕。平明九門開，劍佩如雲烟。豈無一字薦，傾倒平生言。東風杏花開，待我薊門前。」此以比、興爲起者也。以上四先生當今吟人，故舉其四詩爲凡例。其他有通首皆賦而無比、興者，在《風》、《雅》、《頌》各有其例，但更難作爾。

[二] 「涂」，原本作「徐」，據《文安集》卷二改。詩中「涂公子」同。

詩家模範

詩者，雖是絺章繪句，却能大包六合，高視千古。其妙處精思入神，恍恍惚惚，若有若無，千變萬化，不可端倪。自非胸中透徹無些見地，説不出這一段流出肺腑的語言來，爲之奈何！須熟讀李、杜諸大家數詩，則思過半矣。

隨寓感興而爲詩者易，驗物切近而爲詩者難。故太近則陋，太遠則疏，要在平易和緩而精切稱停，斯乃得之。

措詞用意，起承轉折，有支分派别者，驟看似不相關涉，故於無情中乃有情耳。貴在脉絡貫通，精妙入神。若隔靴搔癢，貪首失尾，無大意味，不足語此。

詩忌五俗，俗氣不除，雖工何取？俗者，謂如齊東鄙野之人而立於薦紳俎豆之間，觀其氣象，自不容喙，喋喋云乎哉！

大篇如長江大河，行雲流水，或如孤峰斷崖，高牙大纛，須要渾渾澐澐，起伏頓挫，隊仗有次第方好。如故作奇奇怪怪，欲出人意表而不顧前後，不成篇章，風斯下矣。

五言妙在渾厚平易，語少而意盡，興深而味長，風骨不凡，情景兩得，不奇而自奇，可與忘筌者道。

故事略引貼證爾，使多則堆垛。要在使得融化，暗合道妙，不露斧鑿痕，是爲作家。造語須參古人妙處，不可太著題，不可太疏蕩。便涉些議論，常令意在言表，歸之於正。不然，泛泛然東説西説，終篇無個著模，縱恃才博，未免堆垛塵腐之弊。

作詩要自知其病，所謂智者能調五臟和也。有病不知，知而不調，病轉深也。

詩貴含蓄，優柔不迫。大抵從學問中來，語句自然近理，以理爲主，以氣爲使。叫譟怒張，非詩道也。

成一篇詩，便似吏人文案一般，中間要分豁，前後情節逐一斷遣，歸結明白，再無可駁問疑改去處。如此，任屈、宋作衙官，李、杜來照刷，孰云不當乎？

詩者，吟詠情性也。而於登臨感慨懷思之際，又有説焉。則以我之所見聞，一一發於胸中，商榷古今山川人物，如何以一言而斷制之？豈徒吟詠情性而已。

體製聲響，二者居先。無體製，則不師古；無聲響，則不審音。故詩家者流往往名世者，率以此道也。

有開口成文者，人以爲贍；有旬鍛月鍊者，人以爲鈍。或以鈍者工而贍者不工，何也？由思則得之，不思則不得之矣。古人謂三脱藁，良有以也。

詩無他技，一才學，二妙悟爾。學要力，悟要識。譬如學禪者不加向上一步工夫，安能覺得本來真性？直至頂門透徹，則信手拈來，頭頭是道矣。

嘗觀沈約詩已似唐人，韓昌黎詩已似宋人，何歟？由悟入有邪正。韓非不求至，沈自不期而然者也。且詩家者流，各有師效，謂少陵愛何遜，太白類陰鏗，豈無旨哉？苟得其矩度，則閉門造車，天下合轍矣。

唐人律詩，衹是眼前景物眼前説話，即事起興，寫將出來，便自有高下。有清新富麗者，有雄渾飄逸者，有纖巧刻削寒陋者，體製不一，音節亦異。大抵學者要分别得初唐、盛唐、中唐、晚唐及宋、元人詩，某也如何，某也如是。看得多，識得破，吟詠得到，審其音聲，則而象之，下筆自然高古。若拘拘法度，得其形而不得其神，無超脱變化，千章一律，抑又次焉。

大段氣骨要雄壯，興趣要閒曠，語句要條暢，韻脚要穩當，字字要活相，篇篇要響亮。古今稱絶唱，不脱此模樣。

句參差，字七門，韻獨用，意十分，真口訣，識者論。

不可太誇獎，不可自寒賤，不可犯時忌，不可張打油，不可押險怪之韻，不可多用花柳鶯燕膚淺之語。莫作算博士，莫作骨董鋪，莫作剌撒堆。

有俗體，如平頭、迴文、蜂腰、鶴膝、八音、白戰。齊梁間諸體，作之非惟不佳，崎嶇求合，殊失詩人之旨。

詩與天地傳神，山川出色，所謂「有聲畫」是也。其景象位置，顧筆力何如爾。夫詩能泣鬼神，鼓動萬有，出諸胸中，膾炙人口，長留於天地之間，傳之不朽，豈小技也哉？乃風化之首。

少年看杜詩，便學老人語，有傷邁往之氣。若不見得一格，如何長得一格？直至涉歷世故，侵尋暮景，到此方知老杜平生得意、不得意處，俱有關於世教，豈虛言哉！若止剽竊皮膚飣餖以爲工，無自然之妙，乃畫虎爾。

唐人和意不和韻。和韻，以韻而生意，故易；和意，則架空而爲之，故難。學者衹把古人詩好爲法者，篇篇熟讀而詳味之，因他題目，仿其體，和其意。和得一首，則記此一首，久久皆在胸中，即隨心應口，自然成誦。此詩法捷徑也，又何必他求哉？

律詩難於古詩，絶句難於律詩。人各有所長，有專攻一律者，有體備諸家者。觀古人之詩而優劣自辨。蓋善作者猶陶人之造諸器，坯範在手，無不爲也。

五言古詩，自漢魏兩晉而下，經梁昭明所選，則謂之《選》詩。至盛唐，乃謂之古詩。始陳子昂，李、杜諸大家出，一掃六代之纖弱，以渾厚之風倡於天下，而後世斷以唐詩爲宗，何也？無蹈襲雷同之弊，非流連光景之文。

詩有别才，非關書也；詩有别趣，非關理也。然不多讀書多窮理，不能至也。昔人之論如此。

天地以風水爲聲，如不得其正，則震怒澎湃。人之言也亦然。苟不得其正，則哀怨之詞作。正者，盛治之音，皆安樂和平，如開元、天寶前之詩是也。非正者，元和以後詩是也。

詩之緊關最在結句。結句無力，便没合殺，不成片段也。中間又要有胸次，有氣魄，有法度，有節奏，有脉絡，有興趣，有議論，有警策，有感慨，有滋味，是爲作手。此詩遇會家吟，未易爲尋常道。

大凡臺閣之作，氣象要光明正大；山林之作，要古淡閑雅；江湖之作，要豪放沉著；風月之作，要醞藉秀麗；方外之作，要夷曠清楚；征戍之作，要奮迅凄凉；懷古之作，要慷慨悲惋；宫壺閨房之作，要不淫不怨；民俗歌謡之作，要切而不怒，微而婉。雖寓情寫景不同，而止於忠愛則一，故温柔敦厚，詩教也。

詩法大意

大凡作詩，先須立意。意者，一身之主也。如送人，則言離别不忍相捨之意；寄贈，則言相思不得見之意；題詠花木之類，則用《離騷》芳草之意。故詩如馬，意如善馭者，折旋操縱，先後疾徐，隨意所之，無所不可，此意之妙也。又如將之用兵，或攻或戰，或屯或守，或出奇以取勝，或不戰以收功，雖百萬之衆，多多益辦，而敵人莫能窺其神，此意之妙也。意在於假物取問意，則謂之比；意在於托物興辭，則謂之興；意在於鋪張實事，則謂之賦。但貴圓活透徹，辭語相頡頏，常使意在言表，涵蓄有餘不盡，乃爲佳耳。是以妙悟者意之所向，透徹玲瓏，如空中之音，雖有所聞，不可彷彿；如象外之色，雖有所見，不可描模；如水中之味，雖有所知，不可求索。洞觀天地，眇視萬物，是爲高古；剖出肺腑，不惜言語，是爲入神；超達虛空，了悟生死，是爲離衆；寄興悠揚，因彼見此，是爲造巧；隔關寫境，不露形迹，是爲不俗。故意在於閑適，則全篇以雅淡之言發之；意在於哀傷，則全篇以悽惋之情發之；意在於懷古，則全篇用感慨之言發之，此詩之悟意也。意既立，必須得句。句有法，當以妙悟爲上。第一等句得於天然，不待雕琢，律吕自諧，神色兼備，奇絶者如孤崖斷峰，高古者如黄鍾大吕，飄逸者如清風白雲，森嚴者如旌旗甲兵，雄壯者如千軍萬馬，華麗者如奇花美女，是爲妙句。其次必須造語精工。或動静，或大小，或真假，或生死，或遠近，或今古，或虛實，或有無，變化彷彿，使一句之中常具數節意，乃爲佳句。是以洞觀天地之句，似放誕而非放誕；了達生死之句，似虛無而非虛無；剖出肺腑之句，似粗俗而非粗俗；寄興悠揚之句，意之所至，信手拈來，頭頭是道，不待思索，得之於自然；隔關寫境之句，不落方體，不犯正位，不滯聲色，左右上下無所不通，似著題而非著題，非悟者不能作也。句既得矣，於句中之字，渾然天成者爲佳。下字必須清，必須活，必須響，與一篇之意、一句之意相通，各自卓立而復相成，是爲本色。能了達生死之句，其字宜高古，宜真率；洞觀天地之句，其字宜籠放，宜開闊，宜雄渾；剖出肺腑之句，其字宜沉著，宜痛快；寄興悠揚之句，其字宜涵蓄不露，宜優游不迫；隔關寫境之句，其字宜精工，宜神奇，宜飛動，宜變化，宜峻峭，宜飄逸。每每有似真非真，似假非假，若有若無，若彼若此之意，爲得之。總而言之，一詩之中必先得意，一句之中必先得字。先得意後得句，而字在乎其中不待求索者，上也。若先得句，因句之所在而生意，或先或後，使意能成就其句之美者，次也。若先得字，因字而生句，因字而生意，意復與句皆成其字之美者，又其次也。故意也，句也，字也，三者全備爲妙悟。意與句皆悟，而字有虧欠，則爲少疵。若有意無句，則精神無光；有句無意，則徒是妝點。句、意俱不足，而惟於一字求工，何足取哉！然意之所忌者，最忌用俗，最忌議論。議論則成文字而非詩，用俗則淺近而非古。句之所忌者，最忌虚中之虚，實中之實。須虚中有實，實中有虚。字之所忌者，最忌妝點，最忌襯貼。蓋非本句之所有而强牽合以成之，是又不可不知。詩法中千言萬語，大意皆不出於熟矣，參之。杜陵復出，不易吾言矣。

作詩骨格

凡作詩，氣象欲其渾厚，體面欲其弘闊，血脉欲其貫通，風度欲其飄逸，音律欲其鏗鏘。若雕刻傷氣，敷演露骨，此涵養之未至，當益心學。

詩要鋪叙正，波瀾闊，用意深，琢句雅，使事當，下字切。觀詩之法，亦當如此求之。長篇妙在鋪叙，時將一聯挑轉，又平平説將去，如此轉换數匝，却以數語收拾，則妙矣。詩語貴含蓄。言有遇、言無窮者，天下之至也。如清廟之瑟，一唱三嘆而有餘音。大概要沉著痛快，優游不迫。

詩有四種高妙：一曰理高妙，二曰意高妙，三曰思怨高妙，四曰自然高妙。句中要有字眼，或腰，或足，或膝，無一定之處，最要的當，所謂要鍊字下字者是也。作詩要運意高遠，則胸次開廣，自不謂淺近之見。世之學者多用意中間兩聯，而不知首尾起結尤爲難也。人所常言，我寡言也；人所難言，我易言之，則自不俗。

詩有三多：讀得多，記得多，作得多。

作詩要苦思。詩之不工，只是不精思耳。不思而作，雖多亦奚以爲？古人苦心講求其句法，鍊字鍛句，曰「語不驚人死不休」，又曰「一生精力盡於詩」，其苦思可知矣。今學者於詩法茫然不知涯涘，往往便稱能詩。嗚呼！詩豈不學而能哉？

詩宗正法眼藏

學詩宜以唐人爲宗，而其法寓諸律。心神節制，字數經緯，小能使大，大能使小；遠可使近，近可使遠。下抗高抑，變化無窮；龍合成章，斤運成風。謂之微妙玄通，何可以匆匆求之乎？我法如是，有謂不必然者，卿用卿法。然詩至唐方可學。欲學詩，且須宗唐諸名家，諸名家又當以杜爲正宗。蓋上一等是六朝，陶、謝爲高，陶意語自成，謝勢氣傳運，皆未易學。又上則建安、黄初諸人，其才傑出，一筆寫就，嶽運培塿，海露岸角，高處極高，淺處極淺，亦時近古，古風未漓，宜爾也。然此兩等詩，其旨與《三百篇》又不同。時之盛者，《雅》、《頌》之旨未能運以振，而失之宴安；時之衰者，民心之彝無復哀以思，而失之怨懟。近世有論作詩數家詩，開口便教人作《選》體。夫《文選》中諸詩，當時擬作已各有所屬，今泛而曰《選》體，吾不識何謂也。且如看杜詩，自有正法眼藏，毋爲傍門邪論所惑。今於杜集中取其鋪叙正、波瀾闊、用意深、琢句雅、使事當、下字切五、七言律十五首，今止取二首。學者不可草草看過。如此去看古人詩，胸中所閲義理既多，則知近世詩格卑氣弱，莫能逃矣。

收東京詩第三首

汗馬收宮闕，春城鏟賊壕。第三篇方説戰功，祇十字，見用力之不易如此。先宮闕後賊壕，有次叙。賞應歌杕杜，歸及薦櫻桃。雜虜横戈數，此數字實。功臣甲第高。萬方頻送喜，無乃聖躬勞。今日收服一處，明日收服一處，奏凱之音日報。

詠昭君墓

群山萬壑赴荆門，生長明妃尚有村。一去紫臺連朔漠，獨留青冢向黄昏。畫圖省識春風面，環珮空歸月夜魂。猶言歸長安也，即絶色於冥漠，語意俱到也。千歲琵琶作胡語，分明怨恨曲中論。此結起句，以終其意。

詩法家數

夫詩之爲法也，有其説焉。賦、比、興者，詩之製作之法也，然有賦起，有比起，有興起。有主意在上一句，下則貼承一句，而後方發出其意者；有直起一句，而主意在下一句，而就即發其意者；有雙起二句，而作兩股以發其意者；有一意作出者；有前六句俱若散緩，而收拾在後兩句者。詩之爲體有六：曰雄渾，曰悲慘，曰平淡，曰蒼古，曰沉著，曰痛快，曰優游不迫。詩之俗忌有四：曰俗意，曰俗字，曰俗語，曰俗韻。詩之戒有十：曰不可硬礙人口，曰爛熟不新人目，曰差錯不貫串，曰直置不宛轉，曰妄誕事不實，曰綺美不典重，曰蹈襲不識使，曰穢濁不清新，曰砌合不純粹，曰俳偕而劣弱。詩之爲難有十：曰造理，曰精神，曰學古，曰風流，曰典麗，曰質幹，曰體裁，曰勁健，曰耿介，曰淒切。大抵詩之作法有八：曰起句要高遠，曰結句要不著迹，曰承句要穩健，曰下字要有金石聲，曰上下相生，曰首尾相應，曰轉折不著力，曰占地步要闊。蓋首兩句先須要占地步，然後六句若有本之泉，源源而至矣。地步一狹，譬若無根之源，可立而待其竭矣。今之學者，倘有志於詩，先將漢、魏、盛唐諸詩，日夕沈潛諷詠，熟其辭，究其旨，則又訪諸善詩之士以講明之，若今人之治經而日就月將，而自然有得，則取諸左右逢其原矣。苟爲不然，則吾見其能詩者鮮矣。是若孩提之童未能行者而欲行，鮮不仆也。余於詩之一事，用工凡二十餘年，乃能會諸法而得其一二，然於盛唐之大家數，抑亦未敢望其有所似焉。

詩學正源　風　雅　頌　賦　比　興

《詩》之六義，而實則三體。《風》、《雅》、《頌》者，詩之體；賦、比、興者，詩之法。故賦、比、興又所以製作乎《風》、《雅》、《頌》者也。凡《詩》中有賦起，有比起，有興起，然《風》之中有賦、比、興，《雅》、《頌》之中亦有賦、比、興，此詩學之正源也，法度之準則。凡有所作，而能備盡其義，則古人不難到矣。若直賦其事而無優游不迫之趣，沉著痛快之功，首尾率直而已，夫何取焉！

作詩準繩 九法

立意　要高古渾厚有氣概，要沉著。忌卑弱淺陋。

鍊句　要雄偉清健，有金石聲。

琢對　要寧粗毋弱，寧拙毋巧，寧樸毋華。忌俗對。

寫景　要景中含意，事中瞰景。要細密清淡，忌庸腐雕巧。

寫意　要意中帶景，議論發明。

書事　如大而國事，小而家事、身事、心事。

用事　陳古諷今，因彼證此，不可著迹，祇使影子可也。雖死事亦當活用。

押韻　押韻穩健，則一句有精神，如柱礎欲其堅牢也。

下字　或在腰，或在膝，或在足。最要精思，宜的當。

律詩要法 起承轉合

破題　或對景興起，或比起，或引事起，或就題起。要突兀高遠，如狂風捲浪，勢欲滔天。

頷聯　或寫意，或寫景，或書事、用事引證。此聯要接破題，要如驪龍之珠，抱而不脱。

頸聯　或寫意、寫景，書事、用事引證，與前聯之意相應相避。要變化，如疾雷破山，觀者驚愕。

結句　或就題結，或開一步，或繳前聯之意，或用事，或放一句作散場，要如剡溪之棹，自去自回，詩已盡而意無窮。

七言　聲響，雄渾，鏗鏘，偉健，高遠。

五言　沉静，深遠，細嫩。

五言七言，句語雖殊，法律則一。起句尤難。起句先須闊佔地步，要高遠，不可苟且。中間兩聯句法，或四字截，或兩字截，須要血脉貫通，音韻相應，對偶相停，上下匀稱。有兩句共一意者，有各意者。若上聯已共意，則下聯須各意。前聯既詠狀，後聯須説人事，兩聯最忌同律。頸聯轉意要變化，須多下實字。字實則自然響亮，而句法健。其尾聯要能開一步，别運生意結之，然亦有合起意者，亦妙。

詩句中有字眼，兩眼者妙，三眼者非，且二聯用連綿字，不可一般。中腰虚活字，亦須回避。五言字眼，多在第三或第二字，或第四字，或第五字。

字眼在第一字：「剖開混沌竅，削出鴻蒙根。」出《採芝吟》。

字眼在第二字：「光呑壺裏天，香落梅邊影。」出《採芝吟》。

字眼在第三字：「道德爲郛郭，乾坤作藴袍。」出《採芝吟》。

字眼在第四字：「我命不妨天尚在，此生惟有道長存。」出《壺天集》。

字眼在第五字：「青山茅屋宜藏老，紅葉柴門可避喧。」出《感興》詩。

字眼在第二第五字：「雲閑天地闊，月冷松風寒。」出《採芝吟》。「驚回鶴夢歸書舍，喚醒詩魔入醉鄉。」出《感興》詩。「茶沸松濤疑是雨，酒醒槐夢不知明。」出《感興》詩。「風送竹聲來枕上，月隨流水到柴門。」出《感興》詩。

杜詩法多在首聯兩句，上句爲頷聯之主，下句爲頸聯之主。七言律難於五言律，七言下字較粗實，五言下字較細嫩。七言若可截作五言便不成詩，須字字不可去方是。所以句要藏字，字要藏意，如聯珠不斷爲妙。

古詩要法

凡作古詩，體格、句法俱要蒼古。且先立大意，鋪叙既定，然後下筆，則文墨貫通，意無斷續，整然可觀。

五言古詩法

或興起，或比起，或賦起。須要寓意深遠，托辭温厚，反覆優游，雍容不迫。或感古懷今，或懷人傷己，或瀟灑閒適。寫景要雅淡，推人心之至情，寫感慨之微意，悲喜含蓄而不傷，美刺宛曲而不露，要有《三百篇》之遺意。觀漢魏諸古詩，藹然有感動人處，如《古詩十九首》，皆當熟讀，久之自見其趣。

七言古詩法

要鋪叙得好，要有開合，要風度，要迢遞，要險怪雄偉，要鏗鏘。波瀾開合，如江海之波，一波既作，一波復隨。又如兵陣，方以爲正，又復爲奇，方以爲奇，忽復是正，出入變化，不可紀極。備是法者，惟李、杜也。

絶句詩法

要宛曲回環，句絶而意不絶，蹙繁就簡。多以第三句關之，第四句發之。有實接，有虚接，承接之間，開與合相關，反與正相依，順與逆相應，一呼一吸，宫商自諧。大抵起、承一句固難，然不過平直叙起爲佳，從容承之爲是。至如宛轉變化工夫，全在第三句，若於此轉變得好，則第四句如順流之舟矣。

諷諫詩法

此詩要感事陳詞，忠厚懇惻，諷諭甚切，不失情性之正，觸物感傷而無怨懟之辭。雖美實刺，此方爲有益之語。古人凡欲諷諫，多借此以喻彼。臣不得於君，多借妻以思其夫，或托物以陳諫諭，以通其意。要動得人主，回得天意，但觀漢魏諸古詩及前輩之作可見。

榮遇詩法

此詩體格當尊嚴典雅，温厚富貴。寫意宜閒暇，美麗，清細。杜公、王維、賈至諸公《早朝大明宫》詩，氣格雄深，句意嚴整，如宫商迭奏，音韻鏗鏘，真鳳鳴朝陽也。學者熟之，可以一洗塞陋。其後諸公應詔之作，亦多用此體，然多志驕氣盈，處富貴而不失其正者，幾希矣。此又不可不知也。

登臨留題詩法

此詩不過感今懷昔，寫景嘆時，思國懷鄉，瀟灑遊適，或寓歸美譏刺之意，中間宜寫四面所見山川之景，庶幾移不動。首聯指所題之處，或隨意叙説起。二聯合詠實景，三聯説人事，或感嘆古今，或議論。或前聯先説人事感嘆，則此聯寫景。其結句可就題主意發感慨，繳前二句，或説何時再來。

征行詩法

此詩要發出悽愴之意，哀而不傷，怨而不亂。要發興以感其事，而不失情性之正。或悲時感事、觸物寓情。若夫傷亡悼屈，一切哀怨，吾無取焉。

贈行詩法

此詩當寫不忍之情，方見襟懷之厚。然亦有數等。如别征戍，則寫死别而勉之用力效忠；

送別遠游，則寫不忍別而勉之及時早回；送別仕宦，則寫喜別而勉之憂國恤民，或言己之窮困而望其薦引，如「惟待吹噓送上天」之句是也；其餘當量親疏之分而寫厚薄之情，隨題命意可也。凡送別，多托酒以寫一時之景以興懷，寓相勉之辭以致意。首聯取意起。二聯合説人事，或叙別，或議論，或寫景。三聯或説景，帶思慕之情，或言所去地理、山川、景物、人事之盛，或用事貼意。末聯或勉其早歸，或説何時再會，或囑咐，或期望。大抵結句要有規警意味，淵永爲佳。

詠物詩法

此詩可托物而伸意，要一聯詠狀寫生，忌極雕巧。首聯合直説題目，明白物之出處。二聯合詠物之體。三聯合説物之用，或議論，或用事體貼，或説人事。結句就題外生意，或就本意結之。

讚美詩法

此詩多以慶喜、頌禱、期望爲意，大體貴乎典雅渾厚，用事宜的當親切。首聯要平直，或隨事命意叙起。二聯意相承，或用事，必須實説本題之事。三聯轉説，要變化，或前聯不曾用事，此正宜用引證，蓋有事料則詩不空疏。結句則多期望之意。大抵頌德貴乎實，若褒之太過，則近乎諛；讚美不及，則不合人情而有淺陋之失矣。人情必於其倫，而過猶不及也。

賡和詩法

此詩當觀元詩之意如何，以其意和之，則更新奇。要造一兩句雄健壯麗之語，方能壓倒元、白。若又隨元詩脚下走，則無光彩，不足觀。其結句當歸著其人方得體。亦有就中聯歸著者，亦可。

哭挽詩法

此詩要情真事實，若於其人情義深厚，則哭之，無甚情分則挽之。當隨人行狀實事作，要切題，使人開口讀之，便見是哭挽其人方好。要移不動爲是，又不可習爲諛詞，間要隱然有傷感之意。

作樂府法

嘗謂詩不足以盡其意，變而爲詞，名曰詩餘；詞不足以盡其意，變而爲曲，名曰樂府。大概法度與詩法同，觀賦體則知作套數之法矣，觀歌行則知作小令之法矣。今取其新樂府四章爲作樂府模範。要知得氣概如此，方是法度。

夜月瑶琴 即《撥不斷》

撚霜髭，寫烏絲。先生要了閑中事。醉吟成數首詩，興來掃破千張紙。與誰同志。指飛鴻，望歸驄。十年不做京華夢。半世趑趄命未通，一詩可繼中興頌。任人嘲弄。

滿庭芳

乾坤草廬，些兒名利，如許頭顱。爲其中自有千種禄，誤嫌得讀書。龍泉劍結末了子胥，犢鼻裩蹭蹬殺相如。瓜田暮，不如老圃，醉後賦閑居〔二〕。

〔二〕本詞原本多殘缺，據《四部叢刊》景元刻本《梨園按試樂府新聲》卷中補。

狂歌楚辭，閑臨晉帖，静和陶詩。平生但好這三般事。荒廢多時。熬日月，一張故紙染秋霜，兩鬢新絲。林泉志，蹉跎到此，猶未有買山貲。

大凡作樂府，其命意、用事、聯句、鑄字、起承轉合，皆與詩法同，捨詩法則不可也。然樂府之比詩，可以盡其情，可以和其辭，故曰詩不能盡其意，而有樂府之作也。

周叙◇编

诗学梯航

一卷

侯荣川◎点校

序

《詩學梯航》者，論作詩法度源流，先職方府君之所藏而考訂焉者也。永樂初，先君由太學正遷親藩紀善，尚寓京師〔一〕。時朝廷纂修《永樂大典》，族伯父溪園先生與東吴王汝嘉先生皆以學官被徵。每朔望，輒過寓邸，相與酌酒賦詩，或至夜分。因曰：「作文詠詩，雖由天分，未嘗不本諸法度。」先君曰：「余家有《詩法》一帙，蓋先叔父子霖承先志所修，但未成之書也。」汝嘉先生曰：「試假觀之。」觀畢曰：「予伯兄汝器亦嘗著此，第其少作，未加討論。請具藁歸子，合而成之，可乎？」先君唯唯。溪園先生喟然嘆曰：「二家俱以經學專門者也，而兼留心詩學若此。世謂經生難與言詩，詎不誣耶？且各以未備〔二〕，思輯其成，豈非天幸乎？」叙方成童在侍，溪園目曰：「小子識之。」曩歲，叙丁艱家居，閲故籍，得先君所校録者。讀之，已多殘缺，遂再用編定，間以己意補之。在京師時，臨淮大尹渝川彭君緝熙見而愛之，欲取歸刻梓。叙以無他録本，

〔一〕「寓」，原本無，據嘉慶本補。
〔二〕「未備」後嘉慶本多「者」字。

不及付。比來南京，參贊機務，兵部侍郎徐公良玉聞而索觀，且曰：「與其私於一門，曷若公於天下學者乎？」於是余托儒者王庭乂書之，侍郎、大尹二君子則各捐貲命工助刊焉。嗟夫！登山以求玉，必賴乎梯；涉海以探珠，必資乎航。否焉，至寶所聚〔一〕，終無蹊以得之。若夫闖著作之林，探風雅之趣，欲泛覽載籍，以追配乎古人，苟不先究是編，爲入室之階，俾關鍵熟於至論，意象妙于言表，亦豈足造精微之藴哉？觀者當必有取焉。余特述是書顯晦之故於卷端，以見前人用心之勤若此云。

正統十三年戊辰之歲夏五月望日〔二〕，南京翰林侍講學士奉訓大夫兼修國史兼經筵官吉水周敘序〔三〕。

〔一〕「寶」，原本無，據嘉慶本補。
〔二〕「月望日」，原本無，據嘉慶本補。「之歲」，嘉慶本無。
〔三〕「南京」、「奉訓大夫」，嘉慶本無。

詩學梯航

叙詩

詩之起自舜、禹《賡歌》，其源遠矣。逮周之《三百篇》作，詩之爲體始具；及經孔聖删定，四始、六義之説以明；以之被絃歌、薦郊廟，而詩之爲用益著。秦漢以來，歌曲寖盛，至《柏梁》之賦而七字成，即柏梁體。蘇、李諸作而五言出。漢蘇武有詩四首，李陵有《與蘇武》詩三首，及無名氏《古詩十九首》，皆五言詩。或謂蘇、李諸作非真，而《飲馬長城窟行》、《長歌行》等篇，皆漢樂府。已上並見《文選》。率皆五字爲句，則五七言之俱起於漢無疑。然漢去古未遠，風氣淳厚。惜乎漢詩傳於今者絶少，其可見不過樂府之類數章，固非後世所能及也。魏晉作者漸多，格製漸衆，視漢猶近，尚多漁獵。訖乎太康，詩體變矣。其後沈約既爲增崇韻學，徐陵、庾信之流，專以音律相諧，屬對是尚，江左詞人遂皆抽奇摘巧，摛藻紛葩，其氣魄已不充貫，致後世有「讀之令人四肢無氣力」之誚。猶可取者，古詩之法存焉。至唐沈佺期、宋之問始定著律詩，回忌聲病，約句準篇，如錦綉成文，而唐詩遂自成一體，於是詩之與法，始皆大變。陳子昂首倡於前，王勃、楊炯、李白、杜甫、韋應物、柳宗元諸公繼踵其後。朝廷又以詞章銓取科第，試省題詩，自開元、天寶以至大曆、元和，其間法度盛行，格製百出。詩人才士，肩摩武接，並駕争驅；篙人思婦，皆能吐奇弄秀；鄭谷過湘江，聞篙人微吟，問之，乃其所作。唐婦人多能詩者，如崔氏之類。俳優妓女，務取唱詠歌吟。唐角妓能歌白樂天樂府詩者，價增十倍〔二〕。每有佳句，旬日之間傳滿天下。大曆間，錢起、耿湋、韓翃、吉中孚、盧綸、司空曙、苗發、崔峒、夏侯審、李端，號「十才子」。每有所作，人争取之，旬日遍於四方。唐之音詩，於斯爲盛，存於今者，尚五百餘集。方之前古，雖變製不同，揆於《風》、《雅》，概得詩人之趣焉。其成一代之聲鳴，有唐之業，後世殆有不可及也，以故詩家至今莫不宗之。唐詩之體自分而爲四，唐詩之格遂離而爲十。何爲四？初唐，景雲以前。盛唐，景雲以後，天寶之末。中唐，大曆以下，元和之末。晚唐。元和以後至唐季年也。初唐之詩，去六朝未久，餘風舊習，猶或似之；盛唐之詩，當唐運之盛隆，氣象雄渾；中唐之詩，歷唐家文治日久，感習既深，發於言者，意思容緩；晚唐之詩，丁唐祚衰歇之際，王風頹圮之時，詩人染其遺氣，淪於委靡蕭索矣。詩繫國體，不虚言也。其格之十：五、七言律詩、排律、絶句、古詩、樂府、長短句之類是也〔三〕。自唐而後，歷五代之亂，作者罕聞。宋初言詩，猶襲晚唐。楊大年、

〔二〕「價增十倍」，原本無，據嘉慶本補。
〔三〕「也」，原本無，據嘉慶本補。

劉子(成)[儀]等出，遂學温飛卿、李商隱，號西昆體，人争效之。其語多僻澀細碎，甚至不可省識。歐陽永叔欲矯其弊，專以氣格爲詩，其言平易疏暢，學之者往往失於快直，傾囷倒廪，無復餘地。其後黄山谷别出機杼，自謂得杜子美詩法，海内翕然宗之，號江西派。學之者不失之奇巧，則失之粗鄙。間有名世如蘇東坡輩，又皆以己意爲詩，不復以漢、唐宗祖，故宋之聲詩卒復不振。獨得朱子《感興》二十章，幸有以綱維詩道，主鳴絶唱。逮末年，咸淳之聲出，宋末年至咸淳，詩文大壞，時謂之咸淳聲。詩之厄運已極，質之風雅，蓋蕩然矣。元興，趙子昂力欲攻革宿弊，唱爲音詩，深得唐人之風致。至天曆中，楊仲弘、范德機、虞伯生、揭曼碩相繼迭起，以唐自信，中外作者更相倣傚，遂成一代之詞，較之宋世，大有逕庭。國朝隆興，正聲丕變，渾涵光芒，蔚然炳然，規模遠矣。大抵詩之盛衰，與世升降，由今觀之，豈特追復有唐，儕休兩漢，得不駸駸闖于古乎？姑述其源，以俟後之作者。

辨格

凡詩格不同，措辭亦異。舉其正則有如《賡歌》，本出《尚書》，而三代、漢、唐自爲一格。四言皆祖《毛詩》，而淵明、六朝各成一體。況乎琴操、樂府，亦有今調、古調之差；古詩、絶句，又有五言、七言之異。律詩皆以五、七字爲句，而排律之格亦然。古詩既有五、七言之殊，而長短句之法不類，推言其變，非止一端。若古詩有《選》詩、古風之稱，律詩有今律、古律之辨。《選》詩見於《文選》所載，古風蓋泛然謂之。今律拘以聲律之嚴，古律惟從句法之順，於是目古詩爲往體，名律詩爲近詩。又名近體。迺有一句、二三句、五句之歌，一句如《漢書》「枹鼓不平董少年〔一〕」，兩句如荆軻《易水歌》，三句如漢高祖《大風歌》，五句如杜工部「曲江蕭條秋氣高」之篇是也。一字至七字之體。如唐張南史《雪》、《月》、《花》、《草》等篇。有三句七言一句九言者，隋人有應詔詩，多此體。有自三言起以漸加至四五六言而終以七言者，隋鄭世翼有此詩。有三言者，起於晉夏侯湛。有六言者，起於漢司農谷永。有九言者，起於高貴鄉公。有半五六言者，晉傅休《鴻雁生塞北》之篇是也。有三五七言者，鄭世翼有此詩。有雜言者。鄭世翼及唐名家有之。律詩有徹首尾對者，如杜工部《東屯北崦》及《垂白》之類。有徹首尾不對者。如李太白「牛渚西江夜」之篇。有絶句折腰者，謂中間失粘，如王維「渭城朝雨浥輕塵」之篇是也。有律詩折腰者。如杜工部「竹裏行厨洗玉盤」之篇是也。律詩有引韻便失粘者，如杜工部「浣花溪水水西頭」之篇是也，謂江東體。有至第三句失粘者。如杜工部「摇落深知宋玉悲」之篇是也。有前四句不對，至頸聯方對者，如賈島《下第》詩云「下第唯空囊，如何在帝鄉？杏園啼百舌，誰醉在花傍？淚落故山遠，病來春草長。知音逢豈易，孤棹在三湘」是也，謂之蜂腰體。有起句便對，頷聯反不對，至頸聯又對者。如杜工部「無家對寒食」之篇之類，謂之偷春體。有扇對者，如杜工部《哭

〔一〕「平」，嘉慶本作「鳴」。

台州司户蘇少監》詩「得罪台州去，時危棄碩儒。移官蓬閣後，穀貴歿潛夫」之類，又名隔句對。有就對者。如杜工部「小院迴廊春寂寂，俗凫飛鷺晚雙雙」之類。古詩有三韻者，五言如唐李益「漢家今上郡」之篇，唐人多作之；七言如杜牧《送王侍御赴夏口座主幕》詩之類。有五韻、六韻以至百韻者，此等唐人多作，於各集中可考而見。有換韻者，如《十九首・行行重行行》本押「離」韻，至中間换「遠」韻之類。有古詩全不押韻者，如古《採蓮曲》是也。有押六七韻者，如韓昌黎「此日足可惜」之篇是也。有重用兩三韻者，如曹子建《美女篇》兩用「難」字，任彦昇《哭范僕射》詩三用「情」字。有重用二十許韻者。漢《焦仲卿妻》詩内有之。律詩有分四實者，元人周伯弼編《唐詩（四）［三］體家法》有此下四體。四實者，謂中兩聯皆景物實事也。四虚者，謂中兩聯皆情思意虚也。前實後虚者，謂頷聯用事實，頸聯用情思也。前虚後實者。謂頷聯用情思，頸聯用事實也。紛葩燦藻，綺綉迭陳，興之所至，體亦具之。或有以時名者，若建安、漢末年號，曹子建父子及鄴中七子之詩。黄初、魏年號，與建安相接，其體一也。正始、魏年號，嵇、阮諸公之詩。太康、晉年號，左思、潘岳、二張、二陸諸公之詩。元嘉、南宋年號，顔、鮑、謝諸公之詩。大曆、唐年號，十才子諸公之詩。元和、唐年號，元、白諸公之詩。元祐宋年號，蘇、黄、陳諸公之詩。之稱。以代名者，若兩漢、魏晉、兼三國言之。齊梁、通兩朝言之。南北朝、通魏、周言之，與齊梁體一也。六朝、通南北朝、隋言之。初唐、盛唐、中唐、晚唐、宋、元之别。以人名者，若蘇武李陵、並漢人。曹子建劉公幹、並魏人。陶淵明，晉人。謝靈運、惠連、玄暉、並宋人。陰鏗何遜、並梁人。徐陵、陳人。庾信，梁人。沈佺期宋之問、陳拾遺子昂、張曲江九齡、王勃楊炯盧照鄰駱賓王、岑參、王維、二李、太白、長吉。二杜、子美、牧之。元微之白樂天、韋應物柳宗元、韓愈、高適、孟東野賈浪仙、孟浩然、杜荀鶴、盧仝劉叉、温飛卿李商隱、張籍王建、韓渥許渾，並唐人。歐陽六一居士、蘇東坡黄山谷、陳後山、楊大年、劉子(成)〔儀〕、王荆公、邵康節、陳簡齋、朱文公，並宋人。趙子昂、劉静修、楊仲弘、范德機、虞伯生、揭曼碩，並元人。之輩。以事名者，若柏梁、漢武帝與群臣宴柏梁臺，共賦七言，每句押韻。玉臺、徐陵所序，漢魏、六朝之詩，號《玉臺集》。或但謂纖艷者爲此體，其實不然。西崑、即李商隱體，然兼温庭筠及宋楊、劉諸公之作名之。香奩、韓渥有《香奩集》，皆裙釵脂粉之語。宫體、梁簡文傷於輕靡，時號「宫體」。禁體詠雪有此體。禁用粉白黛緑之語，起於宋。之名。以聲律者，若雙聲叠韻，同音不同韻，如「互」、「護」同爲脣音，而不同韻，爲雙聲；同音又同韻，如「磝」、「碻」之類，爲叠韻。轆轤、謂一詩用兩韻，雙出雙入，如先兩聯用「山」字，後兩聯用「寒」字，取其音協者。進退、謂一詩用兩韻，單出單入。葫蘆謂一詩用兩韻，先二後四。以上三體，並唐鄭谷等共定今體詩格云。之説，蓋因世代之污隆，曲盡體裁之變置。又如五平、如「枯桑知天風」之類，唐陸龜蒙有《夏日》詩，四十字皆平聲。五仄、宋梅聖俞《寄晏元獻》詩，四十字皆仄聲。平仄各押韻唐章碣有詩云：「東南路盡吴江畔，正是窮愁暮雨天。鷗鷺不嫌斜雨岸，波濤欺得逆風船。偶逢島嶼停帆看，深羨漁翁下鈎眠。今古若論英達算，鴟夷高興固無邊。」之類，皆詩人波瀾之餘，不足以爲常法。至如省題、唐省中出題試進士，如錢起試《湘靈鼓瑟》詩之類。聯句，齊梁間有此體，各賦數句，聯屬成篇。唐韓昌黎最工，如《城南》、《鬥雞》等篇之類〔二〕。不過

〔二〕「鬥」，原本作「聞」，據嘉慶本改。

取僥倖於一時，寓興懷於頃刻耳。甚則離合、字相拆合成文，如孔融「漁父屈節」之詩是也。建除、宋鮑照有此詩，句内用建、除、滿、平等十二字〔一〕。數名、鮑照有此詩，句内用一、二、三、四等十字。字謎、鮑照有此詩，每句包一字。回文、起於漢竇韜之妻，織錦回文，宛轉可讀。反覆、舉一字而誦皆成句，無不押韻，反覆成文，宋人多作。藥名、如唐張籍「黄葉霜前半夏枝」之類。人名、如唐權德輿「藩宣秉戎寄，衡石崇勢位」之篇之類，暗藏人名於句中。集句、湊集前人詩句成篇，唐號「四體」，宋人多作。卦名、州名、六甲、十屬等，又皆以詩爲戲，無足取法。乃若正格、謂第二字仄入，謂之正格，如「鳳歷軒轅紀，龍飛肆十春」之類。偏格謂第二字平入，謂之偏格，如「四更山吐月，殘夜水明樓」之類。之例，發語、起聯也。頷聯、第二聯也。頸聯、第三聯也。落句末聯也。之分，今韻、即今之唐韻。古韻、韓昌黎「此日足可惜」之篇用古韻，取其聲相通者，今謂之協韻。借韻如押「微」韻，起句可借押之類。之語，擬古、晉、宋多作，如陸士衡《擬行行重行行》之類。分題、六朝已有，至唐尤盛，謂之各分一題賦詩，如韋蘇州「分得暮雨送李胄」之類。分韻、人各分一韻，唐已有之，宋、元尤盛。和詩、如唐岑參《奉和賈至舍人早朝大明宫》之類，止和其意，不次韻。次韻依元唱之詩逐一次其韻，不和詩意。唐盛於元、白，宋、元尤重之。之云，亦詩家之名義也。又有平頭、第一字二字不得與第六、七字同聲。如「今日良宴會，歡樂難具陳」，「今」、「歡」皆平聲也。上尾、謂第五字不可與第十字同聲。如「青青河畔草，鬱鬱園中柳」，「草」、「柳」皆上聲也。蜂腰、謂第二字不得與第五同聲。如「聞君愛臣身，竊欲自修飭」，「君」、「身」皆

〔一〕「滿平」，原本乙倒，據嘉慶本改。

平聲，「欲」、「飭」皆入聲也。鶴膝、謂第五字不得與第十五字同聲[一]。如：「客從遠方來，遺我一書札。上言長相思，下言久離別。」「來」、「思」皆平聲。大韻、如「聲」、「鳴」爲韻，上九字不得用「驚」、「傾」、「清」等字。小韻、除本韻一字外，九字中不得兩字同韻。而「遥」、「條」不同句。旁紐、正紐，謂十字内兩字雙聲爲正紐，若不共一字而有雙聲爲旁紐。如「流」、「六」爲正紐，「流」、「柳」爲旁紐。梁沈約撰八種，惟上尾、鶴膝最忌，餘病亦通。謂之八病，皆宗詩者不可不知[二]。

若名篇之有不同，亦各有説。大抵放情曰歌，體如行書曰行，通乎俚俗曰謡，適乎性情曰詠，叙述其意曰詞，委曲盡情曰曲，悲如蛩螿曰吟，暢乎懷抱曰唱，敷陳辭語曰篇，備載始末曰引。謳則有可謳之音，弄若可播弄之意。曰怨、曰樂、曰别、曰思，不過因其義而取其名。樂府，則可薦之宗廟；琴操，則以寫之音徽。此皆原其立名之意，後世作者豈必盡然。至於屬對，必有其法。唐上官儀嘗云：「詩有六對。一曰正名對，天地日月是也。二曰同類對，花葉草芽是也。三曰連珠對，蕭蕭赫赫是也。四曰雙聲對，黄槐緑柳是也[三]。五曰叠韻對[四]，彷徨放曠是也。六曰雙擬對，春樹秋池是也。」又曰：「詩有八對。一曰的名對，『送酒東南去，迎琴西北來』是也。二

[一]「五」，原本脱，據嘉慶本補。
[二]「宗」，嘉慶本作「崇」。
[三]「黄」，原本脱，據嘉慶本補。
[四]「對」，原本脱，據嘉慶本補。

曰異類對，『風織池邊樹，蟲穿草上文』是也。三曰雙聲對，『秋露香佳菊，春風馥麗蘭』是也。四曰疊韻對，『放曠千般意，遷延一介心』是也。五曰連綿對，『殘河若帶，初月如眉』是也。六曰雙擬對，『議月眉欺月，論花頰勝花』是也。七曰回文對，『情新因意得，意得逐情新』是也〔一〕。八曰隔句對，『相思復相憶，夜夜淚沾衣。空嘆復空泣，明朝君未歸』是也。」古今詩格具述如上。嗚呼！《詩》三百篇，《國風》、《雅》、《頌》列爲四者而已，體制繁亂，曷至於此。世道愈下，變置愈多，《王風》之降爲《黍離》，可勝嘆哉！余故歷叙而出之，庶或廣學者之聞見，亦可觀世變之盛衰矣。

命題

作詩命題，大爲要事。或有先立題後賦詩者，或有因詩成而綴題者，隨其賦興，有此二端。然自有詩以來，命題之語，代各不同，視其題語之純駁，則知所作之高下，而可以窺其識見之淺深也。兩漢尚矣。由漢而下，魏晉詩人賦詠篇什，無藉於題，特立題以紀辭耳，其語甚簡，如魏文帝《芙蓉池作》，曹子建《情詩》，劉公幹《贈五官中郎將》，王仲宣《從軍》詩，陶淵明、阮嗣宗《詠懷》，皆只一語，略題賦詩之意，詩中興趣蕭散，不爲題所拘繫。宋、齊以往，漸加繁細，如沈

〔一〕「逐」，原本作「遂」，據嘉慶本改。

休文《新安江水至清淺深見底貽京邑遊好》、顔延年《車駕幸京口三月三日侍游曲阿後湖作》、謝靈運《石門新營所住四面高山迴溪石瀨茂林修竹》、謝玄暉《暫使下都夜發新林至京邑贈西府同僚》、謝惠連《泛湖歸出樓中翫月》、江文通《從冠軍建平王發廬山香爐峰》、任彦昇《贈郭桐廬出溪口見候余既未至郭仍進村維舟久之郭生方至》、何水部《從主移西州寓直齋内霖雨不晴憶郡中遊聚》之類，始覺受制於題。漸流至唐，愈加精密矣。嘗觀唐人之作，一詩之意具見題中，更無罅隙。其所長者，雖文采不加而意思曲折，叙事甚備而措辭不繁，所以覺唐見周人詩無閑句，蓋唐詩以法律名家，故其規矩謹嚴，不少放縱。如杜少陵《冬日洛城北謁玄元皇帝廟廟有吴道子畫五聖圖》，又《至德二載甫自京金光門出間道歸鳳翔乾元初從左拾遺移華州掾與親故别因出此門有悲往事》，又《王十七侍御携酒至草堂奉寄此詩便請邀高三十五使君同到》；李太白《經亂離後天恩流夜郎憶舊遊書懷贈江夏韋太守良宰》、《博晉鄭太守自廬山千里相尋入江夏北市門見訪却之武陵立馬贈别》，又《聞丹丘子於城北營石門幽居中有高鳳遺迹僕離群遠懷亦有棲遁之志因叙舊寄之》，又《翫月金陵城西孫楚酒樓達曙歌吹日晚乘醉著紫綺裘烏紗巾與客數人棹歌秦淮（住）［往］石頭訪崔四侍御》[二]；王維《同盧拾遺韋給事東山别業二十韻給事首春

[二]「侍」，原本作「時」，據嘉慶本改。

沐維已暗遊及乎是行亦預聞命會無車馬不果斯諾》，韋蘇州《張彭州前與緱氏馮少府各惠一篇多故未答張已云没因追哀叙事兼遠簡馮生》，柳子厚《奉和周二十二丈酬柳州侍郎衡江夜泊得韶州書并附當州生黄茶一封率然成篇代意之作》〔二〕，武元衡《和陽二舍人晚秋與崔二舍人張秘監苗考功同遊昊天觀時中書寓直不得陪隨因追往年曾與舊僚聯遊此觀紀題在壁已有淪亡書事感懷輒以呈寄兼呈東省三給事之作楊君見徵鄙詞因以繼和》，劉長卿《送馬秀才移家京洛便赴舉》，錢起《經七盤路阻寇聞李端公先到南楚因以贈之》，如此之類，不能枚舉。至無可書，始有題曰送某人、寄某人、遊某地、詠某物、述某事而已，但有餘意，必形於題。宋人命題雖曰明白，而其造語陳腐，讀之殊無氣味，有非唐人之比。雖歐、蘇、黄、陳負當世大林者，尚不能變，蓋氣習使然。元朝諸公，承宋舊染，互相傳襲，自非確然有識，鮮不溺於流俗〔三〕。而或自拔於晉、唐者，幾何人哉！欲效一物，必獲其肖，諺所共諭。凡學漢魏詩，其題必祖漢魏；擬齊梁，必倣諸齊梁。唐體亦然，各貴乎似。以齊、梁、唐人之語，題於漢魏古詩之首，是猶加近世巾帽而被玄端之服，不免爲識者所誚；以漢魏題目而冠諸齊、梁、唐體之上，亦不倫矣。如是者，大綱既失，

〔二〕「率然」，「率」原本缺，嘉慶本作「意」，據宋刻本《河東先生集》卷四十二補。

〔三〕「鮮」，原本作「論」，據嘉慶本改。

可與議詩云乎？

述作上 總論諸體

詩自《賡歌》既作，有琴操焉，始於虞舜《南風》之歌。其後如文王《羑里》之作，高陵《别鶴》之操，商山四皓《紫芝》之曲，異代同符，寫之音徽，宫、商吻合〔一〕，蓋亦古詩之流也〔二〕。魏晉以來，詩曲日盛，斯作遂湮。至唐始有昌黎韓子所擬《將歸》等操，非特獨步有唐，直欲翱翔兩漢之上，後世莫之與京。元朝李季和極力模倣，有《擇木》等數篇，足以追配，可謂有志於古。然非熟於三代、秦漢之作，真有得其心者，不能然也。是則琴操舍三代、秦漢將何取式哉？琴操之後，樂府繼興，由漢及唐，爲體不一。漢魏古辭，沉潛渾龐，爾雅典古。晉代之音，猶有似焉；齊梁六朝，綺靡雕錯，夸誕矜驕。至唐之盛年，作者尤衆，然皆各具一長，若杜子美之典重，李太白之豪放，白樂天之指實，温飛卿之纖濃，盧仝之怪，劉駕之悲，長吉之鬼仙，義山之風流，皆足名家。至其詞語沉著，情緣周致，元微之、張籍、王建，其尤也。蓋三子之作，思遠格幽，材俊巧拙，唯題

〔一〕「宫」，原本作「官」，據嘉慶本改。
〔二〕「古」，原本脱，據嘉慶本補。

適從，各當其可；至於鋪叙轉换，斷論出場，莫不曲妙，真所謂出類拔萃者耶！若唐之樂府，自足名家。要之，不必與漢魏並論矣。元代宋運，聲詩中興，學太白者有陳剛中，學子美者有李子構、揭曼碩，學樂天者有馬易之，學飛卿者有薩天錫，學張、王者有李季和。此數公皆達而在上，人所共慕。若窮處山林巖穴之士，呻吟謳謡之聲，豈無學古若甯戚之歌、興悲如劉駕之什？亦有膏粱子弟、錦繡才人〔二〕，逞風流如義山，效鬼仙如長吉者，又豈無奇崛之輩、感憤之徒，詭行放言，若盧仝、劉叉之怪者乎？固未暇遍索而枚舉也。百年之間，文獻可徵若此。大抵郊天地、薦鬼神之歌，必取式於兩漢；諷君上、刺美惡之詞，或效顰於魏晉；叙事實、騁材華之作，當踵武於有唐。若擬舊題，必各倣其始製之體，此爲妙訣。樂府而後，有長短句、本出漢樂章，見《漢書·郊祀志》。七言古詩，即《秋風詞》之類。二體雖皆起於漢世，然尚不若五言之甚簡。開元以後，始極盛矣。李、杜集中，率多賦此。宋之問《明河篇》、白樂天《長恨歌》、元微之《連昌宫詞》、王昌齡《箜篌引》、韓退之《石鼓歌》、李義山《元和碑》、盧仝《月蝕》詩，劉叉《冰柱》《雪車》皆傑然之作，足可師法。若蘇東坡《芙蓉城》、歐陽文忠《廬山高》，在宋人中深不易得。元人如陳剛中、揭曼碩、薩天錫、丁仲容、韓明善、李季和、張伯雨諸公，作者甚衆，足繼唐風。五言長篇，漢已有《焦仲卿

〔二〕「粱」，原本脱，據嘉慶本補。

妻》等詩，至唐始盛於李、杜，少不下二三十韻，多至百韻。其後詞人踵作，遂成一體。五七言既著，於是乎有律詩焉。有律詩，遂有排律。排律，即律詩排叙者也。須先將己之胸次放闊，以次取詩之指意，展開鋪陳錯綜，有條不紊。天吴紫鳳，燦然盈幅，及其冠冕珮玉，球琳鏗鏘，擲地當作金石之聲。五言者，唐人須推杜工部爲第一，如《上韋左丞》之類，當反覆詳味，更以盛唐、中唐諸家參取之。七言者，唐詩亦不多見，杜工部《贈鄭廣文虔》一詩可取爲式，比之五言句語，特加清新雅健耳。絶句，亦律詩之流。絶，猶截也，謂八句截爲兩章也。以八句截爲兩章，非四句而何？五言四句，漢已有之，如《藁砧》之詩是也。後如陶淵明哭四景之作〔一〕，及三謝、陰、何諸集中往往而有，但不拘聲律，猶古詩耳。至唐，始被以聲律，即今之所謂絶句。終始雖止二十字，亦未易佳。須一句趁一句，不得閑緩。詞欲有餘，意須充足。如劉長卿賦《秦系頃以家事獲謗因出舊山每荷觀察崔公見知欲歸未遂感其流寓詩以贈之》，首云：「初迷武陵路，復出孟嘗門。」只此二句，已盡題意。可見其因家事出山，荷崔見知。本云：「回首江南岸，青山與舊恩。」只就題意寫出，可見其欲歸未遂之情。只此二十字，將題中事掇拾無餘，言有盡而意無窮。又如王維《山中送别》詩云：「山中相送罷，日暮掩柴扉。春草年年緑，王孫歸不歸？」中間多少情

〔一〕「陶淵明」，原本作「唐淵明」，嘉慶本作「陶淵」，據改。

思。彼一讀而盡者，何其陋哉！七言絶句，全假一段精神。杜牧之、劉禹錫、武元衡，最長於此。如杜牧之《赤壁》詩云：「折戟沉沙鐵未銷，自將磨洗認前朝。東風不與周郎便，銅雀春深鎖二喬。」意謂孫氏霸業係此一舉。使非因風縱火，當時孫公兵氣已餒，即周郎必不能破曹，而二喬爲操所有矣。吴之子女爲操所有，吴之社稷可復保乎？此正詩中深意。劉禹錫《烏衣巷》詩云：「朱雀橋邊野草花，烏衣巷口夕陽斜。舊時王謝堂前燕，飛入尋常百姓家。」武元衡《汴州聞歌》詩云：「何處金笳月裏悲，悠悠邊客夢先知。單于城上關山曲，今日中原總解吹。」此等極有涵蓄，作者要當如此。

述作中 專論五言古詩

凡作五言古詩，必以漢魏爲法。漢魏之詩，最近《風》、《雅》，語意圓渾，理趣深長，動出天然，不假人力，終篇一覽，穆如清風。《毛詩》、《離騷》尤不可不熟，務在求其意趣，曲折盡在是矣。且如《關雎》之詩，終篇不過八十字，其所以憂，所以樂，宛轉回互，各極其至，使人諷詠不忘，可見詩人之性情矣。善哉！昔之論《詩》者曰：「《詩》不可以言語求，必將觀其意焉。故其譏刺是人也，不言其所爲之惡，而言其爵位之尊，車服之美，而民疾之，以見其不堪也。『君子偕老，副笄六珈』、『赫赫師尹，民具爾瞻』是也。其頌美是人也，不言其所爲之善，而言其容貌之盛、冠佩之華，而民安之，以見其無愧也，『緇衣之宜兮，敝，予又改爲兮』、『服其命服，朱芾斯皇』是也。」東坡語。又曰：「《詩》之爲言，率皆樂而不淫，憂而不困，怨而不怒，哀而不傷。如《緑衣》，傷己之詩也，其言不過曰『我思古人，俾無尤兮』；《擊鼓》，怨上之詩也，其言不過曰『土國城漕，我獨難行』。至軍旅數起，大夫久役，止曰『自貽伊阻』；行役無期，度思其危難以風焉，不過曰『苟無饑渴』而已。至於言天下之事，美盛德之形容，固不言而可知。其與憂愁思慮之作，孰能優游不迫也？孔子所以有取焉。」蔡顯道語。而漢魏之詩，猶或有得其餘風也。故學五言者，必以《毛詩》爲祖，漢魏爲宗。如《文選》古樂府四首。《飲馬長城窟行》，興言離居之婦，見河畔青青之草而思其良人之在遠道者，至於夢寐之不忘，願見而不可得；再言枯桑無枝葉則不知天風，海水無凝凍而不知天寒，以喻婦人在家，則不知夫之信息。雖有親戚之家，入門而皆自愛其所愛，誰肯訪問而言者乎？方其憂思之切，忽有客自遠方而來，遺我水中深隱之物，烹之而得吾良人之書，於是長跪而讀之，上有「加餐」、「相憶」之語，可見夫婦之至情有不能已者。如此，其憂而不困之意得矣。《君子行》，首言君子不可妄動；次言瓜田叔嫂之喻，以明嫌疑之可謹如此；中言惟勞謙可以守之，和光則甚難矣；末言周公如此之勞謙，而後世所以稱之爲聖賢也，其能樂而不淫者歟？《傷歌行》，賦言昭昭之月，燭我床榻，憂人對之不寐，而怪其夜之何長。而況天風微來，帷帳飄動，遂起而攬衣曳帶，屣履下堂〔一〕，徘徊瞻顧，但見春鳥悲鳴，念其儔匹，適與心會，於是感傷泣涕，佇立而高吟，將舒余之憤，上訴於蒼穹也，非怨而不怒者若是乎？《長歌行》比言葵上之露，待日而晞，猶人之年華，待時而發也。陽春之布澤，而萬物生輝，猶明君之施恩，而賢才獲用也；秋至而華葉焜黃，猶人之過時甚矣。於是相百川之東馳者，何嘗西歸，猶人之歲年一去而不復來矣，豈可「少壯不努力，老大徒傷悲」乎？其哀而不傷者也。又有曹子建樂府四首。《箜篌引》，首言置酒歌舞之樂，賓主交承之歡，久要不忘。中言如此而有薄終者，則爲義所尤矣。而君子之德謙謙，然後欲何求乎？蓋守此禮也。至於驚風之變，盛年之去，豈我所欲哉？末言人生同此榮死，則皆歸於山丘矣。然則，先民亦豈有不死者乎？而先民所以處窮約而不憂者，知命故也。知此，則士之進退，莫不有命。豈復可憂哉？《名都篇》，賦述都邑之麗，少年之盛，技藝之衆，馳騁之娱，宴遊之樂，無有窮已。至見日馳雲散，光景之不可攀，則各還城邑，俟明晨而復來耳。雖若惜爲樂之不及，閔日月之不居，然亦終不至秉燭夜遊之荒，可謂樂而得其節矣。《美女篇》，興言採桑之女服飾之華，容貌之麗，令衆人共睹，而又居近城郭，閭門高大，誰不仰之？玉帛來求，非一而止。雖以婦人之美，苟不以義，有不可得者，况求賢乎？徒以

〔一〕「屣履」，原本作「履履」，據嘉慶本改。

衆人嗷嗷之求，而不知其意，然彼之所以觀望於衆人者，則有以也。故寧盛年獨處，中夜長嘆，而不至於逾墻鑽穴，自嘆世之不我知而已，亦何尤於人哉？《白馬篇》，言幽、并遊俠之士，輕捷敢勇，棄身鋒刃，不顧性命者，以名在壯士之籍，義當捐軀赴國，父母且不敢私，況妻子乎！所以然者，以義故也。豈若小人之戞然忘情者哉？亦可哀也矣。子有以比仕而受禄於君，可得以己之私而怠其事耶？皆發乎情而止乎禮義者。此漢魏之詩，所以爲近《風》、《雅》。漢魏而下，猶有取於晉，如陶淵明之自然，阮嗣宗之典古，則巨擘焉。下此，惟左太冲近之。六朝之詩，有意精工，務求佳句，未免過於刻削。若鮑明遠、顔延年、江文通、任彦昇、沈休文輩，皆能名家，獨三謝高出其類。如「池塘生春草，園柳變鳴禽」、「初篁苞緑籜，新蒲含紫茸」、「芳塵凝瑶席，清醑滿金樽」，並靈運詩。「魚戲新荷動，鳥散餘花落」、「餘霞散成綺，澄江静如練」、「日華川上動，風光草際浮」、「花叢亂數蝶，風簾入飛燕」，並宣城詩。「白露滋園菊，秋風落庭槐」，惠連詩。皆其得意之句，亦已駸駸乎入於徐、庾矣。徐、庾等輩之詩，如金妝玉點，珠縷翠鋪，非不炫燿，然大本已喪，外觀何益？唐初五言，猶循六朝；景雲以後，風氣稍變；至開元、大曆之間，自成一體。觀其詞語充贍，理氣通暢，雖不及魏晉之隱微，而其據事直書，展轉開闔，各盡一長，律以《風》、《雅》，得六義之賦焉，有不必求之漢魏也。其間若李太白《古風》五十首、杜子美秦蜀紀行諸詩，率皆古雅，又非陳子昂《感遇》之可及。獨韋應物、柳子厚二家，情思蕭散，意趣冲澹，最能興發，尤當熟玩。蓋韋得《選》爲多，柳得陶爲近。若宋朱子《感興》二十首，非特跨越晉、唐，直欲凌躐漢魏。元人如趙子昂《秋懷》、虞伯生《月出古城東》等篇，各得詩人之理致。學者能於此而致思焉，久久成熟，殆有不期而入漢魏之域矣。

述作下 專論唐律

律詩必截然祖於唐人，蓋唐以前未有此體，景雲以後，此體始出，中唐尤盛。謂之律者，猶法律然，有五等之刑、三千之條爲之約束，少失繩墨，即是犯法，爲詩家之罪人矣。然又不可爲法律纏，當如王者之民，皞皞然若不知有法律者，其實未嘗敢逃乎法律之外也。大約先以起承轉合爲一詩之主，既起端於首聯，頷聯便須接其意，頸聯又須宛轉斡旋，至末聯將一詩之意復合而爲一矣。唐人律詩，尤重五言，如岑參、王維、武元衡聲口典重，法度持正，甚可師法。他若錢起之清新，張籍之俊逸，許渾之蒼翠，皆足起興。唯劉長卿興趣優游，理意充足，指事切實，命意周圓，最當枕藉，以爲終南之捷徑，極是得力。起句先欲折破題意，令觀者即知此篇爲何而作；中間一聯證實，一聯妝點，互相答應；結語貴有出場，貴有深意，看到盡處，使人不忍讀竟。譬如一段話，初説已見心事，中間愈説愈有滋味精神意思，末後敷揚，以爲收合，庶可令衆聳聽。不然，則淆亂無序，言者煩而聽者厭矣。(假)〔例〕如劉長卿作《巡去岳陽却歸鄂州使院留别鄭侍御侍御謫居此州》，起云：「何事長沙謫，相逢楚水秋。」只此二句，已盡包括題意。頷聯云：「暮帆歸夏口，寒雨對巴丘。」此二句特承上句之景以實此詩。頸聯云：「帝子椒漿奠，騷人木葉愁〔二〕。」此二句就鄂州事物上變換出，以模寫題意，妝點此詩。結云：「誰憐萬里外，離別洞庭頭。」只就本題中拈出此二句，收合一詩之意，以爲出場。又如《見秦系離婚後出山居作》云：「豈知惜老病，垂老絶良姻。郄氏誠難負，朱家自愧貧。綻衣留欲故，織錦罷經春。何況靡蕪緑，空山不見人。」一起便見題意。頷聯只於題意内引兩事以證實之。頸聯就此題模寫目前之事以爲妝點。一結尤清新俊逸，而深意寓其中。悽惋之情，惻然見於詞氣之表，將秦系心中所蘊寫盡，數百載之下讀之，如身親見秦事。唐人中稱長卿詩爲「五言長城」，信不誣也。七言律詩至難作，在唐人中亦歷歷可數。杜工部最爲渾成，中間却有大平易處，當擇其精好，如《秋興》諸作、《明妃村》、《蜀相》之類學之。杜牧之冠冕佩玉，儘有可學，亦有一二不合者，須擇而去之也。如岑參、王維等皆有唐之風，若劉長卿温和而蘊藉，錢起清新而葩藻，李商隱情悰而瑰邁，許渾哀思而詞華，皆不失唐人風致，及劉禹錫、羅隱輩皆可取。要當立二杜、岑、王及盛唐名家爲標準，以諸子爲衡衛可也。其法要一句接一句，脉絡須貫通，不可歇斷，纔歇斷意便不接。中

〔二〕「葉」，原本作「客」，據《四部叢刊》景明正德本《劉隨州文集》改。

間有説景處，雖似歇斷，而言外之意，其脉絡自然貫通連篇。題詠猶貴乎相著，又不可一句粘皮帶骨。欲令脱灑，不可淺近，淺近則語俗；不可纖巧，纖巧則氣弱；不可氣餒，氣餒即是晚唐；不可氣盛，氣盛便類宋元。須教渾成，渾成中却欲詞華典雅，氣象深沉，全藉韻度，全藉性情，從容涵泳，感嘆無窮。（假）［例］如杜子美《蜀相》詩，首云「丞相祠堂何處尋」，便接以「錦官城外柏森森」，而承之以「映階碧草自春色，隔葉黄鸝空好音」，可見武侯於蜀有許多大功，而今皆亡之，惟有碧草自能春色，黄鸝空復好音而已。因而思其往事，乃云「三顧頻繁天下計，兩朝開濟老臣心」，轉此一意，已斷武侯之出處，言因當日先主三顧之勤，故武侯所以報施之效，非圖身後之事。而千載之下，蜀人之思不思，焉足繫武侯之重輕哉！若此則先主之顧，乃爲天下之計；武侯之報，實歷事兩朝老臣之心。又可見當時君臣皆公天下之心，非私心也。結云「出師未捷身先死，長使英雄淚滿襟」，以收合上文句意，謂當時君臣際遇如此之篤，似可中興漢室，而漢之興與否，只在武侯一人，惜其出師未捷而先死矣，所以千載之下英雄爲沾襟也。多少筆力，多少意思，杜詩謂之史者，非以此乎？又如杜牧之《長安雜題》云：「觚稜金碧照山高，萬國珪璋捧赭袍。舐筆和鉛欺賈馬，贊公論道鄙蕭曹。東南樓日珠簾捲，西北天宛玉勒豪。四海一家無事日，將軍携鏡泣霜毛。」一起直是氣概，非此頷聯，何由承接得住？更無此頸聯，亦襯貼不起。一結尤高妙，雖只眼前事，他人决不能寫。句句光彩，字字精神。或有以一篇著名者，若崔顥《黄鶴樓》、鄭谷《鷓鴣歌夏》、竇松《宿江城》、羅鄴《牡丹》詩之類。以一句著名者，如李嘉祐「野棠自發空流水，江燕初歸不見人」、楊汝士「文章舊價（連）［留］鸞掖，桃李新陰在鯉庭」，即壓元、白之句；崔塗「蝴蝶夢中家萬里，杜鵑枝上月三更」、趙嘏「殘星數點雁横塞，長笛一聲人倚樓」、劉威「遥知楊柳是門處，似隔芙蓉無路通」，來鵬「侵階草色連朝雨，滿地梨花昨夜風」，皆爲世所稱道。宋人如王荊公「細數落花因坐久，緩尋芳草得歸遲」、黄山谷「桃李春風一杯酒，江湖夜雨十年燈」之句，未嘗不佳，求其韻度，始覺與戾矣。元人律詩，如趙子昂之清俊、楊仲弘之雄偉、范德機之平正、虞伯生之典雅，非不可嘉，方唐之音，直是氣象不類，縱造其域，不過元詩。在宋人則尤有不可學者，又非元人類矣。余故斷以律詩必取唐人爲法，識者試以五言辨之。

品藻

嘗觀古今藝苑，具載名勝歌詩。緣其才調各殊，是致詞華頓别。雖見評於月旦，或未愜於雌黄。捃摭陳言，裨增新議。珠顆益增其光耀，瑜瑶不掩於瑕疵，明鑒既真，妍媸自出。魏武帝如幽燕老將，氣韻沉雄；魏文帝如唐晉遺民，憂生感慨。曹子建如京洛少年，風流自賞；王仲宣如江湖久客，閲歷甚深。劉公幹之勁奇負氣，有如楚俠秦豪；應德璉之素志徽詞，本於汝風潁俗。並魏人。陶淵明如浮雲在空，捲舒自若；阮嗣宗如古琴出匣，製作猶在。左太冲之仙風道骨，脱略塵凡；郭景純之曠志高懷，傲誕當世。潘安仁如落英隕林，嵇叔夜如光燈吐焰。張景陽如春花晚秀，殷仲文如秋魄流華。張平子如騷客之含規，張茂先如稗官之習事。並晉人。謝宣遠如歸鴻遵渚，留燕居巢；謝靈運如綠柳荑原，絳桃映囿。謝玄暉如餘霞之散綺，謝惠連如嘉月之裁規。庾開府之清新，若紅蕖之出水；鮑參軍之俊逸，如綠竹之迎風。顔延年如閑花野草，競逐春榮；江文通如芳芷幽茎，尤稱秋賞。並宋人。沈約如風漪泛沼，何遜如雲嶠盤穹。並梁人。沈佺期如閶闔連雲，巖廊拂霧；宋之問如明河亘空，江潮入海。陳子昂如珊瑚映水，顔色本佳；張九齡如蚌蛤懷胎，光華莫掩。王勃如佩玉鳴鑾，楊炯如調絲弄竹。盧照鄰如吴牋在几，駱賓王如蜀錦舒床。李嶠之思真才子，王績之語誠隱倫。杜審言如華林擷秀，李嘉祐如遊絲惹絮。岑參如龔黄典郡，愷悌慈祥；王維如裴度立朝，公平正大。高適如宦遊前輩，步驟端莊；崔顥如宇宙達人，襟懷灑落。李翰林之藴如仙家雞犬，遺響白雲，覈其歸存，恍無蹤迹；杜工部之作如臺閣老臣，深知典故，動静自然，操持大熟。王昌齡如洛陽日暖，林卉相敷；孟浩然如洞庭始波，木葉微脱。韋蘇州如孤桐浮磬，暗合音徽；柳刺史如霜管冰絃，共矜節奏。武元衡廟堂宰相，氣象寬宏；杜牧之中朝貴公，行藏特達。劉隨州如湘江芳草，楚畹滋蘭，秀色清香，出人意表；錢考功如花堤舞燕，柳岸啼鶯，麗景佳辰，在吾目下。白樂天如父老行鄉，指陳實事，淫聲俗語，時見乎言；元微之如村士入城，寒温款話，暴言粗氣，不掩其容。項斯如周室之遺民，尚懷遺俗；戎昱如秦家之黔首，悉戀故風。韓翃如上苑餘花，尚宜翫賞；耿湋如紺園夕照，尤助行吟。盧綸如鶯啼別院，高駢如鶴唳喬林。李益如絶塞征人，劉駕如倦途孤客。韓昌黎如韓信背水陣，惟彼獨能；李長吉如武帝食露盤，無補多慾。温飛卿如七珍九寶，自非常有，歸之富麗才華；李商隱如八璉四瑚，雖不適用，要亦瑰邁奇古。孟郊如凝冰積雪，凛爾生寒；賈島如木落山空，淡然自瘦。嚴維如柳塘春水，鄭谷如菊徑秋香。羅隱如蚓響蛩悲，清吟入夢；許渾如江光山色，空翠逼人。張籍如子弟擅場，風流舉止；王建如優工作戲，絶倒詼諧。盧仝如木客憑身，滔滔怪語；薛能如老翁曝背，亹亹常談。陸龜蒙如鄉中願人，取憎士輩；杜荀鶴如村間學究，見鄙儒林。皇甫冉如夜月之當花，司空曙如斜陽之在樹。劉禹錫如柳絮因風，悠揚飄逸；權德輿如春潮入浦，周洽汪洋。顧況如雨濕梨梢，李頻如泉鳴雲竇。李咸用如閭閻朋黨，甚怯衣冠；韓致[堯]如市肆佳人，不通閨閣。姚合如秋蟲篆葉，春蟻鏤花；唐求如野鳥入林，山僧出定。晉、唐之間，名世之士固不止此，特於其中舉其所長，略其所短，粗陳梗概，不暇支離。夫宋以來，豈無作者？時代既殊，聲韻不協，已無取式，何必繁文？至若漢人，難容儕等。咀嚼其辭，探求其意，聲色不見，臭味俱無，膚見淺聞，管窺簫弄，焉敢妄論，顒俟高明。

通論

前後論詩者多矣，或泛而不切，或僻而不當，使學詩之士無以遵守。余竊取其中於理者，叙而論之。夫詩者，吟詠性情者也，及其至，可以動天地，感鬼神。然則，詩豈易言哉？惟其言之不易，故其作之有法。學者先務立志堅確，必欲造乎古人然後已。於是凝心定氣，聚精會神，求古人所以用心，漢詩之所以爲漢詩，唐詩之所以爲唐詩，三代之所以不可及，與夫宋人之所以不可學者，何爲而然。然後命意措辭，直欲追及古人。及與不及，姑置未問，但當如此。初時好惡未辨，連篇累牘，肆筆而成，不暇改抹；既識羞愧，始生畏縮，成之極難；及其透徹，縱横紛錯，隨吾所用，天人一矣。須在看多，做多，商量又多。推敲改抹，字字句句，不容苟且，日煅月煉，期於必傳。用字不可粘湊，押韻不可牽强，句語不可尋常，首尾不可各别，故事不可不謹用。要如水中著鹽，飲水乃知鹽味。舊詩不可蹈襲，但可脱胎换骨，默會方知本原。不可令有村俗氣，不可令有斧鑿痕。詞忌直，意忌淺，脉忌露，味忌短。音韻忌散緩，亦忌迫促。篇章忌堆積，亦忌貼襯。發端忌妄作舉止，收拾貴有出場。意貴通透，語貴脱灑。語忌須除，語病必去。認處要真，做處要著，聲口要和，斤兩要停，説理要簡易，説事要圓活，説景要微妙。血脉相通，辭理俱到。不可切切，不可泛泛，不可駡詈，不可叫噉，不可徒作，不可强爲。氣高而不可怒，才贍而不可疏。欲宛而不得刻，欲奇而不得怪。欲情緣而離深僻，欲經史而離書生。須是本色，須是當行。小篇欲器局闊大，意趣充足；大篇欲首尾停匀，腰腹肥滿。長篇讀之不覺其長，惟恨盡之太速；短篇讀之愈覺意趣深遠，耽玩不休。其間波瀾開闔，如在江湖中，一波未平，一波已作。若兵家之陣，方以爲正，又復是奇；方以爲奇，忽復是正。出入變化，不可紀極，而法律不亂。難處尤在收拾，譬若番刀，須用北人結裹，南人便非本色。中間必能狀寫物之景，如在目前；含不盡之意，見於言外。如清廟之瑟，一唱而三嘆，然後爲至。更須多閱經史，以爲帑藏；深明義理，以爲見識；熟玩《毛詩》、《離騷》及漢魏諸詩，以爲根本。而取材於晉、唐，宜將宋人之詩一切屏去，不令接於吾目，使不相漸染其惡，庶得以遂吾之天。不然，一淪於彼〔二〕，雖竭大湖波，徒費煎滌矣。觀古人之詩，亦當取其所長，舍其所短。如杜工部排律大篇，開闔展轉，是其所長；短律絶句，粗率極多，乃其短處。李太白詩，長篇闊幅，縱横放逸，是其所長；片言隻字，時有疏脱，乃其短處。韓昌黎以文爲詩，是其所長；好押險韻，遂至辭意不貫，乃其短處。李商隱善於用事，是其所長；然用之太多，未免詞艱氣弱，乃其短處。豈可謂古人名盛，遂所作皆是，毋論妍媸，追隨其後，往往如此，而至紕繆者多矣。若論其妙，在於雄渾自然，幽柔深遠，

〔二〕「淪」，原本作「論」，據嘉慶本改。

蕭散高妙，宛轉藴藉，典重爾雅，精深圓健，清新俊逸，析詞造理。其偏處，則豪放奇怪，平易綺麗，寒苦幽野；其失處，雕巧刻露，粗俗率直，寂寥簡短散漫，鄙俚陳腐。要當精思力學，乃自得之。嗟夫！詩之爲藝至矣，古今未嘗不同也，何今人之不古若哉？由其志之立與不立也。昔李長吉苦吟，其母謂：「是兒必欲嘔出心肝乃止。」李洞以金鑄爲賈島，師事之以自力。陶淵明、阮嗣宗、杜審言、柳子厚等，僅百數篇，卒不能磨滅，非其立志堅確，妙悟入神，何以傳遠！今之學者，立志既不如古人，讀書又不若古人，所見聞又不逮乎古人，率然成詠，輒欲過於古人，難矣哉！然則如之何而可？曰：必求古人之所以用心，然後可。曰：古人之用心曷從而求之？曰精曰一，可以求之。求之於鹵莽蔑裂而至有成者，吾未之見也；精一以求而不至於成者，吾亦未之見也。天下之事無適不然，況詩乎哉？故爲論著如上[一]。予嘗考績至北京[二]，今南京翰林侍講學士吉水周先生時爲侍讀，獲造其書堂，見案間新書二編，一曰《詩學梯航》，一曰《唐詩類編》。予展玩數四，意竊愛之。《詩學》則其先大夫職方先生集其叔祖子霖及東吴王汝器先生二

[一] 「上」，嘉慶本作「此」。
[二] 此段文字嘉慶本前有題作「詩學梯航後序」。

家之作，合而一之者也。〔一〕《類編》則學士先生以己意精選有唐諸名家詩〔二〕，益以李、杜二集，自樂府、五七言古《選》律絶句，以類分之，便於觀覽者也。予慨然欲求其本歸，刻之以廣其傳，先生諾而未付。去春，先生遷擢南京，道經臨淮，乃語予曰：「二編之書，或者其有遭乎？行將付子以卒所志。」《詩學》板帙簡少，請先就工，况得少司馬徐公爲之倡，故不日成事。《類編》雖愧材力凉薄，尚勉思經畫，暨好古博雅之士續成之〔三〕。於乎！二編之書，論説純粹，類例精當，學詩君子誠得而讀之〔四〕，譬如入周廟而河圖天球之寶焕然雜陳，閲武庫而吴鈎越戟之珍燦然在目。或師其體裁，或資其事料，無往而非我有矣。其嘉惠後學，豈淺淺哉！予故書諸卷末以識刻成之歲月云耳。

正統十三年戊辰夏六月朔日，承事郎鳳陽府臨淮縣知縣渝川彭光謹識。

〔一〕「合而一之者也」，嘉慶本作：「合而一之，未加討論，遂至殘缺，學士先生復費才思參訂而成之者也。」

〔二〕「先生」下嘉慶本多「又」字。

〔三〕「博」，原本作「傳」，據嘉慶本改。

〔四〕「誠」，原本作「成」，據嘉慶本改。

佚名◇編
史潛◇校刊

新編名賢詩法

三卷

侯榮川◎點校

新編名賢詩法目録

（以上原本缺）

十科　四則　二十四品

道統　詩遇　虞侍書金陵詩法一篇

項先生暇日與子至誠談詩一篇

詩法諸圖

思無邪圖

孔子曰詩三百一言以蔽之曰思無邪

思無邪。魯頌駉篇之辭。夫子讀詩至此而有

情性是貼思。

言善者可以感發人之善心。

言惡者可以懲創人之逸志。

其用歸於使人得其情性之正

正是貼無邪。

合於其心焉是以取之蓋斷章摘句云耳。

四始圖

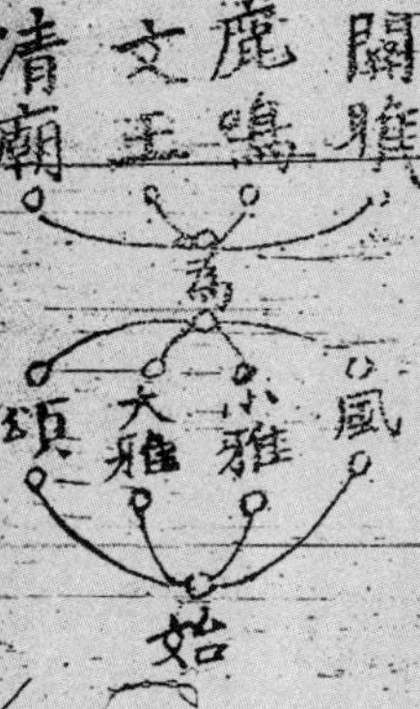

朱子曰詩之所以為詩者至是無餘蘊矣後世雖有作者其孰能加於此乎。邵子曰刪詩之後世不復有詩者正謂此也。

正變風雅之圖

正風	周南	召南	二十五篇
變風	邶至豳	十三國	一百三十五篇
正小雅	鹿鳴至	菁莪	二十二篇
變小雅	六月至	何草不黄	五十八篇
正大雅	文王至	卷阿	十八篇
變大雅	民勞至	召旻	十三篇

朱子曰。先儒正變之説經無明文可考，今姑從之，其可疑者則具於本篇云。

二南爲正風，所以用之閨門。鄉黨邦國而化天下也。十三國爲變風，則亦領在樂官，以時存肄，備觀省而垂鑒戒耳。正小雅燕饗之樂。正大雅會朝之樂，受釐陳戒之辭也。故或歡欣和悦，以盡羣下之情；或恭敬齊莊，以發先王之德。詞氣不同。音節亦異。多周公制作時所定也。及其變也，則事未必同，而各以其聲附之。其次序時世，則有不可考者矣。

詩有六

三經三緯

風　雅　頌　賦　比　興

十五國風。風者，以物因風而動，動而有聲，而其聲又足以動物也。

大小二雅。雅者，正也，正樂之歌也。其有大小之殊，而先儒說又各有正變之別。

周、商、魯三頌。頌者，美盛德之形容，以其成功告於神明者也。

賦者，直陳其事，如葛覃、卷耳之類是也。[illegible]

比者，以彼狀此，如螽斯、綠衣之類是也。

興者，託物興詞，如關雎、兔罝之類是也。[illegible]

周禮太師教六詩，曰風，曰賦，曰比，曰興，曰雅，曰頌。風雅頌以聲樂部分之，賦比興則所以製作風雅頌之體也。大師之教國子，必使之以是六者，三經而三緯之，則凡詩之節奏指歸，皆將不待講說而直可吟詠以得之矣。詩之風雅頌，乃是樂中之腔調，如今書中呂調、大石調、越調之類。大抵風是民庶所作，雅是朝廷之詩，頌是宗廟之詩。三經是風雅頌，是做詩底骨子。三緯是賦比興，却是裏面橫串底，故謂之三緯。

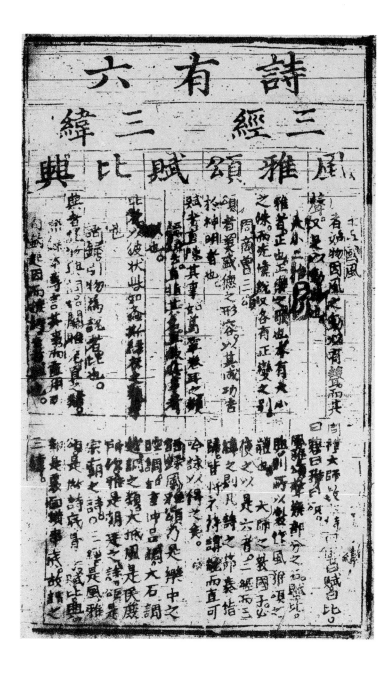

義之圖

賦比興叢義

類	詩例		
賦而比	小弁一章		
賦而興	野有蔓草	皇皇者華	
	溱洧	小弁一章	
比而興	下泉	氓三章	
	綠衣		
興而比	關雎	漢廣	
	椒聊	巧言四章	
賦而興又比	頍弁		
賦其事以起興	泮水首三章		

比興之中蓋斷專於比或興於比兒置專於興而關雎兼於比此其例中又自有不同者學者亦不可以不考。

語錄說那箇物事來是興不說出那箇物事來是比如南有喬木只是說漢有游女漢廣關君子作之只是說它人有心予忖度之關雎亦然皆是要体此賦只是從頭比下來不說破興比相近却不同

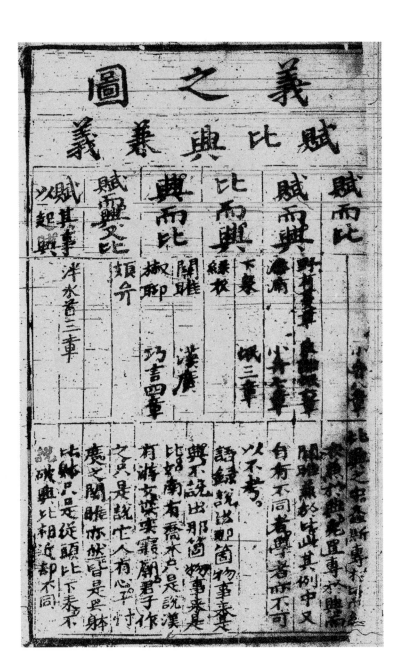

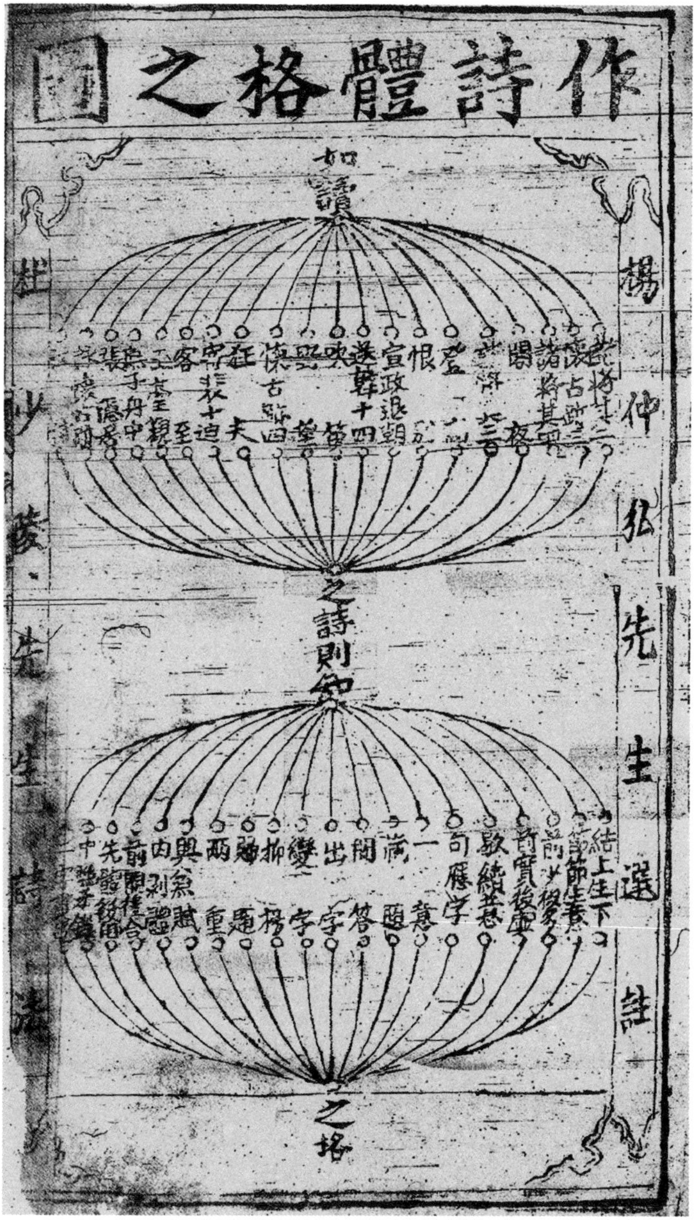
作詩體格之
楊仲弘先生選註
杜少陵先生詩法
之詩則知
之格

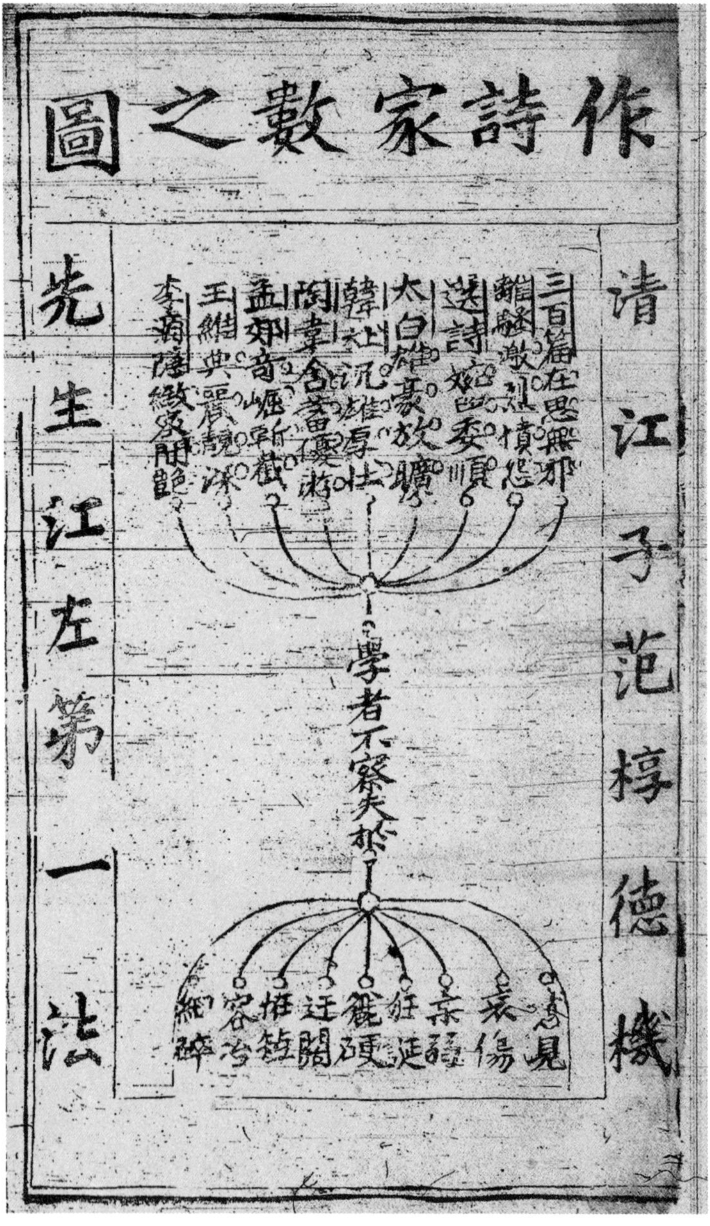
作詩家數之圖
請江子范梈德機
先生江左第一法
三百篇在思無邪
離騷激烈憤怨
選詩婉曲委順
太白雄豪放曠
韓杜沉雄厚壯
陶韋含蓄優游
孟郊奇崛
王維典麗清深
李商隱
學者不察失於
哀傷
迂闊
容冶
細碎

新刊名賢詩法凡例

一、是編首載《詩評》，甚有源委，但無編名，不知作者爲誰。其間博採唐、元名人詩法、詩評，舊未分類，今釐爲上、中、下三卷，庶便觀覽，故總目曰「名賢詩法」。

一、中卷首載楊仲弘《選注杜律》，體格具備，一遵其舊。及採取唐人崔、吴、李、柳諸公詠物等體，或有詩而無題，或有題而缺人，如《雜詠八體》末缺一體，詩評《二十四品》亦缺八品。今以有考證者，姑採補之，其未有考證者，缺之以俟。

一、下卷所載元人黄、王、虞、范諸公詩法、詩評，各有體格，一一備録。

一、此編雖與《詩人玉屑》、《文式》等集略有同處，然彼似乎摘取於此，而此則原文具載，評論甚詳。仍爲詳刊，以補彼之未備者。

一、是編原係抄本，字多魯魚亥豕，故義意有不通處，今姑正之，尚有訛而未通者，亦俟高明君子正之。

一、原本止有「杜少陵作詩體格」、「范德機家數」二圖，今增入《詩經》「思無邪」、「四始」、「正變《風》《雅》」、「六義」諸圖，庶使初學作詩者知其有所自云。

新編名賢詩法卷上

前進士河東鹽運使金壇史潛校刊

詩評

作詩之由豈偶然哉？自有天地萬物，而詩之理已寓。嬰兒之嬉笑，童子之謳吟，皆有詩之情而未動也。桴以蕢，鼓以土，籥以葦，皆有詩之用而未文也。康衢之謡，「元首」、「股肱」之歌，詩之正也。至五子述大禹之戒，相與歌詠，傷今思古，則變《風》、變《雅》已備矣。厥後若《三百篇》，皆温厚、平易、老成。所謂温厚者，和而不流，怨而不怒；平易者，所言皆眼前事；老成者，憂深思遠。於人情事物之變，皆有理寓於其間。然亦各有其體焉。《風》之體，多出里巷男女，相與詠歌其情者也。惟二《南》爲正《風》。自《邶》而下，由其賢否不同，故其所作之詩有邪正是非之不齊也。《雅》之體，明白正大，直言其事者也。但純乎《雅》之體，爲《大雅》；雜乎《風》之體，爲《小雅》。乃燕享朝會，受釐陳戒之詞耳。至於《雅》之變者，亦皆憫時病俗之所爲，而有忠厚惻怛之心、陳善閉邪之意焉。《頌》之體，如後世古樂府，作於公卿大夫，而用於宗廟、告於神明者也。其言主於美盛德、告成功。《商頌》、《周頌》其正,而《魯頌》則不當作而作,比之《風》、《雅》,蓋亦變之類也。姜堯章云:「守法度曰詩,放情曰歌,體如行書曰行,兼之曰歌行,述事本末曰引,悲如蛩螿曰吟,通俚俗曰謡,委曲盡情曰曲。」觀於此言,可以得《風》、《雅》、《頌》各有體之意矣。然其言猶有未盡者。蓋《詩》有體、有義、有聲。以體爲主,以義爲用,以聲合體。如今之慢詞、(妥)[要]令之類,體制固殊,音律亦異。義之用,則存乎其人。亦自《詩》、《書》不傳,得其體制而失其音律,是可惜也。若其義,則朱子之《傳》詳矣。《詩》亡而《離騷》作,亦《國風》之變也。朱子《集注》以屈原所作爲首,而附學《騷》者於後,是亦夫子删《詩》而附諸《國風》於二《南》之意。自漢以來,由《騷》之變而爲賦,故班固曰:「賦者,古詩之流也。」李陵、蘇武,始爲五言詩,當時去古未遠,故猶有《三百篇》之遺意。魏晉而降,則世降而詩隨之,故載於《文選》者,詞浮靡而氣卑弱。要以天下分裂,三光五嶽之氣不全,而聲詩遂不復振耳。劉禹錫云:「八音與政通,文章與時高下。」豈不信歟?其間獨陶淵明詩,淡泊淵永,夐出流俗,蓋其情性然也。後世稱陶、韋、柳爲一家,殆論其形,而未論其神者也。唐海宇一而文運興,於是李、杜出焉。太白曰「大雅久不作」,子美曰「恐與齊梁作後塵」,其感慨之意深矣。太白天才放逸,故其詩自爲一體;子美學優才贍,故其詩兼備衆體,而述綱常、係風教之作固多。《三百篇》以後之詩,子美又其大成也。昌黎後出,厭晚唐留連光景之弊,其詩自爲一體,東坡所謂「蒼然之色，淵然之光」者是也。唐人以詩取士，故詩莫盛於唐。然詩者，原於德性，發於才思，人心之不同有如其面，故法度可學，神思不可學。是以太白自有太白之詩，子美自有子美之詩，昌黎自有昌黎之詩。其它如陳子昂、李長吉、白樂天、杜牧之、劉禹錫、王摩詰、司空曙、高、岑、賈、許、姚、鄭、張、孟之徒，亦皆自爲一體，不可强而同也。自五星聚奎，而啓宋之文治。歐、蘇、王、黄，其文章之餘，猶足以名世。後山、簡齋、放翁、晦翁、誠齋，亦其傑者也。然宋詩比唐，氣象夐别。今以唐宋詩雜而觀之，雖平生所未讀者，亦可辯其孰爲宋也，孰爲唐也。蓋唐人以詩爲詩，宋人以文爲詩。唐詩主於達情性，故於《三百篇》爲近；宋詩主於議論，故於《三百篇》爲遠。然詩達情性者，《國風》之餘；立議論者，《國風》之變，固未易以優劣也。詩至宋南渡末而弊又甚焉，高者刻削，矜(特)[持]太過；卑者摹倣，掇拾爲奇；深者鈎玄撮怪，至不可解；淺者杜譔張皇，有若俳優。至此而古人作詩之意遠矣。然陷溺其中者，方以能詩自負，見有深於理者，如晦翁之作，則指之曰：「儒者之詩也。」見有淺於理者，如誠齋之作，則指之曰：「此俗學之詩也。」吁！是豈徒不知詩哉，尤不足以知誠齋、晦翁矣。蓋晦翁之詩，如《烝民》、《懿戒》之作，不害其爲二《南》之正；誠齋之詩，如《竹枝》、《欸乃》之作，不害其爲《國風》也。本朝有亘古所無之混一，故有亘古所無之氣運。如劉静修、吴草廬、姚牧庵、盧疏齋、趙子昂諸先達，固已名世矣。大德中，德機范先生獨能以清拔之才，卓異之識，專師李、杜，以上遡《三百篇》。其在京師也，與伯生虞公、仲弘楊公、曼(石)[碩]揭公諸先生，倡明雅道，吟追古人。由是而詩學丕變，范先生之功爲多。曼(石)[碩]揭公語人：「由近年詩流，善評者無如劉會孟，能賦者僅見范德機。」豫章熊雪嶠謂余曰：「范公詩如絶色婦人，凈洗凝脂，與衆鬥妍，故無有及者。」渝川周静修謂余曰：「范公踐履不愧古人，故其詞翰亦不愧古人。要皆自其胸中流出，不可强學而能也。」是可以觀公論矣。余嘗親承范公之教曰：「詩貴乎實而已。實則隨事命意，遇景得情，如傳神寫照，各盡狀態，自不致有重復套襲之患。」又曰：「詩能不失家數，不失法度，雖疏拙不爲害也。不然，則大好祇大謬耳。」又曰：「作詩作文，係其人之所養如何。古人所以不可及者，只是養得好。」又曰：「吾平生作詩，稿成，讀之不似古人，即焚之改作。今人詩尚險詐，得意處自謂殆過古人。噫！使詩而可險詐求工，則古人先爲之矣。」余復問作詩下手處，先生曰：「有成法：起、承、轉、合四字。以绝句言之，則以第一句爲起，第二句是承，第三句是轉，第四句是合。律詩，第一聯是起，第二聯是承，第三聯是轉，第四聯是合。古詩、長律，亦以此法求之。《三百篇》，如《周南·關雎》，則以第一章爲起，第二章爲承，第三章爲轉、合。《葛覃》，則以第一章爲起，第二章爲承，第三章爲轉、合。《卷耳》，則以第一章爲起，第二、第三章爲承，第四章爲轉、合。《汝墳》，則以第一章爲起，第二章爲承，第三章爲轉、合。《樛木》、《螽斯》、《桃夭》、《兔罝》、《芣苢》、《漢廣》，則每章四句自爲起、承、轉、合。《麟之趾》，則每以第一句爲起，第二句爲承，第三句爲轉、合。其他詩，或長短不齊者，亦以此法求之。古之作詩者，其用意雖未盡爾，然文者，理勢之自然，正不能不爾也。但後世風俗澆訛，故心聲之發，自不能與古人合爾。大抵起處要平直，承處要春容，轉處要變化，結處要淵永。起處戒陟頓，承處戒迫促，轉處戒落魄，合處戒斷送。起處必欲突兀，則承處必不優柔，轉處必不窘束，合處必不至匱竭矣。又以一詩全體論之，須要有賦、有比、有興，或興而兼比尤妙。《三百篇》多以興、比重複置之篇首，唐律多以比、興就作景聯，古詩則比或在起處，或在轉處，或在合處。長篇長律，則轉處或有再轉、三轉方合者。若三、四十韻以上，則先布置(悟)[語]意，不可錯陳。絶句則先得後二句，律詩則先得中四句。律詩固以對偶爲工，然得意處，則意對而語不對亦可。長篇古體，則參差中時出齊整語，尤見筆力，最戒似對不對。但涉江湖鬧熱語，便鄙俗；但通用門字對無法，即軟弱。軟弱猶易療，鄙俗最難醫。詩法雖不盡此，然大要亦不外是矣。至若升降開合、出没變化之妙，又在自得，非言所能諭也。法度既立，熟讀《三百篇》，而變化以李、杜，然後旁及諸家，而詩學成矣。余因誦子美「老夫清晨梳白頭，玄都道士來相訪」一詩，又誦太白「憶昔洛陽董糟丘，爲予天津橋南造酒樓」一詩，因曰：「往昔看此等起處，皆怪其朴陋，今以起處要平直之説求之，方知平生論詩未及此也。」先生曰：「然。二詩起得有法，故下面轉處有無限變化。然詩法有正有變。如子美『一片花飛減却春，風飄萬點正愁人』，起處似甚突兀，然通篇意是惜春，起處正合如此，乃痛快語，而非陟頓語也。『且看欲盡花經眼，莫厭傷多酒入脣』，一句承上，一句起下，甚得春容之體。『江上小亭巢翡翠，花邊高冢卧麒麟』，就情景中寓感慨意，正得轉處變化之法。結處『細推物理須行樂，何用浮名絆此身』，若非第七句沉著淵永，則第八句有斷送之患矣。又如《送王郎》『「王郎」酒酣拔劍斫地歌莫哀，我能拔爾抑塞磊落之奇才』，起處亦甚突兀，然意却平直。大概只是説王郎有雄豪之才耳，與今人尚險詐者不同。下面承兩句，『豫章翻風白日動，鯨魚跋浪滄溟開』，此申説『才』字，意便春容整肅。若非如此，即非典雅之作，亦接上兩句不住。『且脱劍佩休徘徊』已下三句是轉，力量已深匀稱。又就情景上再轉云：『仲宣樓頭春已深，青眼高歌望吾子。』却以『眼中之人吾老矣』一句結之，七字而含無限之意，勢如絶奔馬。此以詩法之變，而不離乎正也。又若太白詩云『棄我去者昨日之日不可留，亂我心者今日之日多煩憂』，又云『攀天莫乘龍，走山莫騎虎』，又云『君不見黄河之水天上來』，或以興爲起，或以比爲起，一皆不逾此法，未可以矢口成文視之也。」余因誦子美《醉歌行贈公安顔少府請顧八題壁》詩云[一]：「神仙中人不易得，顔氏之子才孤標。天馬長鳴待駕馭，秋鷹整翮當雲霄。君不見東吴顧文學，又不見西漢杜陵老。詩家筆勢君不嫌，詞翰升堂爲君掃。是日風霜凍七澤，烏蠻落照銜赤壁。酒酣耳

[一]「壁」，原本脱，據《續古逸叢書》景宋本配毛氏汲古閣本《杜工部集》卷八補。

熱忘頭白，感君意氣無所惜〔二〕，一爲歌行歌主客。」因曰：「此詩法度，與《贈王郎司直》詩無一不合。」先生曰：「然。不特詩也，《離騷》、古賦，莫不皆然。屈、宋、班固與唐宋諸賢皆不外此法，如歐公《秋聲》、蘇公《赤壁》等賦，已極變化，而起、承、轉、合，絕然不亂。又不特騷與賦也，凡爲文章，何莫由斯道也！」因誦范先生《和鄧善之》詩云：「曩承持節江之東，騎鯨再上蓬萊宮。蓬萊仙人歌白鶴，聲落五湖烟雨中。世間爵禄不易致，何獨去就如飄風。朝廷禮樂須制作，六經隱義資發蒙。論事廟堂集耆碩，啓口寧讓前諸公。閉門撥書古都市，四輩冠蓋何隆隆。我生生長在窮谷，那有文字争人雄。謬蒙引譽百僚上，負禄府署慚無功。一别十年還又五，昔者少壯今成翁。誰知復客七閩下，隔二千里來詩筒。羸軀頓醒瘴癘惡，賴以慰此心忡忡。越王城南浪自白，越王城東花自紅。」曰：「此以興合者也。」復誦伯生虞公《三鳳行贈海東之還江南》詩云：「海東之兄弟，三人如鳳凰。胸臆羽翮皆文章，九年三入天門翔。伯冲天，季驚人，一日四海皆知名。東之之文五色雲，見者眩恍生眵昏。三進三已之，了若耳不聞。二人得之，喜未足云，東之不愠乃可尊。東書江上歸見親，君子之樂樂最真。君不見匡廬之山高，嶒崒而嵯峨。左界豫章，諸川匯爲蠡鄱。其陰浩浩千源，道岷經潛沱。山氣束鬱不得去，上衝爲紫蓋，直與天

〔二〕「意氣無所」四字，原本漫漶，據《杜工部集》卷八補。

相摩。爲雲覆八極，爲雨漲九河。海東之子，能觀山以成德，其進未可量也，偶爾小屈奈爾何。」曰：「此以比、興爲轉者也。」又誦楊載先生《寄友人》詩云：「聞君宦遊處，正值洞庭湖。落日波濤壯，晴天島嶼孤。舟帆過漢沔，風物覽衡居。天下文章弊，非公孰啓予。」曰：「此以比、興爲承，賦爲轉者也。」又誦揭曼碩先生《送涂雲章》詩云：「垂雲厲驚風，萬里摩高圓。蟠泥鼓巨浪，豈顧九重淵。毛生入楚庭，脱穎俄頃間。粲粲涂公子，長笑起丘樊。朝辭豫章臺，暮過匡廬山。大帆割鸚鵡，極目空波瀾。黄鵠緑（抱）［袍］仙，吹笙紫雲端。相顧一笑粲，青春滿南天。黄金築高臺，更覺郭隗賢。聯翩樂劇輩，相逐入幽燕。平明九門開，劍佩如雲烟。豈無一字薦，傾倒平生言。東風杏花開，待我薊門前。」曰：「此以比、興爲起者也。已上四先生，當今詩人，故舉其四詩以爲凡例。其它或有通首皆賦而無比、興者，在《風》、《雅》、《頌》亦有其例，但更難作爾。」余復問曰：「周伯弼所編《唐三體詩》，以『虚』、『實』二字爲例，若『四實』中《早春遊望》與《經廢寶慶寺》詩，中四句皆景物，似與比興承轉之説不合，何耶？」先生曰：「『雲霞出海曙，梅柳渡江春』，兩句是説早春，於六義屬賦。『淑氣催黄鳥，晴光轉緑蘋』，兩句是説景物，於六義屬興。『池晴龜出曝，松暝鶴飛回』，兩句是説景物，於六義屬興。『古砌碑横草，陰廊畫雜苔』，兩句是説人事，於六義屬賦。伯弼以『四實』概論之，其説疏矣。」又曰：「杜詩五、七言絶句，有對、不對，如何？」先生曰：「絶句者，截句也。後兩句對者，是截律詩前四句；前兩句對者，是截律詩後四句;皆對者,是截律詩中四句;皆不對者,是截律詩前後四句。雖正變不齊,而首尾四句,自爲起、承、轉、合,未嘗不同條而共貫也。」余又問:「古詩(經)〔徑〕叙情實,去《三百篇》爲近;律詩拘於對偶,去《三百篇》爲遠。其亦有優劣也?」先生曰:「此詩體之正變也。自《選》體已上,皆純乎正。唐陳子昂、李太白、韋應物之詩,猶正者多而變者少。杜子美、韓退之以來,則正變相半。變體雖不如正體之自然,而音律乃人聲之所同,對偶亦文勢之必有。如子美近體,佳處前古無人,亦何惡於音律哉!但人之情各有所近,隨意所欲,亦(何)〔可〕成家數,二者固並行而不相悖也。如杜詩:『遲日江山麗,春風花草香。泥融飛燕子,沙暖睡鴛鴦。』第一句是《中庸》天地位之意,第二句是萬物育之意,第三句是言物之動者得其所,第四句是言物之靜者得其所也。轉、合處,可謂變化淵永,而升降開合見矣。作者用心之苦如此,而讀者容易看過,殊不覺也。」曰:「或謂少用助語字,多則爲儒者之詩,而非詩人之詩也。此説如何?」先生曰:「『我心匪席,不可卷也。』《小雅》曰〔一〕:『一者之來,(比)〔俾〕我祇也。』與《賡歌》之『哉』字、《卿雲歌》之『兮』相似。太白有云:『乃知兵者是凶器,聖人不得已而用之。』少陵有

〔一〕「小」,原本作「大」,據《小雅·何人斯》改。

云：『重爲告曰，杖兮杖兮，爾之生也甚正直。』昌黎有云：『忽兮不知余生之爲求也〔一〕。』大率皆如此。大抵詩者，所以道情性，隨所欲言，無不可者。若以此爲拘繫，不其固哉？」或曰：「《詩大序》云：『是爲四始，詩之至也。』邵子曰：『删《詩》之後，世不復有詩矣。』朱子之《傳》亦曰：『後世作者，孰能加於此乎？』嘗謂詩者，發於人之情性，千萬世猶一日也。豈删《詩》後所能限耶？」先生曰：「《史記》：『《關雎》之亂以爲《風》始，《鹿鳴》以爲《小雅》之始，《文王》爲《大雅》之始，《清廟》爲《頌》之始。』皆周公所定之樂歌也。夫當教化純被之餘，文明極盛之運，作者之情性既極其正矣，而又得周公大聖爲删潤焉，故皆盡善盡美而不復加。邵子所謂删後者，蓋兼指周公所删潤之詩言之，非專指夫子《三百篇》之删定也。朱子所謂後世不能復加者，蓋指《風》、《雅》之正與《周頌》、《商頌》言之，非謂變《風》、《雅》與《魯頌》也。大朴既散，風氣日開，王化不明，人心不古。後之作者，其情性既非古人之正，又不得周公、孔子爲删潤表章，則詩不逮古人，尚何疑哉？郝伯常有言：『自李、杜、蘇、黄，已不能越蘇、李而追三代，矧其下者乎？於是近世又盡爲辭勝之詩，莫不惜李賀之奇，喜盧仝之怪，賞杜牧之驚，趨元稹之艷。又下焉爲温庭筠、李義山、許渾、王建，謂之晚唐。轟轟隱隱，啅噪喧聒，八句一絶，競自爲奇。推一字之妙，

〔一〕「求」，《傅與礪詩法・詩法源流》作「樂」。

擅一聯之巧，嘔嘔嚼味於齒牙間者，祇是天地風雷、日月星斗、龍虎鸞凰、金玉珠翠、鶯燕花竹、六合四海、牛鬼蛇神、劍戟綺繡、醉酒高歌、美人壯士等，磨切錙銖，偶韻較律，飣餖排比以爲工，驚喏唱喊以爲豪，莫不病風喪心，不復知有李、杜矣，又焉知三代情性、《風》《雅》之作哉？草廬吴先生《感興》詩云：『周詩三百篇，離騷二十五。自從蘇李來，萬變不復古。』皆謂是也。」余又問：「前輩謂人之工於字、工於畫者，皆爲玩物喪志，與嵇康之鍛、阮孚之蠟屐，徒費精神，於世無補。今之工詩，得無類此耶？」先生曰：「夫子删《詩》，列於六經，謂其『可以觀，可以群，可以怨，邇之事父，遠之事君，多識於鳥獸草木之名』。推之從政專對而無不可，其所關亦大矣。其或於正學正教，若作者能以『思無邪』存心，而不墮於奇怪浮靡之失，則固聖人之所不棄也。如德機范先生《感秋》詩：『蒼山秋意長，池館静而闃。雨過修竹間，流螢夜深至。羲皇世已遠，風雅日凋弊。舉手遏頽流，誰識作者意。鳥鳴魯東門，泗水不染袂。後世三千年，直可肩聖知。機關係風化，詞語特細事。月冷閉虚簾，坐夢太古帝。揚眉順玉色，發盡養生秘。勿謂學仙難，此道可立致。』觀此詩，意義深遠，學者可不知所感而審所趨哉？」

余少年從叔父楊文圭遊於西蜀，抵成都，過浣花溪，求工部杜先生祠而觀。有主祠者，工部九世孫杜舉也，居於祠之後。余造而問之曰：『先世所藏詩律重寶，不猶有存者乎？』舉曰：

『吾鼻祖審言以詩鳴於當世，厥後言生閑，閑生甫，又以詩鳴於今，源流亦遠矣。然甫不得傳諸子，而獨傳門人，吴成、鄒遂、王恭得其法。故余得傳之三子者，雖復先世之重寶，而得之亦不易也。今子自遠方而來者也，敢不以三子所授者言之？子其謹之哉！』余遂讀之，朝夕不置，久之恍然有得，益信杜舉所言非妄也。京城陳氏子有志於詩，故書舉之傳余者以貽之。

時至治壬戌初元四月既望，楊仲弘序。

新編名賢詩法中卷

前進士河東鹽運使金壇史潛校刊

楊仲弘注少陵詩法序

夫詩之爲法也有三，而製作之法則有五。然有賦起，有比起，有興起者，此詩之法也。有主意在上一句，下則貼承一句，而後方發出其意者；有直起一句，而以主意在下一句，而就其中發出其意者；有雙起兩句，而分作兩股以發其意者；有一意作出者；有前六句俱若緩，而收拾在後兩句者。此製作之法也。詩之爲體有六：曰雄渾，曰悲壯，曰平淡，曰蒼古，曰沉著痛快，曰優游不迫。詩之俗忌有四：曰俗意，曰俗字，曰俗語，曰俗韻。大抵詩之作法有八：曰起句要高遠，曰結句要不著迹，曰承句要穩健，曰下字要有金石聲，曰上下相連，曰首尾相應，曰轉摺要不著力，曰占地步。蓋首兩句先須闊占地步，然後六句若有本之泉，源源而至矣。地步一狹，譬猶無根之源，可立而竭也。今之學者，倘有志乎詩，且先將漢、魏、盛唐諸詩，日夕沈潛諷詠，熟其詞，究其旨，而又訪諸善士以講明之。若今人治經，日就月將，自然有得，則取諸左右逢其源。

苟爲不然，吾見其能鮮矣。是猶孩提之童，未能行而欲行，少不仆者。余於詩之一事，用工二十餘年，乃能會諸法而得一二。然於盛唐大家數，抑亦未敢望其所似焉。

杜甫 字子美，兖州人。

秋興八首 王氏曰：《秋興八首》，前三章、後五章，以夔州、長安二事詠之，此其綱也。八章之分，又各命一題以起興，觀詩概可見，此其目也。此八詩，甫流寓夔州，秋日感傷而作也。

其一

玉露凋傷楓樹林，巫山巫峽氣蕭森。上句以玉露凋傷木葉而興夔州之客懷，下句言巫山巫峽之所以蕭森者，蓋以玉露凋傷故也。其相生如此。

江間波浪兼天湧，塞上風雲接地陰。上句言巫峽，下句言巫山。「兼天湧」、「接地陰」，其爲蕭森可知矣。

叢菊兩開他日淚，孤舟一繫故園心。上句言其在夔州三年，故兩見菊花之開。然使他日復見此花，必爲之感傷焉。下句言繫舟巫峽，即有思歸之心也。故園，鄜州也。

寒衣處處催刀尺，白帝城高急暮砧。此二句正是收拾前面，以其所見皆秋日可悲之事，而思歸之心切。况又處處催刀尺以造寒衣，而白帝城又急擣衣之砧，則思歸之心愈切矣，故重有感傷而詠嘆也。

其二

夔府孤城落日斜，每依北斗望京華。夔府城，即夔州城也。甫常以將晚之際，依北斗所指之城而望。京華，即長安也。蓋此時吐蕃紛擾京師，故甫思君之意拳拳，而日日望之。此可見皇皇憂君之意。

聽猿實下三聲淚，奉使虚隨八月槎。上句言望之時，聽猿啼三聲而淚下，亦可見人民寥落，不過聞猿聲而已。下句言奉使之臣，空自隨八月之槎而到長安，以明皇幸蜀而無君在長安也。

畫省香爐違伏枕，山樓粉堞隱悲笳。上言明皇幸蜀，甫不爲官於京華，但遺下當時寢伏之枕於畫省香爐之傍。下言吐蕃陷長安，而有悲笳隱藏於山樓粉堞之間。此兩聯皆就「望」之一字作來。

請看石上藤蘿月，已映洲前蘆荻花。此二句是照前夔府落日之時。聽猿三聲，已在望于京華；至月映藤蘿，猶在望也。「請看」二字，此甫假設之辭，於此詩見其憂念長安之甚也。

其三

千家山郭静朝暉，日日江樓坐翠微。上句言夔州日初景象之美，下句言其象之可喜也如此，故日日兀坐於江樓山腰之間。下二句，便就「日日」上作。

信宿漁人還泛泛，清秋燕子故飛飛。信宿，再宿也。還，猶也。故，舊也。此三句，則日日坐江樓可見。大抵前四句是興起，後四句蓋以景象、人物各得其所，我則不如也。

匡衡抗疏功名薄，劉向傳經心事違。言我非不欲如匡衡之抗疏，奈我之功名薄也；非不欲如劉向之傳經，奈我之心事違也。此二句，見甫非得意坐翠微之樓間也，是以睹物有感而成詩。蓋甫欲如匡衡之抗疏，而又薄乎功名；欲學劉向之傳經于世，則又不遂其心之所欲。是反不如漁人、燕子之各得其所也。

同學少年多不賤，五陵衣馬自輕肥。此前三章，皆夔府托興以寓傷時傷己也。上一句言與甫同學子弟皆有功名，我則不如；下一句是甫自寬之語。

其四

聞道長安似弈棋，百年世事不勝悲。此甫假設他人言長安之更變如弈棋，昔日天下晏然，而轉眼百年之久。今日之變如此，其爲世事可勝悲傷之甚。大抵前一句是總腦，已後四句是發出其事，下一句是貼承上句。

王侯第宅皆新主，文武衣冠異昔時。此言更變如是，故不勝悲也。

直北關山金鼓振，征西車馬羽書馳。言夔之西征用兵未已，勝負可悲，未有休日也。

魚龍寂寞秋江冷，故國平居有所思。此通結六句之意。以魚龍之寂寞譬君臣之離亂，以秋江之冷譬長安之流離。平居有所思，亦思此而已。上句雖譬辭，而實所謂歸題；下句雖思此，而實聞道之言。其首尾相貫如此。以其君子在野，小人在位，所以國家冷寂，而賢才隱遁也。又追思國家昔日無事，今日更變，詎不爲之有所思耶？

其五

蓬萊宫闕對南山，承露金莖霄漢間。此詩正作。起句三字，比而興也。「承露」、「金莖」皆蓬萊宫所有，以比天子在長安而有是事也。蓋上句言蓬萊宫基址所向如此，下句則言又有承露盤高在雲霄間也。夫蓬萊宫者，神仙之宫也，明皇作之以求長生。明皇常幸其宫，甫亦嘗獻賦於宫内，故下二句即以神仙之事接之。

西望瑶池降王母，東來紫氣滿函關。西望王母之下降瑶池，東見紫氣之出函關，此直叙蓬萊之事以比皇后天子也。昔者關令尹見紫氣滿關，後老子果乘青牛度關；周穆王宴瑶池而王母降。上句言朝見臣，下句言臣來朝見，皆蓬萊宫事也。

雲移雉尾開宫扇，日繞龍鱗識聖顔。上句言君見臣，下句言臣朝天子，此二句是言明皇幸宫時事。

一卧滄江驚歲晚，幾回青瑣點朝班。對句。此二句言長安也。前六句特言蓬萊之事，以喻長安之事。鄒氏曰：雖昔在蓬萊，今則滄江矣。楊氏曰：此二句言甫流寓夔州，而驚歲時之晚也。斯時玄宗又已幸蜀，不復可再賦，而睹是宫之景象，特夢想省中諸官，幾回點青瑣而朝覲也。青瑣，省中門名，非蓬萊宫之門也。

其六

瞿塘峽口曲江頭，萬里風烟接素秋。瞿塘峽口，夔州地名。曲江在長安，言瞿塘、曲江相距萬里，當素秋之時，風烟交接。蓋甫客夔州，而追思昔日同諸公游賞曲江，宴樂何限，今則皆不然矣，故於秋日而感傷也。

花萼夾城通御氣，芙蓉小苑入邊愁。此言曲江之地勢、宮苑如此。花萼、芙蓉，曲江之苑名也。「通御氣」、「入邊愁」，素秋之景也。花萼，明皇樓名。夾城，城名，在修德坊。芙蓉小苑，皆御苑也，俱在曲江。而花萼夾城，御氣所通之處也。今則明皇幸蜀，而芙蓉小苑皆爲吐蕃所陷，如之何不感傷也？

珠簾綉柱圍黄鵠，錦纜牙檣起白鷗。此言曲江之景繁華如此，昔有此繁華，而今無之矣，應在下句。楊氏曰：此二句言杜甫與皇都諸官遊曲江之時事也。

回首可憐歌舞地，秦中自古帝王州。此是追往時遊賞曲江，故回首憐其歌舞之地，今爲吐蕃所陷，他日必有中興之君復立秦中，是《春秋》誅心之論也。又曰：「回首可憐」，總上六句而言。「歌舞地」，指中四句而言，見其興替如此，秋興之不淺也。鄒氏曰：上句應起聯與第三聯，下句應第二聯。「歌舞地」，指曲江也。惟有風烟而無第三聯所云繁華，故可憐也。

其七

昆明池水漢時功，武帝旌旗在眼中。鄒氏曰：此前四句言此地之有是事，而後四句則傷其無是物也。武帝旌旗，猶若在眼中也。楊氏曰：此二句大意是言武帝之鑿昆明池，將習水戰以厲兵業，不使方外之軍得入中國。然漢去唐亦遠，而旌旗猶在眼中者，何也？以其織女機絲、石鯨鱗甲尚遺池之兩傍，爲之唐者，猶可因其舊而新之，如之何使彼物動秋風、虚夜月乎？見甫深感唐之匆思耳。此詩與「韓公本意築三城」之詩，辭不同而意同也。

織女機絲虚夜月，石鯨鱗甲動秋風。池中有織女，遇夜月彷彿若有聲，有石鯨，遇風雨則吼。此一聯承上二句而言，皆昔之實事。楊氏曰：此二句是旌旗在眼中，二物雖非旌旗，亦因之而可有也。《西京雜記》：昆明池刻石爲魚，每至雷雨，魚常鳴吼，鬐尾皆動。

波飄菰米沉雲黑，露冷蓮房墜粉紅。昔爲攻戰之具，今惟見蓮之凋謝而已。菰米，長安人曰雕胡。楊氏曰：此二句皆池中之物，大抵是感傷唐之君臣不思漢之作昆明池者，良有以也。而一旦使之湮塞，不修攻戰之備以防禍，故但見菰米、蓮房而已。

關塞極天唯鳥道，江湖滿地一漁翁。此句承上聯而總之。關塞、鳥道，指昆明之所。漁翁，甫自謂也。楊氏曰：此二句言唐之不思漢，而令池之荒廢，故有此際天之關塞，獨鳥有一路之可通，而滿地俱是干戈，俾我若一漁翁而無所依歸也。是因明皇與貴妃、楊國忠盤樂怠傲之所致也。

其八

昆吾御宿自逶迤，紫閣峰陰入渼陂。昆吾、御宿，二（妃）〔地〕名。紫閣峰，終南山連屬峰之名也。渼陂，亦地名。此言明皇與貴妃遊此御宿、昆吾。「自逶迤」者何也？以其有景物之美，故有下句及後兩聯皆發出其所以自逶迤者，此也。

紅稻啄殘鸚鵡粒，碧梧栖老鳳凰枝。上句言昆吾之物，下句言御宿之物，興而比也。上句喻臣食君禄，下句喻貴妃與玄宗之樂也。

佳人拾翠春相問，仙侣同舟晚更移。上句言玄宗御宿昆吾之時，而佳人採拾翠草，而相問多寡，此正與鬥草事同。下句言玄宗與貴妃、諸臣方同舟於渼陂之處，而晚更移於他所也。觀此四句，其爲逸樂，從可知矣。

綵筆昔曾干氣象，白頭吟望苦低垂。昆吾、御宿、紫閣、渼陂，皆昔日遊行之地也。白頭吟望，甫之思遊也。吴氏曰：此五詩，首章總言長安之事，二章言蓬萊，三章詠曲江，四章言昆明池，五章言昆吾、御宿。體雖不同，末聯歸結己意。蓋不如此，無以見居夔州而思長安秋日之托物而起興也。楊氏曰：甫言昔者曾以綵筆詠渼陂行，干攬前面所有之氣象，今當秋日，則不過吟嘆仰望，而苦頭之低垂也。

吹笛　出字格　正中之變

吹笛秋山風月清，誰家巧作斷腸聲。王氏曰：此二句一篇之主意。明出「風月」二字，以貫二聯，「誰家」以貫三聯，此正句也。風飄律吕相和切，月傍關山幾處明。此二句應起聯第一句。胡騎中宵堪北走，武陵一曲想南征。晉劉琨，并州刺史，吹笛却胡兵；漢馬援想南征。此二句應起聯第二句「斷腸聲」也。故園楊柳今摇落，何得愁中却盡生。此二句總上六句而結之。楊柳，曲名。

送韓十四歸江東省覲　問答格　變中之變

兵戈不見老萊衣，嘆息人間萬事非。王氏曰：兵戈阻隔，父子相離，萬事皆非矣，尚安得如老萊子舞班衣以娱親乎？我已無家尋弟妹，君今何處訪庭闈。吴氏曰：言「何處」以問之，第三聯正答此問。黄牛峽静灘聲轉，白馬江寒樹影稀。此訪庭闈之處也。此别應須各努力，故鄉猶恐未同歸。此二句總結起聯。

登高　句應字格

風急天高猿嘯哀，渚清沙白鳥飛迴。此上一句起第二聯上句，言山中所見之景物；下一句起第二聯下句，言江中所有之景物。無邊落木蕭蕭下，不盡長江衮衮來。應起聯登高而言此者，蓋俯視之也，此前四句以景物言。萬里悲秋長作客，百年多病獨登臺。此上一句起後上句，此下一句起後下句。艱難苦恨繁霜鬢，潦倒新停濁酒杯。應上二句，此前四句以人事言。

奉送蜀州柏二別駕將中丞命赴江陵起居衛尚書夫人因示弟行軍司馬位

叙事一意　乃正中之變

中丞問俗畫熊頻，愛弟傳書彩鷁新。上句言中丞，下句言別駕將中丞命也。漢官制，丞相車出，以畫熊爲飾。遷轉九州防禦使，起居八座太夫人。言中丞相赴江陵，起居衛尚書太夫人也。此四句將物言人事也。楚宫臘送荆門水，白帝雲偷碧海春。上句言江陵之景，楚宫在江陵；下句言夫人處景。與（振）［報］惠連詩不惜，知吾斑鬢總如銀。示從弟位，故以此比位也，此言人事。

詠懷古迹　　中聯牙鎖格

群山萬壑赴荆門，生長明妃尚有村。一去紫臺連朔漠，獨留青冢向黄昏。上句起第三聯上句，下句起第三聯下句。紫臺，漢宫名。朔漠，胡地名。畫圖省識春風面，環珮空歸夜月魂。上句承第三句，言明妃去矣，唯見畫圖；下句承第四句，言明妃死矣，猶想其魂之歸。千載琵琶作胡語，分明怨恨曲中論。此結起意，以終其生。

客至　　興兼賦

舍南舍北皆春水，但見群鷗日日來。鷗來以興客至，言無客而有此物，興也。花徑不曾緣客掃，蓬門今始爲君開。上句興，下句賦，四句方見題一道也。盤飧市遠無兼味，樽酒家貧只舊醅。肯與鄰翁相對飲，隔籬呼取盡餘杯。四句皆賦，終篇一意。

詠懷古迹四首

其一　　結上生下體而起結微意

支離東北風塵際，漂泊西南天地間。甫支離其神於東北風塵之際，漂泊其身於西南天地之間，則有所懷何如也？三峽樓臺淹日月，五溪衣服共雲山。「三峽」以東北而言，「五溪」指西南而言。「淹日月」、「共雲山」，非懷而何？此前又皆古迹。羯胡事主終無賴，詞客哀時且未還。黄鶴注：羯胡，謂禄山。詞客，公自謂。五溪蠻，即羯胡也。詞客，指庾信也。此言羯胡事主，以終上四句之意。「詞客哀時」，以生結句之意，所謂古迹也。庾信平生最蕭瑟，暮年（時）［詩］賦動江關。

其二

摇落深知宋玉悲，風流儒雅亦吾師。（帳）［悵］望千秋一洒泪，蕭條異代不同時。江山故宅空文藻，雲雨荒臺豈夢思。宋玉有宅在并州，「故宅空文藻」，以其儒雅也。宋玉有《神女賦》，曰「雲雨荒臺」，以其風流也；曰「空」、曰「豈」，不復見作其風流儒雅也。最是楚宫俱泯滅，舟人指點到今疑。楚宫，即荒臺故宅之地。此承上二句，而終首聯之意。

其三　　節節生意格

蜀主窺吴幸三峽，崩年亦在永安宫。翠華想像空山裏，玉殿虚無野寺中。古廟松杉巢水鶴，歲時伏臘走村童。武侯祠屋長鄰近，一體君臣祭祀同。

其四　抑（楊）［揚］格

諸葛大名垂宇宙，功臣遺像肅清高。三分割據紆籌策，萬古雲霄一羽毛。諸葛之才，本可以兼天下，今之三分割據，不得展其才。雖（行）［紆］籌策，而名之垂宇宙自若也。萬古雲霄，即宇宙也。羽毛之在雲霄，即肅清高也。上句可抑，下句揄揚之以超起句。伯仲之間見伊吕，指揮若定失蕭曹。此二句氣概，是以掩上句之陋，言諸葛在伊、吕之間，指揮若定，雖有蕭、曹之智謀，亦失之矣。運移漢祚終難復，志決身殲軍務勞。此前四詩，以「詠懷古迹」爲題，大概皆叙古而詠懷，亦以寓感慨之意云。

諸將五首

其一　歸題格

漢朝陵墓對南山，胡虜千秋尚入關。昨日玉魚蒙葬地，早時金椀出人間。楚王戊葬有玉魚。玉魚、金椀，殉葬之物被掘出也。見愁汗馬西戎逼，曾閃朱旗北斗閑。閑，一作殷。言胡入關，城上旗幟本以防寇，今胡馬入關，北斗城之朱旗亦閑不用。多少材官守涇渭，將軍且莫破愁顔。言吐蕃發起擾民之害，故雖有材官守涇渭，將軍未可樂也。公之憂國憂民如此。

其二　結上生下

韓公本意築三城，擬絶天驕拔漢旌。公築三城以絶胡人以拔漢旌之本意如此。「本」字起下「豈」字。豈謂盡煩回紇馬，翻然遠救朔方兵。豈爲胡人不爲中國救患難也？此皆將之過。胡來不覺潼關隘，龍起猶聞晉水清。上句總結上四句，而生下三句。此二句言胡人入關，不覺潼關之隘矣，而君崛起猶晉水之清矣。獨使至尊憂社稷，諸君何以答升平。此四句，皆責諸將不能輔君主。

其三　歇續意格上歇下續

洛陽宫殿化爲烽，休道秦關百二重。言二京俱爲禄山所陷。滄海未全歸禹貢，薊門何處覓堯封。言未特關中，而遐陬之地亦皆賊地矣。朝廷衮職雖争補，天下軍儲不自供。責諸將無謀。稍喜臨邊王相國，肯銷金甲事春農。

其四　前少後多格

迴首扶桑銅柱標，冥冥氣祲未全消。吴氏曰：此言嶺海皆爲賊所陷，妖氛未息也。越裳翡翠無消息，南海明珠久寂寥。此言職貢之不通，以深責諸將不能掃妖氛也。殊錫曾爲大司馬，總戎皆插侍中貂。言朝廷待諸將非不厚，何以報效乎？炎風朔雪天王地，只在忠臣翊聖朝。「炎風」、「朔雪」，如日月所照，霜露所墜，舉南北而言也。言天王之地，只在忠臣輔翊之爾。上句結前四句，下句結第三聯也。

其五　前開後合格　又名今時開合格「時」當作「昔」。

錦江春色逐人來，巫峽清秋萬壑哀。上句言夔州見春色來也，下句言見秋之至也。正憶往時嚴僕射，共傳中使望鄉臺。此上四句言昔，開也。主恩前後三持節，軍令分明數舉杯。上句言武三爲節度使，今昔對言，合也。下句言武之令嚴如此，此説今日事，開也。或曰：譏武飲酒也。西蜀地形天下險，安危須仗出群材。西蜀，總言錦江、巫峽。出群材，指嚴武而言。此詩專詠嚴武，諸將既皆無用，而止有嚴公出諸將之右，故云然，復開説今也。

返照

楚王宮北漸黄昏，白帝城西過雨痕。此不專詠物，而前四句托物起興。返照入江翻石壁，歸雲擁樹失山村。分應上二句，以見題字。衰年肺病惟高枕，絶塞愁時早閉門。病見返照，則高枕而已；愁見返照，則閉門而已。不可久留豺虎亂，南方實有未招魂。上句結傷時，下句結自病。後四句雖有爲一意之句，句句照前，則末句生開題意，爲尤妙。

獨夜　聯珠格

露下天高秋水清，空山獨夜旅魂驚。此詩前後四句各意。清燈自照孤帆宿，新月尤懸雙杵鳴。上句見獨夜，下句見秋天。南菊再逢人卧病，北書不至雁無情。上句乃甫自嘆，下句乃甫憶舊也。步櫓倚杖看牛斗，銀漢遥瞻接鳳城。此公望長安也。上句結自嘆，尤見獨夜，下句結憶舊之意，見秋天。《三輔圖》：長安城南爲南斗形，北爲北斗形。至今京城，人呼爲斗城。

狂夫　歸題格　前相似而變

萬里橋西一草堂，百花潭水即滄浪。此詩前四句一意，後四句一意。風飄碧篠娟娟浄，雨染紅蕖冉冉香。上句結橋西之景，下句結潭水之景，紅蕖，荷花也。厚禄故人書斷絶，恒飢稚子色凄凉。上句甫憶舊，下句甫思家。欲填溝壑惟疏放，自笑狂夫老更狂。上句結憶舊之意，下句結眷家之意。

恨別　一意格

洛城一別四千里，胡騎長驅五六年。上句起三聯恨別之實，下句起二聯之由。草木變衰行劍外，兵戈阻絶老江邊。所以阻絶者，爲胡騎長驅故也。思家步月清霄立，憶弟看雲白日眠。此一別四千里之實。聞道河陽近乘勝，司徒急爲破幽燕。言恨别而云之，蓋幽燕胡騎長驅之所爲。被胡騎不得歸故鄉，則别意不終别也。

暮登西寺樓寄裴十迪　兩重格

暮倚高樓對雪峰，僧來不語自鳴鍾。前四句言暮登樓，後四句言裴十。孤城晚照紅將斂，近市浮嵐翠且重。此結上二句。多病獨愁常闃寂，故人相見未從容。故人，指迪也。知君苦思緣詩瘦，大向交游萬事慵。

野望　變字格　小異上卷

金華山北涪水西，仲冬風日始凄凄。吴氏曰：明出「山」、「水」二字，以起第二聯之句；言「仲冬」以貫第三聯之景。山連越嶲蟠三蜀，水散巴渝下五溪。此應起句。白鶴不知何事舞，飢烏似欲向人啼。此應第二句。射洪春酒寒仍緑，目極傷神誰爲携。此下句結春酒也。

閣夜　前實後虚

歲暮陰陽催短景，天涯霜雪霽寒霄。此言實景以起二聯。五更鼓角聲悲壯，三峽星河影動摇。雪霽則鼓角聲壯，「三峽」應「天涯」，「五更」應「寒霄」。野哭千家聞戰陣，夷歌是處起漁樵。此言歲暮之人事也。

卧龍躍馬終黄土，人事音書幾寂寥。因歲暮感卧龍、躍馬皆空，而嘆己之不（過）〔遇〕。

宣政殿退朝晚出左掖　　藏題格

天門日射黄金榜，春殿晴曛赤羽旗。此言宣政殿之儀羽。宫草微微承委珮，爐香細細炷遊絲。此言宣政殿之景物。雲近蓬萊常五色，雪殘鳷鵲亦多時。上句應起聯，下句見己之久侍。侍臣緩步歸青瑣，退食從容出每遲。前六句言殿中侍朝之事景，此二句方言退朝而晚出左掖。

題張氏隱居　　先體後用

春山無伴獨相求，伐木丁丁山更幽。此詩前四句言隱居之景物，體也；後四句言隱居之興味，用也。澗道餘寒歷冰雪，石門斜日到林丘。不貪夜織金銀氣，遠害朝看麋鹿遊。乘興杳然迷出處，對君疑是泛虚舟。此四句，用也。

曲江對雨

城上春雲覆苑墻，江亭晚色静年芳。此二句乃一篇綱領。林花著雨胭脂濕，水荇牽風翠帶長。林花，苑墻所見。水荇，江亭所見。龍武新軍深駐輦，芙蓉别殿謾焚香。上句貼苑墻，下句貼江亭。何時詔此金錢會，暫醉佳人錦瑟傍。

冬至

年年至日長爲客，忽忽窮愁泥殺人。此以兩兩字起，結以數自字，律多如此。江上形容吾獨老，天涯風俗自相親。王氏曰：心折無一寸，蓋爲此也。杖藜雪後臨丹壑，鳴玉朝來散紫宸。上句言爲客，下句想冬至朝賀，此又可見其爲客窮愁。心折此時無一寸，路迷何處是三秦。項王立三降將爲王，故曰三秦。

贈田九判官梁丘

梁丘爲哥舒翰府判官，時從翰入朝。

崆峒使節上青霄，河隴降王款聖朝。使節，指哥舒翰。降王，謂土蕃。款，納款也。上句言田生隨哥舒翰入朝也。宛馬總肥春苜蓿，將軍只數漢嫖姚。陳留阮瑀誰爭長，京兆田郎早見招。麾下賴君材並入，獨能無意問漁樵。上句美田生以結之，下句欲田生入京，尤宜眷顧未達者。

宿府

清秋幕府井梧寒，獨宿江城蠟炬殘。上句言景物以興下句，下句又起第二聯也。永夜角聲悲自語，中天月色好誰看。「角聲」、「月色」，可見蠟炬之殘；「悲自語」、「好誰看」，其爲獨宿可知。言永夜角聲，只自語而已，中天月色，共誰看乎？風塵荏苒音書絶，關塞蕭條行路難。此二句總結宿府之意。

小至

天時人事日相催，冬至陽生春又來。此二句總起。刺綉五紋添弱綫，吹葭六琯動浮灰。上句言人事，下句言天時。岸容待臘將舒柳，山意衝寒欲放梅。「將舒柳」、「欲放梅」，則春之又來可見矣。雲物不殊鄉土異，教兒且覆掌中杯。此結小至，故以雲物言。上句以結天時，又寓感興之意；下句以結人事也。

燕子來舟中作　　開合格　變中之變

湖南爲客動經春，燕子銜泥兩度新。此以燕子之飄泊比己之飄泊。上句言人，下句言物，開也。舊入故園嘗識主，如今社日遠看人。可憐處處巢居室，何異飄飄托此身。比、興兼有。暫語船檣還起去，穿花落水益沾巾。此始見舟中作。甫爲客於外，因見燕子而思己在故園，燕子亦在故園，人物之情，初非相遠。此合而結之，合也。

十二月初一日作

即看燕子入山扉，豈有黄鸝歷翠微。此二句作第三聯意。短短桃花臨水岸，輕輕柳絮點人衣。此二句作第七句意，亦粘起聯。燕所以入山扉者，以有桃花故也。鶯所以歷翠微者，以有柳絮故也，然十二月豈有此物哉？前有「即看」，後有「他日」等語，非指今日言也。春來準擬開懷久，老去親知見面稀。此二句應前四句。他日一杯難强進，重嗟筋力故山違。上句結準擬開懷之意，而實接第二聯也。他日，即春來。下句結老去見面稀之意，此四句總結前四句。

江村　二字貫串　三字棟梁在中

清江一曲抱村流，長夏江村事事幽。此二句明出「江村」二字，爲一詩之骨。下句又以起第二、第三聯。自去自來梁上燕，相親相近水中鷗。上句言村中一物之幽，下句言江中一物之幽。老妻畫紙爲棋局，稚子敲針作釣鈎。上句言村中一事之幽，下句言江中一事之幽。多病所須唯藥物，微軀此外復何求。甫言老去病多，所須者唯藥物耳。藥物之外，復何求哉！

崔珏不知何處人，《鼓吹》注云：「與趙光遠一時工詩。」

鴛鴦　一字血脉

翠鬣紅毛舞夕暉，水禽情似此禽稀。才分烟島猶回首，《鼓吹》「才」作「暫」。只度寒潭亦共飛。

映霧盡迷珠殿瓦，逐梭齊上玉人機。
采蓮無限蘭橈女，笑指中流羨爾歸。

草　鈎鎖連環格

百花苑路易萋陰，五穀塍疇苦見侵。「塍」音繩。
農父芟時嫌苦刺，宫人門處惜如金。
別離空惹王孫恨，鹿耨深勞稷畯心。
緑野荒蕪好歸去，朱門閑僻少相尋。

吴融 字子華，山陰人。

汴梁用兵後　雙拋體

隋堤風物已凄涼，堤下仍多古戰場。《鼓吹》「古」作「舊」。
金鏃有苔人拾得，蘆衣無土鳥銜將。
秋聲暗促河聲急，野色遥連日色黄。

獨上高樓更愁絶，凄凉也。《鼓吹》「高樓」作「寒城」。戍鼙驚起雁行行。戰場也。

李商隱 字義山，懷州人。

錦瑟　外剥體

錦瑟無端五十絃，一絃一柱思華年。
莊生曉夢迷蝴蝶，適。望帝春心托杜鵑。怨。
滄海月明珠有泪，清。藍田日暖玉生烟。和。
此情可解成追憶，只是當時已惘然。

柳宗元 字子厚，河東人。

嶺南郊行　三字棟梁

瘴江南下接雲烟，《鼓吹》「下接」作「去入」。望盡黄茅是海邊。
山腹雨晴添象迹，潭心日暖長蛟涎。

射工巧俟遊人影，颶母偏驚賈客船。《鼓吹》「賈」作「旅」。
從此憂來非一事，豈容華髮度流年。《鼓吹》「度」作「待」。

劉禹錫 字夢得，中山人。

東岳張煉師　順流直下

東岳真人張煉師，高情雅淡世間稀。
堪爲烈女書青簡，久事元君住翠微。
金縷機中抛錦字，玉清壇上著霓衣。
雲衢不用吹簫伴，祇許乘鸞月下飛。別本「許」作「擬」，「月下飛」作「獨自歸」。

杜甫 見前注。

玉臺觀　內剥

中天積翠玉臺遥，上帝高居絳節朝。

遂有馮夷來擊鼓，始知嬴女善吹(蕭)[簫]。
江光隱見黿鼉窟，石勢參差烏鵲橋。
更有紅顔生羽翰，便應黄髮老漁樵。

送戴煉師歸隱　　前散[一]

桃花洞裏玉堂仙，秀覽千巖萬壑烟。
有客重尋鑑湖酒，無人爲上剡溪舡。
龍行靈雨空壇凈，鰲負神宫複道懸。
回首都門耿如許，春風長托柳飛綿。

感興寄友　　後散　二字貫串在中

十年京國總忠憂，詩酒淋漓共賞遊。
漢月夜吟鳿鵲觀，苑雲春釀肅霜裘。

[一] 詩題及「前散」，原本缺，據日本關西大學藏《詩家一指·木天禁語》補。

書來慰我臨波上，秋去思君到水頭。
爲憶晉人張處士，于今江海尚淹留。

雜詠八體

詠物體要有比刺體用。

詠柳〔二〕

一種參差翠拂頭，解招黄鳥説因由。輕籠雨檻全無緒，斜搭風檐半不收。山驛路傍春繫馬，水亭津口夜維舟。青青更有傷心處，落日杏花相對愁。

起句略見柳樣，承句以招黄鳥，則是柳明矣。輕籠雨檻，斜搭風檐，字字體狀得絶。山驛繫馬，水亭維舟，柳之用盡矣。過句、結句帶感慨，極妙。蓋杏與柳同時，而季世末俗，杏無所托，徒見柳得其時耳，此是比刺意。所謂詠物有體用者，如絲麻菽粟，可爲充食之用；金玉毛羽，可爲禮器之用。大忌説得小家相，至小之物，也要關係至大道理。大抵要關大議論，不可只作一場話説便罷，要有無窮意味。葉水心所謂「爲文不關世道，雖工無益」。

〔二〕此詩作者名字爵里，原本缺。

詠題古迹體 要有感慨風思。

許渾 字仲晦，潤州丹陽人。 凌歊臺 一首

宋祖凌歊樂未迴，三千歌舞宿層臺。湘潭雲盡暮山出，巴蜀雪消春水來。行殿有基荒薺合，寢園無主野棠開。百年便作萬年計，《鼓吹》「便」作「應」。巖畔古碑空綠苔。

起句見作臺人，承句見臺之由，寓諷刺。頸聯見四止體狀，寓感慨。頷聯見臺下景物，寓興發傷感。過、結寓譏嘲，以諷後人。此風詩也。

送贈體 要見離別大義節概。

李嘉祐 字從一，趙州人。 宋中舍遊江東 一首

孤城郭外送王孫，越水吴洲共爾論。野寺山邊斜有徑，漁家竹裏半開門。青楓獨映摇前浦，白鷺閑飛過遠村。若到西陵征戰處，不看秋草自傷魂。

起句要見別處，承句要見他所往處。頸聯要見別地景物，以寓勿忘。頷聯一句説我在此對如此景物，寓愁意；一句見它所去，清高脱灑。過、結大要有關涉，非常人相期望之意也。

寄友體　要見憶念之情，有非常之趣。

懷友　一首

憶昔青燈夜對床，冷猿聲裏早梅香。一從去櫂衝寒雪，幾度憑欄到夕陽。秋思漸於蟬外覺，别愁空入雁邊長。江楓也解離人意，不遣西風葉盡黄。

起句見昔日相親之情處，承句見非常人相得之情。頸聯一句憶别時，一句説别後相思，有比譏時。頷聯對景傷情。過、結言景物也，替人愁也，切忌兒女小家相，要見我與它兩人高尚處。

謁見體　要見自高，所干非不義也。

謁人　一首

揮鞭直指望長安，得雨蛟龍肯暫安。帝里鶯花三月暖，客氊風雨五更寒。到頭富貴來時易，空手文章行路難。昨夜燈花綴金粟，我公應不等閑看。

起句見我來謁意，承句説我非常人。頸聯一句説它得意，一句説我失意〔一〕，寓謁情。頷聯言遇不遇有命焉。過、結言我亦得吉兆而來，公必不虚以常人待我。

〔一〕「我」上原本衍一「它」字，據文意删。

弔挽體 要見有關世道所傷感者。

挽隱士 一首

篋中遺草是琅玕，對此令人灑泪看。三徑尚存行迹在，數螢猶自照書殘。晨光不借家門曉，暝色空流隴樹寒。欲問皇天天更遠，有才無命説應難。

起句便要見物在人亡，謂之一棒打死人也。承句寓傷感。頸聯體狀其人生前德性，不可作頌德詩説。頷聯寓悲慘意，亦是一體。此聯體不一，或於此言其雖死，有子可傳，恰似不曾死一般；又或言其雖死，有事業可爲後世用。過、結要關涉大體，言此人之死與世道有相關，非如碌碌庸庸之與草木同腐者之比。

酬謝體 要見常所贈謝亦非常。

謝賜硯詩 一首　陸龜蒙 字魯望。

霞骨堅來玉自愁，琢成物象古釵頭。澄沙脆弱聞應伏，青鐵沈埋見亦羞。最稱風亭批碧簡，還將雪竇漬寒流。君能把贈閑吟客，遍寫江南物象酬。

起句見非常物，承句見此物形象妙處。頸聯體狀得意，極妙。頷聯言我得之爲用亦非常。過、結言有如此之物贈如此之人，我豈可不遍寫江南之物象，以酬非常之賜？

新編名賢詩法下卷

前進士河東鹽運使金壇史潛校刊

黄子肅答王著作進之論詩法

大凡作詩，先立其意。意者，一篇之主也。如送人則言離别不忍相舍之意，寄贈則言相思不得見之意，題詠花木之類則用《離騷》芳草之意。故詩如馬，意如善馭者，折旋操縱，先後疾徐，隨意所之，無所不可，此意之妙也。又如將之用兵，或攻或戰，或屯或守，或出奇以取勝，或不戰而收功，雖百萬之衆，多多益辦，而敵人不能窺其神，此意之妙也。意在於假物取義，則謂之比；意在於托物興詞，則謂之興；意在於鋪張實事，則謂之賦。但貴圓活透徹，辭語相頡頏，常使意在言表，涵蓄有餘不盡，乃爲佳耳。是以妙悟者，意之所向，透徹玲瓏。如空中之聲，雖有所聞，不可彷彿；如相中之色，雖有所見，不可描摸；如水中之味，雖有所知，不可求索。洞觀天地，眇視萬物，是爲高世；剖出肺肝，不惜語言，是爲入神；超達虚空，了悟生死，是爲高衆；寄興悠（楊）［揚］，因彼見此，是爲造妙；隔關寫景，不露形迹，是爲不俗。故意在於閑適，則全篇以雅淡之言發之；意在於哀傷，則全篇以凄婉之言發之；意在於懷古，則用感慨之言發之：此詩之悟意也。意既先立，必須得句。句有法，當以妙悟爲上。第一等句得於天然，不假雕琢，律吕自諧，神氣兼備。奇絶者如孤峰斷崖，高古者如黄鍾大吕，飄逸者如清風白雲，森嚴者如旌旗甲兵，雄壯者如千軍萬馬，華麗者如時花美女，是爲妙句。其次必須造語精工，或動或静，或大或小，或真假，或生死，或遠近，或古今，或虚實，或有無，變化彷彿，一句之中，常具數節意，乃爲佳句。是以洞觀天地之句，似放誕而非放誕；了達死生之句，似虚無而非虚無；剖出肺肝之句，似粗俗而非粗俗；寄興悠揚之句，得之於自然，意之所在，信手拈來，頭頭是道，不待思索，歸之於自然；隔關寫景之句，不落方體，不犯正位，不滯形色，左右上下，無所不通，似著題而非著題，非悟者不能作也。句既得矣，於句中之字，得渾然天成者爲佳。下字必須清，必須圓，必須活，必須響，與一篇之意、一句之意相通，各自能作立而復能相成，是爲本色。然了達死生之句，其字宜高古，宜直率；洞觀天地之句，其字宜宏放，宜開闊，宜雄渾；剖出肺肝之句，其字宜沉著，宜痛快；寄興悠揚之句，其字宜涵蓄不露，宜優游不迫；隔關寫景之句，其字宜精工，宜神奇，宜飛動，宜變幻，宜峭拔，宜飄逸。每每有似真非真、似假非假、若有若無、若彼若此之意，爲得之。總而言之，一詩之中，必先得意；一意之中，必先得句；一句之中，又須得字。先得意，次得句，而字存乎其中，不待求索者，上也。其次先得句，因句之所在而生意，或先或後，使意能成就其句之美者，次也。又其次先得字，因字而生句，因句而成意，使意與句皆成其字之美，又其次也。故意也，句也，字也，三者俱備爲妙悟。意與句皆悟，而字有虧欠，猶爲小疵。若有意無句，則精神不充；有句無意，則徒事妝點。句與意俱不足，而徒以一字求工，何足取哉？然意之所忌者，最忌議論，最忌用俗。議論則涉文字而非詩，用俗則涉近而不古。句之所忌者，最忌虛中之虛，實中之實，須虛中有實，實中有虛可也。字之所忌者，最忌妝點，最忌襯貼，蓋非本句之所有，而强牽合以成之，是又不可不知也。詩法中千言萬語，大意皆不出此。熟參之，熟參之。雖李、杜復生，不易斯言矣。

王近仁與友人論作詩帖

某連日讀所贈諸詩，不能去手。作詩之法，固當若此。每切論凡作詩文，當如行雲流水，輕車熟路，不假用力，即無凝滯。使識者讀之，如自己胸中流出，乃佳。又須意圓句新，令人一唱三嘆，方爲絶作。若長篇大章，必用意滿足，不可氣促語窘。譬之老將用兵，號令百萬之衆，法度嚴整，旗甲精彩，堂堂正正，鼓進金退，動合節奏，乃佳。然鐵騎突出，斬將搴旗，驚人駭目，見所未見，斯有大手之奇也。至若喑嗚叱咤，雷激電奔，山岳崩催，旌旗變色，而馳騁起伏，不失部伍，然後斂衆校武，振旅凱旋，此則神妙矣。如乘雲御風，鈞天九奏，飄乎若將造王母而宴瑶池，斯又李供奉之仙才也。吁！蔑以加矣。若前輩云：人一己百，人十己千，古人地位亦可到。足下知詩，故敢以區區臆見爲獻，未知果然否？某奉啓。《木天集語》内篇。

范梈德機述江左第一詩法

詩之説尚矣。古今論著，類多言病而不處方，是以沉痼少有瘳日，雅道無獲彰著。兹集開元、(天)［大］曆以來諸公平昔在翰苑所論秘旨，述爲一編，以俟後之賢士大夫之好學、俊彦子弟有志者之告。所謂天地之寶物，當爲天地間惜之，切慮久而泯没，特筆之於楮，以與天地間樂育者共之。授非其人，適以招議，又當慎之。得是説者，猶寐而寤，猶醉而醒。外則用之以觀古人之作，萬不漏一；内則用之以運自己之機，聞一悟十。若夫動天地，感鬼神，神而明之，則又存乎其人焉。是編猶古今本草，所以無非有益壽命之品，服食者莫自生狐疑，墮落外道。草木之向陽生而性暖者已寒，背陰生而性冷者解熱。此通確之論，至當之理，或者執私見而不之信，則曰神農氏誤後人者多矣，豈不爲大誣也哉！

六關

一篇法，二句法，三字法，四音節，五家數，六氣象。

右一篇成法，必須精研。合此六關，方爲佳作。不然，則過不無矣。

篇法

有以字論者，有以意論者，有以故事論者，有以血脉論者。

律詩篇法

唐人李淑有《詩苑》一書，今世罕傳。所述篇法，止有六格，不能盡律詩之變態。今廣爲十三格，隱括無餘，猶六十四卦之重，不出八卦，八卦之生，不離奇偶，可謂神矣。目曰「屠龍絶藝」，此法一泄，天造始呈。

一字血脉　二字貫串　三字棟梁　數字連序中斷在内
鈎鎖連環　順流直下　雙抛　單抛　内剥
外剥　前散　後散　中斷附數字連序内

右十三格，圈點成圖，猶星在天，粲然可指而説也。有詩在前，今不重述。

五言長篇古風篇法

分段　　過句　　回照　　讚嘆

分段者，先分爲幾段、幾節，每節句數多少要均齊。首段是序子，序了一篇之意皆含在中。結段要照起段，且《選》詩分段、節甚均，三句則皆三句矣，四句、六句、八句則皆四、六、八句，並不參差。杜却不如此太拘，然亦不太長、不太短也。

過句者，其次要過句，名爲血脉，引過次段。過處用兩句，一結上，二生下，爲最難，非老手未易到也。

回照爲十步一回頭，要照題目；五步一消息，要簡語。

讚嘆，方不甚結蹙，長篇怕亂雜，一意爲段。

已上四法，備於《北征》詩，舉一(偶)[隅]之道也。

七言長篇古風篇法

分段　　過段　　突兀　　字實　　讚嘆　　再起　　歸題　　送尾

分段如五言。

過段亦如之，稍有美者。

突兀萬仞，則不用過句，陡頓便説他事。杜能如此，岑參專高此法，爲一家數。

字實，前後重三疊四，用兩三字貫串，極精神好誦，岑參所長。

讚嘆同五言。長篇有此，便不結促，甚有從容之意思。

再起如一篇三段，説了前事，再提起從頭説，謂反覆有情也。如《魏將軍歌》、《青松障子歌》。

歸題乃本末一二句繳上起句，又謂之頓首。如《蜀道難》、《古别離》、《洗兵馬行》，乃歸題也。

送尾則生一般餘意結束，或反用，或比喻。如《墜馬歌》曰：「君不見，嵇康養生被殺戮。」又曰：「如何不飲令人哀。」

五言短古風篇法

辭簡意味長，言語不可明白説盡，含糊則有餘味。如「步出城東門，悵望江南路。前日風雪中，故人從此去」、「忽見明月光，疑是地上霜。起頭望明月，低頭思故鄉」、「開簾見新月，便即下階拜。細語人不聞，北風吹裙帶」。楊仲弘曰：「五言短古風，衆賢皆不知來處。乃只是《選》詩結尾四句，所以含畜無限意，自然悠長。」此論惟趙松雪承旨深得之，次則豫章「三日新婦」曉得，清江知之，却不多用。

七言短古風篇法

辭明意盡，與五言相反。如：「休洗紅，洗紅紅色變。不惜故縫衣，記得新操茜。人命百年能幾何，後來新婦今爲婆。」「石人前，石橋邊，六角黄牛二頃田，帶經躬耕三十年。」

樂府篇法

張籍、王建，爲近體次之。（張）［長］吉虚妄，不必效焉。

岑參有氣，惜語硬，又次。張、王最古，上格。《焦仲卿妻》、《木蘭詞》、《羽林郎》、《霍家妹》、《三婦詞》、《大垂手》、《小垂手》篇皆絶唱。

李太白樂府，氣語皆自此中來，不可不知也。要訣在於反本題結，如《山農詞》，結却用「西江賈客珠百斛，船中養犬長食肉」是也。

又含蓄不發結者，又截斷頓然結者，如「君不見蜀葵花」是也。

絶句篇法

首句起　畫松有似真松樹　高僧

次句起　《金陵即事》

第三句起　前二句皆閑，至第三句方説本題。

扇對　杜《存没口號》（六）［二］首。

間對　首句閑，次句説本題，第三句又閑，第四句再説本題，應第二句，即摩詰「算山」詩是也。

順去　松下問童子　湘中老人　問余何事栖碧山

范《江東晚泊》　《首座茶》　行到山窮水盡處

藏脉　《（并）［井］》《方鏡》《李龜年》

四句並聯　「遲日江山麗」、「兩個黄鸝鳴翠柳」之類。

中分別意　前兩句説本題，後兩句説題外意，「願領龍驤十萬兵」之類。

借喻　借本題説他事，如詠婦人者，必借花爲喻；詠花者，必借婦人爲喻。

已上十法，絶句最爲緊要。推此以往，思過半矣。

句法

問答　誰家獲者婦與姑　何日東歸花發時

當對　白狐跳梁黄狐立　婦女行泣夫走藏

上三下四　鳳凰樂奏鈞天曲，烏鵲橋連織女河。

上四下三　金馬朝回門似水，碧雞天遠路如絲。

上二下五　不貪夜識金銀氣，遠害朝看麋鹿遊。

上五下二　杖藜嘆世者誰子。中天月色好誰看。

上應下呼　林花著雨胭脂濕，水荇牽風翠帶長。

行雲流水　春日鶯啼修竹裏，仙家犬吠白雲間。

顛倒錯綜　紅稻啄殘鸚鵡粒，碧梧棲老鳳凰枝。

言倒理順　海島夜深嘗見日　寒岩四月始知春

議論句　宋人用，古人無。

直出句　鄭縣亭子澗之濱　一去三年竟不歸

兩句成一句　屢將心上事，相與夢中言。

蕭蕭千里馬，個個五花紋。

字法

《事文類聚》中事不可用，多宋事也。又不可用俚語偏方之言。摘用《史記》、《西漢書》、《文選》、《爾雅》、《埤雅》、《廣雅》、《晉書》、《新》《舊唐書》、《六書故考》字樣，集成編對于左。

一副當

白虎觀＜金僕姑＜高鼻胡人＜(省)[眉]語＜從長

碧雞坊＜玉貝欞＜平頭奴子＜(自)[目]成＜護短

右用字琢句之訣。先須作三字對或四字對起，然後妝排成全句。不可逐句思量，却是對偶，不成作也。或一字對起亦可，路頭差處在此。捕風捉影，如何成詩？至謹至謹！

音節

馬御史云：東夷西戎、南蠻北狄，四方偏氣，言語不相通曉，互相憎惡。唯中原漢音，四方可以通行，四方之人，皆喜於習説。蓋中原天地之中，得氣之正，聲音布散，各能相入，是以詩中宜用《中原音韻》，則便官樣不凡。押韻不可用啞韻，如五支、二十四咸，啞韻也。

家數

《三百篇》在「思無邪」，學者不察，則失於意見。
《離騷》激烈憤怨，學者不察，則失於哀傷。
《選》詩婉曲委順，學者不察，則失於柔弱。
太白雄豪放曠，學者不察，則失於狂誕。
韓、杜沉雄厚壯，學者不察，則失於粗硬。
陶、韋含蓄優游，學者不察，則失於迂闊。
孟郊奇崛斬截，學者不察，則失於怪短。
王維典麗靚深，學者不察，則失於容冶。
李商隱繳密閒艷，學者不察，則失於細碎。

氣象

翰苑　輦（穀）［轂］　山林　出世偈頌、神仙。
儒先石屏之類。　江湖　閭閻　末學末學者，道聽塗説也。

右氣象，各隨人之資禀高下而發之。文學以變化氣質，須仗師友及所讀所習以開導之，然後能脱去俗近，以造高明，謹之慎之。又詩之氣象，猶字畫之短長肥瘦，清濁雅俗皆在人性中流出。得八法便成好染，而洗吾舊態也。此趙松雪翁書與中峰和尚侍者道梁之語也。

紫陽先生評詩曰：凡讀詩，須沉潛諷詠，玩味義理，咀嚼滋味，方有所益。且先將那詩來吟詠數十遍了，方可看注。看了注，又吟數十遍，使意思自然融液浹洽，方有是處。且詩要諷詠之功，看詩不須去看意，但涵詠自好。古人情思温厚，道德言語，自恁地好。詩看義理外，更看他文章。詩者，古之樂也，亦如今之歌曲。雖然，音節却不同也。

右作詩法，先學言論備至，游、夏固無容議。若前所謂「一字血脉」及「鈎鎖連環」之類，其第七字則有同用上聲者，有同用去聲者，則參之老杜而不然，又當以意會可也。或曰：「老杜之《宴鄭駙馬洞中》詩，其第七字皆三用入聲字，《江村》詩，其第七字又兩用入聲，《江上值水》詩，第七字皆兩用去聲，此又何也？」余曰：「工部七言律無慮百四十首，其上去入之相間相諧和者甚嚴，有用去入聲之重複，蓋不得已，而率意偶有一二耳，安知非傳之訛也？子當取其多者以爲法可也。嗚呼！得意而鍊句，得句而鍊字，而又嚴之以聲，是謂益求其精矣，何憚煩而爲是紛紛也？」於是或者釋然而退，遂書于左。天台陳濟蒼浦贅辭。

續添

凡例有明暗二例，諸作皆然。

明　杜《黑鷹》詩　鄭谷《雙鷺》詩

暗　杜《白鷹》詩　鄭谷《鷓鴣》詩

起句

實序　景境　答問　反題故事　順序故事

吊古傷今　頌美　客愁　感嘆

結句

勸戒　祝願　自感　自愛　問訊　寄憶　寄詩

相思　世道　兵戈　我亦　何年遊　何由往

那可再　懷古　故事　歡欣　景晏　激烈　何日歸

已上凡例、明暗并起句、結句四法，律詩、絶句，長篇、短篇通用，無出此者。唯童謡一家不在此例，不可不知也。作者斫深博學，如能著心，必將有得，謹之慎之。不可妄授，漫録於此。

因襲轉換法

春水船如天上坐，老年花似霧中看。祖沈雲卿「船如天上坐，人在鏡中行」，陡换精神。

漠漠水田飛白鷺，陰陰夏木囀黄鸝。王維添李嘉祐二字，精神。

峽束滄洲深貯月，石排紅樹巧妝秋。杜「峽束滄江起，巖排石樹圓」。

話盡春愁雙紫燕，唤回午夢一黄鸝。陳傳道「一鳩鳴午寂，雙燕語春愁」。

山圍故國城空在，潮打西陵意未平。劉禹錫「山圍故國周遭在，潮打空城寂寞回」。

金馬玉堂三學士，清風明月兩閑人。白居易詩「同時六學士，五相一僧翁」。

將飛更作回風舞，已落猶成半面妝。義山云：「落時猶自舞，掃後更無香。」下句尤妙。

化行禹貢山川外，人在周書禮樂中。東坡云：「年抛造化甄陶外，春在先生杖屨中。」

花如解語迎人笑，草不知名隨意生。秋崖云：「花曾相識若含笑，鳥不知名如自呼。」又云：「野鳥傍人如解語，閑花笑客不知名。」又云：「山鳥相呼如識字，林花可愛不知名。」皆相沿襲。

三點四點映山雨，一枝兩枝臨水花。杜荀鶴云：「有時三點四點雨，到處十枝五枝花。」放翁云：「小樓一夜聽春雨，深巷今朝賣杏花。」二句達御。古詩云：「山根一片雨，閣底百重花。」雖相祖述，自有優劣。

夜來過嶺忽聞雨，今日滿溪都是花。王平甫云：「不知叠嶂夜來雨，清曉石楠花亂飛。」

身行南雁不到處，山與北人相對愁。曹松詩：「爲客正當無雁處，故園誰送有書來。」汪龍溪云：「路行歸雁不到處，家在長安欲盡頭。」

山重水複疑無路，柳暗花明又一村。吳融詩云：「無人應失路，有樹始知村。」石又賡云：「山轉疑無徑，雞鳴覺有村。」耿湋云：「花落疑無徑，雞鳴覺有村。」同一意。

檢曆預尋移火日，題墻閑記種花時。祖韓致光「書墻暗記移花日，洗甕先知釀酒期」。高菊澗云：「石鼎煮茶論水品，土墻題字記花名。」

移家尚恐青山淺，隱几惟知白日長。林逋云：「山水未深猿鳥少，此生猶擬别移居。」誠齋云：「猶道山中淺，仍移水上居。」

汲水灌松私雨露，臨池叠石幻溪山。祖□□「無竹栽蘆看，思山叠石爲」〔一〕。

歸夢到家空自喜，痛懷戒酒反添愁。晚唐詩「病中送客難爲别，夢裏還家未當歸」。

幾家傍水燈摇影，一榻臨風鐸自鳴。唐子西云：「風遞鍾聲雲外寺，水摇燈影酒家樓。」

黄河猶有方堪塞，白髮應無術可（栽）〔裁〕。祖「黄河有日」、「白髮無緣」句。放翁云：「鑄得黄金猶有術，掃空白髮定無方。」

〔一〕是聯作者名原本缺，據《四部叢刊》景舊鈔本《後村集》卷一百八十四《詩話新集》，當爲姚合。

風餐江柳下，雨過驛梅邊。東坡云：「因風飧柳下，值雨坐蓬窗。」疑法此句。

髮少何勞白，顔衰更肯紅。鄭谷云：「衰鬢霜催白，愁顔酒借紅。」後山云：「髮短愁催白，顔衰酒借紅。」又：「醉貌如霜葉，雖紅不是春。」坡云：「兒童誤喜朱顔在，一笑那知是酒紅。」一樣「白髮」、「紅顔」字，鍊字轉意不同。

井泉分地脉，砧杵共秋聲。梅堯臣云：「籬根分井口，漏壁透燈光。」于鵠云：「蒸梨常共竈，洗蒜亦同渠。」同意。

流來橋下水，半是洞中雲。于武陵云：「飛來南浦水，半是華山雲。」

每於言事際，便作去朝心。唐林寬：「長因抗疏日，便作去朝心。」自然相似。

如何半年内，不見一人來。祖□□「如何百年内，不見一人閑」〔一〕。

虞侍書詩法

三造　十科　四則　二十四品　道統　詩遇

詩，乾坤之清氣，性情之流至也。由氣而有物，由事而有理，必先養其浩然，存其真宰，彌綸六合，圓攝太虚，觸處成真而道生矣。

〔一〕是聯作者名原本缺，據《四部叢刊》景明本《中興間氣集》卷上，當爲戴叔倫。

三造　一觀　二學　三作

一觀。猶禪宗具摩醯眼，一視而萬境歸元，一舉而群迷蕩迹，超物象表，得造化先。夫如是，始有觀詩分。觀要知身命落處，與夫神情變化，意境周流，亘天地以無窮，妙古今而獨往者，則未有不得其所以然也。由之可以明十科，達四則，讀二十四品，觀觀不已，而至於道。

二學。夫求於古者必得於今，求於今者必失於古。蓋古之時、古之人，而其詩似之，故學者欲疏鑿神情，淘汰氣質，遺其迷妄，而反其清真，未有不由是而得其所以爲詩者。

三作。下手處先須明徹古人意格聲律，具於神境。事物解後鬱抑，得其全理，胸中隨寓倡出，自然超絶。若夫刻意創造，終虧天成；苟且經營，必墮凡陋。妙在著述之多，涵養之深耳。然又當求證於宗匠名家之道，庶幾可横絶旁流矣。

十科

意　趣　神　情　氣　興　理　境　事　物

一意。詩先命意，如構宫室，必法度形似，備於胸中，始焉斤斧。此以實論，取於譬，則風之於空，春之於世，雖暫有其迹而無能得之以爲物者，是以造端超詣，變化易成。若立意卑凡，清真愈遠。

二趣。意之所趣，不盡而有餘之謂。是猶聽鐘而得其希微，乘月而思於汗漫，窅然真用，將與造化者同流，此其趣也。

三神。其所以變化詩道，濯煉精神，含秀儲真，超源達本，皆是神也。是由真心浄想中生，不必盡喻，不必不喻，然月於水，觸處自然。

四情。於詩爲色爲染，情染在心，色在境，一時心境會至而情生焉。其於條達爲清明，滯著爲昏濁。

五氣。貴乎流通，靈遠無礙。盛大等乎空量，熹微藹乎春暉。然非果有所自而生之，而生之生者愈不可知。

六理，猶王家之疆理也。今人所發，足將有所即，靡不由是而逮，然猶有所未至，非日積之未深，則足力之病進。於詩亦然，非尋思之未深，則才力之病進。要在馴熟，如與握手俱往。

七興，有所興起而言也。故凡一事之感，一物之悟，皆興起也。而其悲歡通塞，總屬自然，非有造設，唯不盡所以盡之。

八境。耳聞目擊，神遇意接，凡於形似聲響皆境也。然達其幽深玄虚，發而爲佳言；遇其淺陋陳腐，積而爲俗意。不能復有心之境，境之於心。心之於境，如鏡取象；境之於心，如燈取影，亦因其虚明净妙而實悟自然。故於情想經營，如在圖畫，不著一字，窅然神生。

九事。凡引古證今，當如己造，無爲彼奪。緣妄失真，其於窅然色之膠青，空然水之鹽味，形趣泯合，神造自如。

十物。指其一，而詩不可著，復不可脱。著則墮在陳腐窠舊，脱則失其所以然。必究其形體之微，而超乎神化之奧。

四則　一句　二字　三格　四律

一句。一詩之中，妙在一句。句爲詩之根，根本不凡，則花葉自異。復如威將示權，奇兵翕合；君子在位，善人皆來。

二字。一字之妙，所以合衆要之微；一詩之根，所以生一字之妙。故夫圓活善用，如轉樞機；温清自然，如瞻珮玉。字法病在煉，在浮，在常，在暗弱，在生强，在無謂，在槍棒，在嘴爪，在不經。

三格。猶陶家營器，器本陶家一土而名狀等差非一。然有古形今製之别，精朴淺深之殊，貴各有其體用之似耳。詩則詩矣，而名製不一。晉漢高古，盛唐風流，與夫西崑、晚唐、江西皆名家，造立不等，氣象差殊，亦各求其似者耳。

四律。所以條達氣神，吹嘘興趣，非音非響，誦而得之。猶清風徘徊於幽林，遇之可愛；微逕縈迂於遥翠，求之愈深。

二十四品

雄渾　平淡　纖濃　沉著　高古　典雅　洗鍊　勁健
綺麗　自然　含蓄　豪放　精神　超詣　飄逸　流動

雄渾

大用外腓，真體内充。返虚入渾，積健爲雄。具備萬物，横絶太空。荒荒油雲，寥寥長風。超以象外，得其環中。持之匪盈，求之無窮。

平淡

索處以默，妙機其微。領之太和，獨鶴與飛。猶之惠風，荏苒在衣。閲音修篁，美目載歸。遇之非深，即之愈希。脱有形似，握手以違。

纖濃

采采流水，蓬蓬遠春。窈窕深谷，時見美人。碧桃滿樹，風日水濱。柳陰路曲，流鶯比鄰。乘之愈遠，識之愈真。如將不違，與古爲新。

沉著

緑杉野屋，落日氣清。脱巾獨步，時聞鳥聲。鴻雁不來，之子遠行。所思不遠，若爲平生。海風碧雲，夜露月明。如有佳語，大河前横。

高古

畸人乘真，手把芙蓉。泛彼浩劫，窅然空蹤。月出東斗，好風相從。太華夜碧，人間清鍾。虚佇神素，脱焉畦封。黄唐在獨，落落玄宗。

典雅

玉壺買春，賞花茅屋。座中佳士，左右修竹。白雲初晴，幽鳥相逐。眠雲緑陰，上有飛瀑。

落花無言，人淡如菊。書之歲華，其曰可讀。

洗鍊

猶鑛出金，如鉛得銀。超心煉冶，絶愛緇磷。空潭寫春，古鏡照神。休素儲潔，乘月返真。載瞻星辰，載歌幽人。流水今日，明月前身。

勁健

行神如空，行氣如虹。巫峽千尋，走雪連風。斂真乳强，蓄微牢中。喻彼行健，是謂存雄。天地與立，神造攸同。期之已失，御之非終。

綺麗

神存富貴，始輕黄金。濃盡必枯，淺者屢深。露餘山青，紅杏在林。日明華屋，畫橋碧陰。金樽滿前，伴客彈琴。取用自足，良彈美襟。

自然

俯拾即是，不取諸鄰。俱道適往，著手成春。如逢花開，如瞻歲新。真與不奪，强得易貧。幽人空谷，過雨采蘋。薄言情悟，悠悠天鈞。

含蓄

不著一事，盡得風流。語未涉難，已不堪憂。是有真宰，與之沉浮。如緑滿酒，花時返愁。悠悠空塵，忽忽海鷗。淺深聚散，萬類一收。

豪放

觀化匪禁，吞吐大荒。由道返氣，素處以强。天風浪浪，海山蒼蒼。真力彌滿，萬象在旁。前招三辰，後引鳳凰。曉看六鰲，濯足扶桑。

精神

欲返不盡，相期愈來。明漪絶底，奇花初胎。青春鸚鵡，楊柳樓臺。碧山來人，清酒深杯。

生氣遠出，不若死灰。離形得似，庶幾斯人。

超詣

匪神之靈，匪幾之微。如將白雲，清風與歸。遠引莫致，跡之已非。少者道氣，終與俗違。亂山喬木，碧苔芳暉。誦之思之，其聲愈稀。

飄逸

落落欲往，矯矯不群。緱山之鶴，華頂之雲。高人惠中，令色絪緼。御風蓮葉，泛彼無垠。如不可執，如將有間。識者已領，期之愈分。

流動

若納斷輨，如轉圓珠。夫豈可道，假體爲愚。荒荒坤軸，悠悠天樞。載要其端，載同其符。超之神明，返之真無。往來真宰，是之謂乎？

道統

世皆知詩之爲，而莫知其所以爲；知所以爲者情性，而莫知所以情性。夫如是，而詩遠矣。遠之，幾不失乎？心之色爲情，天地、日月、星辰、江山、烟雲、人物、草樹，響答動悟，履遇形接，皆情也。拾而得之爲自然，撫而出之爲幾造。自然者厚而安，幾造者往而深。厚而安者，獨鶴之心，大龜之息，曠古之士，君子之仁；往而深者，清風浥浥而同流，素音于于而再往，乘碧景而詣明月，撫青春而如行舟，由之而得乎性。性之於心爲空，空與性等。空非離性而有，亦不離空而性，必非空非性，而性固存矣。（令）〔今〕有人行緑陰風日間，飛泉之清，鳴禽之異，松竹之韻，樵牧之音，互遇遞接，如别區宇，省揖備至，暢然無遺，是有聞性者焉。自是而盡世之所謂音者，無不得之而於聞。性無一物分，復有欲求其所以聞之而性者，猶即旅舍而覓過客，客者往之久矣。故取之非有其方，得之非觀其竅，惟翛然萬物之外，雲翠之深，茂林青山，掃石酌水，蕩滌神宇，獨適冲真，猶春花胚胎，假之時雨，夫復不有一日性悟之分耶？集之一指，詩也。三造所以發學者之關鑰，十科所以别武庫之名件。四則條達規律，指述踐履；二十四品含攝大道，如載圖經。於詩未必盡似，品不必有似，而或者爲詩之尤。抑真人而後知詩之真，知詩之真，而後知是一指之非真。而非真之真，備是一指矣。

詩遇

詩得諸遇，斯有自然。然而遇者，往往不屬於常情，必其胸中有以絶乎衆見，入乎無有，俛而就之尋常。故其天性流行，隨地自在，；倘然一遇，猶之故人。即其語□契闊，□是何有於少所造作？·嘗聞古人兩句三年，一吟雙泪，是蓋未至天性，必乎造而出之，熏陶變鍊，切磋分寸，雕刻華藻，面目非無所悦於人性，而遇之者遠矣。逸士高僧，絶塵謝俗，隱居山林，周旋惟道，日積月化，猶如仙家煉神出頂，雖曰未忘乎有形，而其相去四大已遠。故一遇而托之語言，是若菜羹瓜食，倍有餘味，而世間厭飫粱肉者，未嘗一相接也。吾於蘇州佳處，僅遇一二矣。浩然落日池上，王維悠然南山，皆其遇也。其曰桃花流水，別有天地，是又若雲漢昭回，仙山縹緲，塵緣烟火，望之邈焉。彼固非有絶乎人，而往者有不逮，處之者不自知其深，後之者自不同其遇。少陵平生風俗政化、君臣父子、頌詠興歌、哀怨流離，自情性以至江山風月，惟在目接而成之，似無非其固有者，是如春風世間，一出而皆遇也。由是觀之，遇不同者，然亦無不同也，善遇者當有遇乎性也。

虞先生金陵詩講

學問有淵源，文章有法度。詩有詩法，字有字法。凡世間一能一藝，無不有法，得之則成，失之則否。信手拈來，率意妄作，本無根源，未經師友，名曰杜撰。正如有修無證，縱是一聞千悟，盡屬天魔外道。世言三代無文人，六經無文法，不知文人莫盛於三代，文法盡出於六經。韓文公云：「其在唐、虞，臯、禹其善鳴者也，而假之以鳴。夏之時，五子以其歌鳴，伊尹鳴殷，周公鳴周。周之衰，孔子之徒鳴之，其聲大而遠。」非盛乎？文公又言：「作爲文章，其書滿家。上規姚、姒，渾渾無涯；周誥(股)[殷]盤，(誥)[詰]屈聱牙；《春秋》謹嚴，《左氏》浮誇，《易》奇而法，《詩》正而葩。」又曰：「讀《書》無如《詩》，讀《易》無如《春秋》。」文法不出於六經，將何所出乎？或者又曰：「古詩作於田夫野老、幽閨婦女，豈有法乎？」是不然。三百五篇，皆出於先王之澤，沉浸醲郁，道化所及，南北同風，性情既正，《雅》、《頌》自作。及變《風》、變《雅》，猶發乎情，止乎禮義，此人心之詩也。云何三百五篇删後之詩，不能彷彿一語？蓋非王者之民不能作也。豈待删後，春秋之時，已不能作，孟子所謂「王者之跡熄而《詩》亡，《詩》亡然後《春秋》作」是也。詩之法度，豈無所來哉？諸君子方學詩，始言其概。詩易吟，亦未易吟。詩者，人之情性，途歌里詠，皆有可采。擊壤老人、康衢童子，敕勒之鮮卑，擁櫂之越人，人人有之，如之何不易？惟古人苦心終身，旬鍛月鍊，不曰「語不驚人死不休」，則曰「一生精力盡在於詩」。今人未嘗學詩，往往便謂能詩，詩豈不學而能哉？以此求功，豈不甚難？甚者未夢李、杜脚板，便已平視鮑、謝；未辯芳洲杜若，便謂奴僕《離騷》。雖曰一盲引衆，豈無明目遥觀？祇見其陋，亦可哂爾。真實學詩，須是力行五事。

一曰詩本。吟詠本出乎性情，古人各有風致。學詩者必先燮調性靈，砥礪風義，必優游敦厚，必風流醖藉，必人品清高，必神情簡遠，則出辭吐氣，自然與古人相似。文中子謂：「文人之行可見。謝靈運小人哉，其文傲；沈休文小人哉，其文冶；鮑照、江淹，古之狷者也，其文急以怨；吴筠、孔珪，古之狂者也，其文怪；謝莊、王融，古之纖人也，其文碎；徐陵、庾信，古之妄人也，其文誕；劉孝綽兄弟，鄙人也，其文淫；湘東王兄弟，貪人也，其文繁；謝朓，淺人也，其文捷；江總，詭人也，其文虚。」此非但作詩之病，亦作詩之害。若做得好人，必做得好詩也。

二曰詩資。王荆公謂：「少陵『讀書破萬卷，下筆如有神』，是他自言入處。」韓文公亦稱：「盧殷於書無不讀，然止用以資於詩。」山谷謂：「不讀書萬卷，不行地萬里，不可看杜詩。杜詩無一字無來處。」東坡謂：「孟浩然如造内酒法手而乏材料。」孟浩然有材無學，如有良將而無精兵，有巧匠而無利器。雖材高如孟浩然，尚不免譏，况他人乎？今人空疏窘材料者，只是讀少、記少、講明少故也。昔王恭少學，須善談論，未免雜出，以至對屬偏枯，意氣餒薄，皆爲無詩之資爾。

三曰詩體。《三百篇》末流爲楚辭，爲樂府，爲古詩，爲蘇、李五言，爲建安、黃初體，此詩之祖也。《文選》劉琨、阮籍、潘、陸、左、郭、鮑、謝諸詩，淵明等集，此詩之宗也。(高)[齊]、梁、《玉臺》，體製卑弱。然李、杜於陰、何、徐、庾，稱之不置，但不可學其委靡。唐陳子昂《感遇》諸篇，高古簡遠，出人意表。李太白《古風》，韋蘇州、王維、柳子厚、儲光羲等古體，皆平淡蕭散，近體亦無拘攣之態，啁哳之音，此詩之適派也。杜少陵古、律各集大成，漸趨浩蕩，正如顏魯公書一出，而書法盡廢，若其渾然天成，略無斧鑿，乃詩家運斤成風手也，是以獨步千載，莫之能繼。他唐人宋賢，佳作大集，固當遍參博采，難以遍學。韓詩太豪，難學；長吉體太巧，不必學；晚唐體太淺，不足學；東坡詩太波瀾，不可學。若宛陵之淡、山谷之奇、荆公之精、後山之苦，固未易及。簡齋以李、杜之才，兼陶、柳之體，最爲後來一本大宗[二]。若近世江湖等作，特不足觀。須是將夙生所記一聯半句，一洗而空，使吾胸中無非古人言語意思，則下筆不期於高遠，而自高遠矣。朱文公《答鞏仲至書》[三]，於詩道源委正變，最爲詳盡，玩味之餘，觸類而長，則詩之爲體

[二]「一本大宗」，《傳與礪詩法》作「一大宗本」。
[三]「至」，原本脱，據《四部叢刊》本《晦庵先生朱文公文集》卷六十四補。

洞然矣。

四曰詩味。唐司空圖教人學詩，須識詩味外味，坡公以爲名言，如所舉「緑樹連村暗」、「棋聲花院閉」、「花影午時天」等句是也。今人飲食爲有滋味，若無味之物，誰復食之？如陸鴻漸遍嘗天下泉味，知楊子中濡爲天下泉第一，水味則淡，非果淡，乃天下至味，又非飲食之味可比也。但知飲食之味者已鮮，知水之味者又極鮮也。

五曰詩妙。謂變化神奇，游戲三昧。任淵謂：「後山詩如參曹洞禪，不犯正位，切忌死語。」莊語不可用，謂之不韻；經語不可用，謂之抄書。至誠説道理，字字著相，句句要好，此詩皆病也。劉容謂〔二〕：「詩者，人之神明。」當神而明之，大而化之。如水中月影，見影不見月；如水中鹽味，知味不知鹽；如畫不觀形似，而觀淡泊瀟灑之意。超脱如禪，飄逸如仙，神變如龍虎。抵掌談笑如優孟，恢諧滑稽如東方朔，則極玄造妙矣〔三〕。學詩者倘能養性以立詩本，讀書以厚詩資，識詩體於源委正變之餘，求詩味於鹽梅姜桂之表，運詩妙於神通遊戲之境，則古人不難

〔二〕「劉容」，嘉靖二十九年刊本《詩法源流・詩法正宗》作「劉賓客」。

〔三〕「玄造妙」三字，原本漫漶，據《詩法源流》本補。

到〔二〕，而詩道易矣。幸相與勉之〔三〕。

□公暇日與子至誠談詩

詩乃聲律之文章，豈敢造次云乎？詩體製□□□□□□□□尚浮辭。《三百篇》所以適情性，奉君親，道政事，□□樂□□□□□□，三經三緯，其體用流傳，終古無體期。

大漢詩乃變，篇章□□垂。

六朝似高古，藻翰寔華麗。馳騁曠達抽新奇，柰何世運□□元氣羸。

大唐詩人數百家，各成家數開端倪。中間鳴世數□□，李杜集成天下師。比比星斗在天闕，令人嚮仰心思惟。後世足□□法則，舍爾盛唐奚以爲。

大宋作者固不少，惟有東坡長篇〔三〕

〔一〕「識詩體」至此，原本漫漶，據《詩法源流》本補。
〔二〕「相與勉之」，原本無，據《詩法源流》本補。
〔三〕按，以下原本殘缺。

楊成◇編

詩法

五卷

侯榮川◎點校

重刊詩法序

唐宋以來，詩人所著詩法非一家。近世板行者，范德機《木天禁語》、楊仲弘《古今詩法》二集，人皆寶之，不啻拱璧。余承乏淮揚之明年，偶得寫本《詩法》一部，不知何人所編，如德機、仲弘之集，亦皆載之，中間略有檃括。其後又有《金鍼集》、《詩學禁臠》、《沙中金》等集，皆人所罕見者。余反覆再四，深喜，以爲詩之爲法，莫有備於此者矣。奈何傳寫字様訛舛甚多，用是過不自量，粗加考訂，別寫一通，以便觀覽。然又自思與其私諸己，孰若公諸人？廼捐俸繡梓，以與學詩者共之。但其間魯魚亥豕，尤望四方博雅君子爲改而正之，幸甚。

成化四年庚子朔，賜進士第中順大夫知直隸揚州府事前監察御史三山楊成書于郡治忠愛堂。

詩法卷之一

木天禁語　內篇

清江范德機

詩之説尚矣。古今論著，類多言病而不處方，是以沈痼少有瘳日，雅道無復彰時。兹集開元、大曆以來諸公平昔在翰苑所論秘旨，述爲一編，以俟後之君子、賢士大夫之後，好學俊彦子弟有志者之告。所謂天地間之寶物，當爲天地間惜之。切慮久而泯没，特筆之於楮，以與天地間樂育者共之。授非其人，適足招議，故又當慎之。得是説者，猶寐而寤，猶醉而醒。外則用之以觀古人之作，萬不漏一；内則用之以運自己之機，聞一悟十。若夫動天地，感鬼神，神而明之，則又存乎其人也。是編猶古今《本草》，所載無非有益壽命之品，服食者莫自生狐疑，墮落外道。噫！草木之向陽生而性煖者解寒，背陰生而性冷者解熱，此通確之論，至當之理。或專執已見而不知信，則曰「神農氏誤後世人多矣」，豈不爲大誣也哉？

六關

篇法　句法　字法　氣象　字數　音節

右一篇詩成，必須精研，合此六關，方爲佳。不然，則過不無矣。

篇法　有以字論者　有以意論者

　　有以故事論者　有以血脉論者

七言律詩篇法

唐人李淑有《詩苑》一書，今世罕傳。所述篇法，止有六格，不能盡律詩之變態。今廣爲十三，隱栝無遺，猶六十四卦之重不出於八卦，八卦之生不離奇偶，可謂神矣，目曰「屠龍絶藝」。此法一泄，天造顯然。

一字血脉　二字貫穿　三字棟梁

數字連序　中斷　鈎鎖連環

順流直下　雙拋　單拋

内剥　外剥　前散

後散

一字血脉

鴛鴦

翠鬣紅衣舞夕暉，水禽情似此禽稀。纔分烟島猶回首，只度寒塘亦共飛。耿霧盡迷朱殿瓦，逐梭齊上玉人機。採蓮無限蘭橈女，笑指中流羡爾歸。

二字貫穿　三字棟梁在内

江村

清江一曲抱村流，長夏江村事事幽。自去自來堂上燕，相親相近水中鷗。老妻畫紙爲棋局，稚子敲針作釣鈎。多病所須惟藥物，微軀此外更何求。

三字棟梁

南遷

瘴江南下接雲烟，望盡黄茅是海邊。山腹雨晴添象迹，潭心日暖長蛟涎。射工巧伺遊人影，颶母偏驚賈客船。從此憂來非一事，可容華髮度流年。

數字連序　　中斷在内

中丞弟得除江陵併起居衛尚書夫人

中丞問俗畫熊頻，愛弟傳書彩鷁新。遷轉九州防禦使，起居八座太夫人。楚宫臈送荆門水，白帝雲偷碧海春。爲報惠連詩莫惜，嗟予班鬓總如銀。

鉤鎖連環

草

百花苑路易萋陰，五谷塍疇苦見侵。農父芟時嫌若刺，宫人門處惜如金。别離空惹王孫恨，麃耨深勞稷畯心。緑野荒蕪好歸去，朱門閑僻少相尋。

順流直下

張錬師

東岳真人張錬師，高情雅淡世間稀。堪爲烈女書青簡，久事元君住翠微。金縷機中抛錦字，玉清壇上著霓衣。雲衢不用吹簫伴，只擬乘鸞獨自歸。

雙拋

汴門用兵後

隋堤風物已凄涼，堤下仍多古戰場。金鏃有苔人拾得，鐵衣無土鳥銜將。邊聲暗促河聲急，野色遥連日色黄。獨上高城更愁絶，戍鼙驚起雁行行。

單拋

秋興

昆明池水漢時功，武帝旌旗在眼中。織女機絲虚夜月，石鯨鱗甲動秋風。波漂菰米沉雲黑，露冷蓮房墜粉紅。關塞極天惟鳥道，江湖滿地一漁翁。

内剥

玉臺觀

中天積翠玉臺遥，上帝高居絳節朝。遂有馮夷來擊鼓，始知嬴女善吹簫。江光隱見黿鼉窟，石勢參差烏鵲橋。更有紅顔生羽翼，便應黄髮老漁樵。

外剥

錦瑟

錦瑟無端五十絃，一絃一柱思華年。莊生曉夢迷蝴蝶，望帝春心托杜鵑。滄海月明珠有淚，藍田日煖玉生烟。此情可待成追憶，只是當時已惘然。

前散

送戴鍊師歸隱

桃花源裏玉堂仙，秀攬千巖萬壑烟。有客重尋鑑湖酒，無人爲上剡溪船。龍行靈雨空壇浄，鰲負神宫複道懸。回首都門眇如許，東風長記柳飛綿。

後散　二字貫穿在内

感興寄友

十年京國總忘憂，詩酒淋漓共賞遊。漢月夜吟鳷鵲觀，苑雲春釀鸕鷀裘。書來慰我臨池上，秋去思君到水頭。爲憶故人張處士，于今江海尚淹留。

五言長古篇法

分段　過脉　回照　讚嘆

先分爲幾段幾節，每節句數多少，要略均齊。首段是序子，序了一篇之意，皆含在中。結段要照起段。且《選》詩分段，節數甚均，三句則皆三句，四句、六句、八句則皆不參差。杜却不甚如此太拘，然亦不太長不太短也。次要過句，過句名爲血脉，引過次段。過處用兩句，一結上，一生下，爲最難，非老手未易了也。回照，謂十步一回頭，要照題目；五步一消息，要閑語。讚嘆，方不甚迫促，長篇怕亂雜，一意爲一段。以上四法，備《北征》詩，舉一隅之道也。

七言長古篇法

分段　過段　突兀　字貫　讚嘆

再起　歸題　送尾

分段如五言，過段亦如之。稍有異者，突兀萬仞，則不用過句，陡頓便説他事。杜如此，岑參專高此法，爲一家數。字貫，前後重三叠四，用兩三字貫串，極精神好誦，岑參所長。讚嘆，如五言。再起，且如一篇三段，説了前事，再提起從頭説去，謂反覆有情，如《魏將軍歌》、《松子障歌》是也。歸題，乃本末一二句繳上起句，又謂之顧首，如《蜀道難》、《古别離》、《洗兵馬行》是也。送尾，則生一段餘意結末，或反用，或比喻用，如《墜馬歌》曰「君不見嵇康養生被殺戮」，又曰「如何不飲令人哀」。長篇有此，便不迫促，甚有從容意思。

五言短古篇法

辭簡意味長，言語不可明白説盡，含糊則有餘味。如：「步出城東門，悵望江南路。前日風雪中，故人從此去。」「忽見明月光，疑是地上霜。起頭望明月，低頭思故鄉。」「開簾見新月，便即下階拜。細語人不聞，北風吹裙帶。」

編修楊仲弘曰：「五言短古，衆賢皆不知來處。乃只是《選》詩結尾四句，所以含蓄無限意，自然悠長。」此論惟趙松雪翁承旨深得之，次則「豫章三日新婦」曉得。清江知之，却不多用。

七言短古篇法

辭明意盡，與五言相反。如：「休洗紅，洗紅紅色變。不惜故縫衣，記得初揉茜。人命百年能幾何，後來新婦今爲婆。」「石人前，石橋邊，六角黄牛二頃田，帶經躬耕三十年。」

樂府篇法

張籍一，王建爲近體次之，長吉虚妄，不必效爲。岑參有氣，惜語硬，又次之。張、王最古，上格。如《焦仲卿》、《木蘭詞》、《羽林郎》、《霍家妹》、《三婦詞》、《大垂手》、《小垂手》等篇，皆爲絶唱。李太白樂府，氣語皆自此中來，不可不知也。

要訣在於反本題結，如《山農詞》，結却用「西江賈客珠百斛，船中養犬多食肉」是也。又有含蓄不發結者，又有截斷頓然結者，如「君不見蜀葵花」是也。

老翁家貧在山住，耕種山田三四畝。苗疏税多不得食，輸入官倉化爲土。歲暮鋤犁傍空室，呼兒登山收橡栗。西江賈客珠百斛，船中養犬多食肉。

絶句篇法

首句起

畫松

畫松一似真松樹，待我尋思記得無。曾在天台山上見，石橋南畔第三株。

次句起　金陵即事
第三句起　　前二句皆閑，至第三句方詠本題。
扇對

存没口號

席謙不見近彈棋，畢曜仍傳舊小詩。玉局他年無限笑，白楊今日幾人悲。鄭公綵繪隨長夜，曹霸丹青已白頭。天下何曾有山水，人間不解重驊騮。

間對　　首句閑，次句説本題，第三句閑，結再説本題，應第二句，即《磨笄山》詩也。
順去　　松下問童子　　問余何事棲碧山　　湘中老人　　行到水窮處　　首座茶
藏詠

逢李龜年

岐王宅裏尋常見，崔九堂前幾度聞。正是江湖好風景，落花時節又逢君。

中斷別意　　前二句説本題，後二句説題外意，「願領龍驤十萬兵」。
四句不聯
兩個黄鸝鳴翠柳　　遲日江山麗

借喻

借本題説他事，如詠婦人者，必借花爲喻；詠花者，必借婦人爲比。

右十法，絶句之篇法也。此最爲緊，推此以往，思過半矣。

句法

問答

誰其獲者婦與姑　何日東歸花發時

當對

白狐跳梁黄狐立　婦女行泣夫走藏

上三下三

鳳凰樂奏鈞天曲，烏鵲橋通織女河。

上四下三

金馬朝回門似水，碧雞天遠路如年。

上應下呼

素練抹林雲氣薄，明珠穿草露華新。

上呼下應

林花著雨胭脂濕，水荇牽風翠帶長。

行雲流水

春日鶯啼修竹裏，仙家犬吠白雲中。

顛倒錯亂

香稻啄餘鸚鵡粒，碧梧棲老鳳凰枝。

言倒理順

海岸夜深常見日。寒巖四月始知春。

議論語　宋人用之。

直書句

鄭縣亭子澗之濱　一去三年竟不歸

兩句成一句

屢將心上事，相與夢中論。

蕭蕭千里馬，個個五花文。

字法

《事文類聚》事不可用，多宋事也。又不可用俚語、偏方之言。摘用《史記》、《西漢書》、《東漢書》、新舊《唐書》、《晉書》字樣，集成聯對。

一副當

白虎觀　金僕姑　高鼻胡人

碧雞坊　玉具櫑　平頭奴子

眉語　從長

目成　護短

右用字琢對之法，先須作三字對或四字對起，然後妝排成全句，不可逐句思量，却似對偶，不成作手也。或二字對起，亦可。路頭差處在此，捕風捉影，如何成詩？至謹至謹。

氣象

翰苑　輦轂　山林　出世　偈頌　神仙

儒先石屏之類，宋賢也。　江湖　閭閻　末學末學者，道聽塗説，得一二字面便雜揉用去，不成一家，又在江湖、閭閻之下。

已上氣象，各隨人之資禀高下而發，學者以變化氣質。須仗師友，所習所讀，以開導佐助，然後能脱去俗近，以游高明。謹之慎之。又詩之氣象，猶字畫然，長短肥瘦，清濁雅俗，皆在人性中流出。得八法便成妙染，而洗吾舊態也。此趙松雪翁與中峰和尚侍者道良之語也，謾録於此耳。儲泳曰：「性情褊隘者，其詞躁；寬裕者，其詞平；端靖者，其詞雅；疏曠者，其詞逸；雄偉者，其詞壯；醖藉者，其詞婉。涵養性性，發於(乞)[氣]，形於言，此詩之本原也。」

家數

		學者不察失於
《三百篇》	思無邪	意見
《離騷》	激烈憤怨	哀傷
《選》詩	婉曲委順	柔弱
太白	雄豪空曠	狂誕
韓杜	沉雄厚壯	粗硬
陶韋	含蓄優游	迂闊
孟郊	奇險斬截	怪短
王維	典麗靚深	容治
李商隱	微密閑艷	細碎

已上略舉八九家數，一隅三反之道也。

音節

馬御史云：「東夷西戎，南蠻北狄，四方偏氣之語，不相通曉，互相憎惡。唯中原漢音，四方可以通行，四方之人，皆喜於習説。蓋中原天地之中，得氣之正，聲音散佈，各能相入。是以詩中宜用中原之韻，則便官樣不凡。押韻不可用啞韻，如五支、二十四鹽，啞韻也。」

凡例

只要明暗二例，諸作皆然。杜甫、鄭谷四詩可法。

明二首

黑鷹　杜甫

黑鷹不省人間有，渡海疑從北極來。正翮摶風超紫塞，玄冬幾夜宿陽臺。虞羅自覺虚施巧，春雁同歸必見猜。萬里寒空只一日，金眸玉爪不凡材。

雙鷺　　　　鄭谷《三體》作雍陶。

雙鷺應憐水滿池，風飄不動頂絲垂。立當青草人先見，行傍白蓮魚未知。一足獨拳寒雨裏。數聲相叫早秋時。林塘得爾須增價，況與詩家物色宜。

暗二首

白鷹　　　　杜甫

雲飛玉立盡清秋，不惜奇毛恣遠遊。在野只教心力破，千人何事網羅求。一生自獵知無敵，百中爭能恥下韝。鵬礙九天須却避，免經三窟莫深憂。

鷓鴣　　　　鄭谷

暖戲烟蕪錦翼齊，品流應得近山雞。雨昏青草湖邊過，花落黄陵廟裏啼。遊子乍聞征袖濕，佳人才唱翠眉低。相呼相唤湘江曲，苦竹叢深春日西。

起句

實叙　狀景　問答　反題故事　順題故事

吊古　傷今　頌美　時序　客愁

感嘆

結句

勸戒　祝頌　自感　自愛　問信　寄憶

寄書　寄詩　相思　兵戈　我亦　懷古

故事　欣歡　景燕　激烈　何年遊　何由往

那可再　何日歸

已上凡例、明暗并起句、結句四法，律詩、絶句、長短篇通用，無出此者。唯童謡一家不在此例，不可不知也。作者深造博學，始能著心。謹之慎之，不可妄授。

詩法卷之二

詩家一指 外篇

乾坤之清氣，性情之流至也。有氣則有物，有事斯有理。必先養其浩然，存其真宰，彌綸六合，圓攝太虛，觸處成真，而道生於詩矣。詩有禪宗，具摩醯眼，一視而萬境歸元，一舉而群魔蕩迹，超言象之表，得造化之先。夫如是，始有觀詩分。觀詩要知身命落處，與夫神情變化，意境周流，亘天地以無窮，妙古今而獨往者，則未有不得其所以然。由是可以明十科，達四則，該二十四品。觀之不已，而至於道。(失)[夫]求於古者必法于今，求于今者必失於古。蓋古之時，古之人，而其詩如之。故學者欲疏鑿情塵，陶汰氣質，遣其迷妄，而反其清真，未有不如是而得其所以爲詩者。學下手處，先須明徹古人意格、聲律，其於神境事物，邂逅鬱折，得其全理於胸中，隨寓唱出，自然超絶。若夫刻意創造，終虧天成；苟且經營，必墮凡陋。妙在著述之多，而涵養之深耳。然當求正於宗匠名家之道，庶幾可以横絶旁流者也。

十科

意

作詩先命意。如構宫室，必法度形制已備於胸中，始施斤鐵。此以實論取譬，則風之於空，春之於世，雖暫有其迹，而無能得之於物者。是以造化超詣，變化易成，立意卑凡，情真愈遠。

趣

意之所不盡而有餘者之謂趣。是猶聽鍾而得其希微，乘月而思遊汗漫，窅然真用，將與造化者周流，此其趣也。

神

其所以變化詩道，濯煉性情，會秀儲真，超源達本，皆其神也。

情

是由真心静想中生，不必盡諭，不必不諭，猶月於水，觸處自然。神於詩爲色爲染，情染在心，色染在境。一時心境會至，而情出焉。

氣

其於條達爲清明，滯著爲昏濁。情貴乎流通，虚往無礙；盛大等乎空量，熹微藹如春和。然非果有所自而生之者，愈不可知。

理

有所興起而言也。故凡一事之感，一物之悟，皆興起也。而其悲歡通塞，總屬自然，非有造設，惟不盡所以盡之興，猶王家之疆理也。

力

今之發足，將有所即，靡不由是而達。然猶有所未至，非日積之功未深，則足力之病進。於詩且然，非尋思之未深，則材力之病進，要在馴熟，如與握手俱往。

境

耳聞目擊，神寓意會，凡接於形似、聲響，皆爲境也。然達其幽深玄虛，發而爲佳言；遇其淺深陳腐，積而爲俗意。復如心之於境，境之於心。心之於境，如鏡之取象；境之於心，如燈之取影，亦各因其虚明净妙而實悟自然。故於情想經營，如在圖畫，不著一字，窅乎神生。

物

凡引古證今，當如己造，無爲彼奪，緣妄失真。其如窅然色之膠青，空然水之鹽味，形趣泯合，神造自如。

事

詩指其一而不可著，復不可脱。著則落在陳腐科臼，脱則失其所以然。必究其形體之微，而超乎神化之奥。

四則

句

一詩之中，妙在一句，爲詩之根本。根本不凡，則花葉自然殊異。復如威將示權，奇兵翕合；君子在位，善人皆來。

字

一字之妙，所以含趣之微；一詩之根，所以生一字之妙。故夫圓活善用，如轉樞機；温清自然，如瞻佩玉。

法

病在腐，在浮，在常，在闇弱，在生强，在無謂，在槍棒，在嘴爪，在不經。猶陶家營器，本陶一土而名等差非一。然有古形今制之别，精朴淺深之殊，貴各具體用形制之似爾。詩則詩矣，而名制非一。漢、晉高古，盛唐風流，西崑穠冶，晚唐華藻，宋氏乖鎪。洎西江諸家，造立不等，氣象差殊，亦各求其似者耳。

格

所以條達神氣，吹嘘興趣，非音非響，能誦而得之。猶清風徘徊於幽林，遇之可愛；微徑縈紆於遥翠，求之愈深。

二十四品

中篇秘本，謂之發思。篇以發思者，動蕩性情，使之若此類也。偏者得一偏，能者兼取之，始爲全美。古今李、杜二人而已。

雄渾　杜少陵

大用外腓，真體内充。返虚入渾，積健爲雄。具備萬物，横絶太空。荒荒油雲，寥寥長風。超以象外，得其環中。持之匪强，來之無窮。

(中)[冲]淡 孟浩然

素處以默，妙機其微。飲之太和，獨鶴與飛。猶之惠風，荏苒在衣。閲音脩篁，美曰載歸。遇之非深，即之愈稀。脱有形似，握手已違。

纖穠 王維

采采流水，蓬蓬遠春。窈窕深谷，時見美人。碧桃滿樹，風日水濱。柳陰路曲，流鶯比鄰。乘之愈往，識之愈真。如將不盡，與古爲新。

沉著 杜少陵

緑杉野屋，落日氣清。脱巾獨步，時聞鳥聲。鴻雁不來，之子遠行。所思不遠，若爲平生。海風碧雲，夜渚月明。如有佳語，大河前横。

高古 杜少陵

畸人乘真，手把芙蓉。泛彼浩劫，窅然空蹤。月出東斗，好風相從。太華夜碧，人聞清鍾。

虚佇神素，脱然畦封。黄唐在獨，落落玄宗。

典雅　揭曼碩

玉壺買春，賞雨茅屋。坐中佳士，左右修竹。白雲初晴，幽鳥相逐。眠琴緑陰，上有飛瀑。落花無言，人淡如菊。書之歲華，其曰可讀。

洗錬　范德機

猶鑛出金，如鉛出銀。超心錬冶，絶愛緇磷。空潭瀉春，古鏡照神。體素儲潔，乘月返真。載瞻星辰，載歌幽人。流水今日，明月前身。

勁健　杜少陵

行神如空，行氣如虹。巫峽千尋，走雲連風。飲真茹强，蓄素守中。喻彼行健，是謂存雄。天地與立，神化攸同。期之以實，御之以終。

綺麗 趙松雪

神存富貴，始輕黄金。濃盡必枯，淺者屢深。露餘山青，紅杏在林。月明華屋，畫橋碧陰。金樽酒滿，伴客彈琴。取之自足，良殫美襟。

自然 孟浩然

俯拾即是，不取諸鄰。俱道適往，著手成春。如逢花開，如瞻歲新。真予不奪，强得易貧。幽人空山，過雨采蘋。薄言情悟，悠悠天鈞。

含蓄 孟郊

不著一字，盡得風流。語不涉難，已不堪憂。是有真宰，與之沉浮。如渌滿酒，花時返秋。悠悠空塵，忽忽海漚。淺深聚散，萬取一收。

豪放

觀花匪禁，吞吐大荒。由道返氣，處得以强。天風浪浪，海山蒼蒼。真力彌滿，萬象在旁。

前招三辰，後引鳳凰。曉看六鰲，濯足扶桑。

精神　趙虞

欲反不盡，相期與來。明漪絶底，奇花初胎。青春鸚鵡，楊柳樓臺。碧山人來，清酒深杯。生氣遠出，不著死灰。妙造自然，伊誰與裁。

縝密

是有真迹，如不可知。意象欲出，造化已奇。水流花間，清露未晞。要路愈遠，幽行爲遲。語不欲犯，思不欲癡。猶春於緑，明月雪時。

疏野

唯性所宅，真取弗羈。拾物自富，與率爲期。築室松下，脱帽看詩。但知旦莫，不辨何時。倘然適意，豈必有爲。若其天放，如是得之。

清奇 范德機

娟娟群松，下有漪流。晴雪滿竹，隔溪漁舟。可人如玉，步屧尋幽。載瞻載止，空碧悠悠。神出古異，淡不可收。如月之曙，如氣之秋。

委曲

登彼太行，翠繞羊腸。杳靄流玉，悠悠花香。力之於時，聲之於羌。似往已迴，如幽匪藏。水理漩洑，鵬風翱翔。道不自器，與之圓方。

實境

取語甚直，計思匪深。忽逢幽人，如見道心。晴澗之曲，碧松之陰。一客荷樵，一客聽琴。情性所至，妙不自尋。遇之似天，永然希音。

悲慨

大風捲水，林木爲摧。意苦欲死，招憩不來。百歲如流，富貴冷灰。大道日喪，若爲雄材。

壯士拂劍，浩然彌哀。蕭蕭落葉，漏雨荒苔。

形容

絶佇靈素，少迴清真。如覓水影，如寫陽春。風雲變態，花草精神。海之波瀾，山之嶙峋。俱似大道，妙契同塵。離形得似，庶幾斯人。

超詣

匪神之靈，匪幾之微。如將白雲，清風與歸。遠引莫至，臨之已非。少有道氣，終與俗違。亂山喬木，碧苔芳暉。誦之思之，其聲愈稀。

飄逸

落落欲往，矯矯不群。緱山之鶴，華頂之雲。高人惠中，令色絪緼。御風蓬葉，泛彼無垠。如不可執，如將有聞。識者已領，期之愈分。

曠達《選》詩

生者百歲，相去幾何。歡樂苦短，憂愁實多。何如尊酒，日往烟蘿。花覆茅檐，疏雨相過。倒酒既盡，杖藜行歌。孰不有古，南山峨峨。

流動

若納水輨，如轉丸珠。夫豈可道，假體遺愚。荒荒坤軸，悠悠天樞。載要其端，載同其符。超超神明，反之冥無。來往千載，是之謂乎？

普說外篇 四段

世皆知詩之爲，而莫知其所以爲；知所以爲者情性，而莫知其所以爲情性。夫如是，而詩道遠矣。遠之不失乎心，心之於色爲情。天地、日月、星辰、江山、烟雲、人物、草木，響答動悟，履遇形接，皆情也。拾而得之爲自然，撫而出之爲機造。自然者厚而安，機造者往而深。厚而安者，獨鶴之心，大龜之息，曠古之世，君子之仁；往而深者，清風浥浥而同流，素音于于而載往，乘碧景而暗明月，撫青春之如行舟。由之而得乎性，性之於心爲空，空與性等。空非離性而有，亦不離空而性，必非空非性，而性固存矣。夫今有人行緑陰風日間，飛泉之清，鳴禽之美，松竹之韻，樵牧之音，互遇遞接，知别區宇，省攝備至，暢然無遺，是有聞性者焉。自是而盡世之所謂音者，無不得之於聞。性，無一物不有，欲求其所以聞之而性者，猶即旅舍而覓過客，往之久矣。故取之非有其方，得之非睹其竅，儵然萬物之外，雲翠之深，茂林青山，掃石酌泉，蕩滌神宇，獨還沖真，猶春花初胎，假之時雨，夫復不有一日性悟之分耶？集之一指，所以返學者迷途；三造，所以發學者之關鑰；十科，所以别武庫之名件；四則，條達規鍵，指真踐履；二十四品，所以攝大道，如載圖經，於詩未必盡似，亦不必有似。而或者爲詩之尤，抑真人而後知詩之真；知詩之真，而後知一指之非真。而非真之真，備是一指矣。

晦庵論詩，所謂讀詩須沉潛諷詠義理，咀嚼滋味，方有所益。須是先將那詩來吟詠四五十遍了，方可看注。看了注，又吟詠三四十遍，便意思自然融液浹洽，方有是處。詩全在諷詠之功。

看詩不必著意裹面而分解，但憑涵泳自好。古人意思温厚寬和，道得言語，自恁地好。詩看義理外，更看他文章。詩者，古之樂章也，亦如今歌曲。雖然，音節却不同也。

三造　三段中分關鍵　細義　體系

詩貴入門之正。行有未至，可加心力，路頭一差，愈騖愈遠。故曰：學其上，僅得其中；學其中，斯爲下矣。凡《三百篇》以降，經史諸書韻語，楚辭、古詩、樂府、李陵、蘇武、漢魏晉人語，皆須熟讀。次取李、杜、盛唐名家菁華，枕藉鈎貫，横流胸中，久之自然悟入，雖未至，亦不失焉。楚、漢、魏、晉、盛唐諸作，斯禪宗最上乘；大曆以還，已落二義；晚唐則聲聞、辟支。禪在妙悟，詩道亦然。悟有三，有透徹，有分解，有一知半解。後取諸名家熟參，倘由是而無見焉，是爲外道異端蔽其真識，終非藥石可能救之病也。

詩，情性也。羚羊掛角，無迹可求，所以妙處瑩徹玲瓏，不可凑泊，水中之月，鏡中之象，萬折東流，千燈一空，言有盡而意無窮，由思惟而非思惟者也。近代之作奇特解會，往往以才學文字議論爲之。夫豈不工，而於古人情性愈覺遠矣。嗚呼！詩之道湮亦久矣。

諧會五音，清便宛轉，宫商迭奏，金石相宣，謂之聲律。(墓)[摹]寫景物，巧奪天真，探索微妙，意與神會，謂之物象。苟無意格以至之，才雖華藻，辭雖雄贍，皆無足取。要在意圓格高，纖穠具備，句老而字不俗，理深而辭不難，才縱而氣不怒，言簡而事不晦。如此之作，始入風騷韻度焉。

大篇布置，首尾停均，腰腹肥滿。少乏工緻，病在不精思。不精思而作，多奚以爲？雕刻傷氣，敷演露骨。若鄙而不精巧，過在雕刻；拙而無委曲，過在不敷演。人所明言者寡之，難言者易之，自然不俗。難處一語而盡，易處莫便放過，僻事實用，熟事虚用，理要簡易，事要圓活，景要微妙。多看自知，多作自好。小句精深，短章醖藉，大篇開闔，乃爲妙也。

學有餘，約以用之；意有餘，約以盡之。意中有景，景中有意。思有窒礙，涵養未至也，當益以學問。歲寒知松柏，難處見作手。波瀾起伏，如在江湖，一波未平，一波又作。亦猶出入變化，不可紀極，而法度不亂。文以文而工，不以文而妙，舍文無妙，聖處自悟。意出格，格出意先。得意如印印泥，止乎義理涵養。意格欲高，句法欲響。始於意格，成於句字。句意欲深遠，句調欲清古和暢。每家自有風味，如樂各有聲韻，乃是歸宿處。倣者似而失之。

對好易得，結好不可得，起好尤不可得。發端忌作舉止，收拾貴有出場。不必太著題，不必多使事。韻不必有出處，字不必拘來歷。字貴響，語貴圓。意要透徹，不可隔靴搔癢；語要脱灑，不可拖泥帶水。語直意淺，脉露味短，音韻散緩迫促，皆爲詩之病。初學寧失之野，不可失之靡麗。野不害氣，靡麗不可復整。

學者須熟看古人，求其用心處，久久自然有個道理。悟入必自工夫中來，先參李、杜，如佛正宗，次第方及諸法。

凡作要悟入處，志爲主，氣爲輔，詞爲衛，挹之而源不窮，咀之而味愈長。

古作以風調高古爲主，雖意遠語疏，皆爲佳製。欲造平淡，當自峥嶸組繡中來。涵泳力到，自有得處，如造化生物，不主名態。

好詩圓美轉如彈丸。然俗意綺靡，能者輕之。少好風花，老大厭之，惟理合不害正氣。

學者須先識古今體製、雅俗向背，更洗盡腸胃間宿生葷血脂膏，然後可以去穢濁而入芳潤，由是而真得矣。

語貴含蓄，「言有盡而意無窮」者，天下之至言也。體物不欲寒乞。須參活句，不參死句。

學有(二)[三]節：其初不識好惡，肆筆而成；及始識羞愧，成之極難；及其透徹，則七縱八横，信手拈來，頭頭是道矣。

看詩當具金剛眼睛，庶不眩於旁門小法。辨家數如辨蒼白，方可與言詩。學有力量，如弓人之鬥力，未挽不知其難也。力不及，則分寸不可强。又如操舟入蜀，屢窮險阻，則日至矣。中流棄去，篙楫不施，維纜不持，其退甚速，且將傾覆。

學無他術，惟勤誦參請，勉於有爲。學者先須除淺異鄙陋之象，句叛而不叛於理，言簡而意不遺。觀者要識安身立命處，始得。要在氣象，不可尋枝摘葉；貴在詞理意興，有尚詞而病理，尚理而病意。唐以詩取士，故多專門，每以意興爲主，而理在其中。漢魏之詩，詞理意興，無迹可尋。

大曆以來，高者尚失盛唐，下者已入晚唐。晚唐下者，以有宋氣也。唐與宋，未論工拙，直是氣象不同。蓋不知病，何由能作？不觀家法，何由知病？諸名家亦各有一病，大醇小疵，差可耳。學竟無方作無略，子結成陰花自落。聲律爲最，物象爲骨，意格爲髓。須先立大意，長篇曲折，須三致意方可成章。圓熟多失之平易，老硬多失之乾枯，含蓄天成爲上，破碎雕鎪爲下。百鍊成字，千鍊成句。用事要如禪家語，水中著鹽，飲水方知鹽味。下字如奕棋，三百六十路都教要好著，顧臨時如何。句中有眼，如《華嚴經》舉果善知因，譬如蓮花，方其吐花，而葩已具蕊中。詠物，不待分明説盡，只彷彿形容，便見妙處。寧拙毋巧，寧朴毋華，寧粗毋弱，寧僻毋俗。用意切忌太過，鍊句脉，則意不足；語工意劣，格力必弱。「立片言以居要，乃一篇之警策」，茲要論也。

有一篇命意，有一句命意。

爲詩要有野意，蓋非文不腴，非質不枯。然始腴而終枯，無中邊之殊，意味自足。寫難狀之景，如在目前；含不盡之意，見於言外。

學者必先命意，意正則思生，然後擇韻而用，如驅奴隸，故首尾有序。

詩以意義爲主，文詞次之。意深義高，雖文詞平易，自然高。作詩者不可以言語求而得，必將觀其意焉。有意新語工，得前人所未道者，斯善矣。屬辭比事，爲通疏情性，無貴用事。若借事以發己意，則變態錯出，用事雖多，亦何妨？

夫詩，世多目爲末技。然不用心，不讀書，不歷鍊世故，則不足以名家。文字頻改，工夫自出，所以頑鐵久鍊成鋼，鉛錫冶而銀出。

詩者，情性也，非强諫諍，非逞志憾，非訴道、怒鄰、駡座之具也。蓋其温柔敦厚，抱道而居，與時乖違，遇物悲喜，情有不堪，因發於呻吟調笑之聲，比律呂而歌，列干羽而舞，是詩之正也。其發於謗訕侵陵，引領以承戈，披襟而受矢，以快一時之忿者，非詩之正也。失詩之指，乃詩之禍也。《風》、《雅》貴温厚之氣，用意精深，下語平易，嬉笑之怒甚於裂眥，長歌之哀過於慟哭，一字鄙貶甚於鞭撻，思者卒然遇之而莫遇，物有貶則失焉。

古作所以不可及處，其剛柔、緩急、哀樂、喜怒之間，風教則存乎其中矣。

詩言當正其心。心正則道德仁義之語，高雅温厚之氣，自具於言辭之表，卒與景遇，備以成章，不假繩削，故非常情所能到。思苦言艱，僞詐氣象，終不逃識者之藻鑑云。

《風》、《雅》、《頌》既云亡，一變而爲《離騷》，再變而爲西漢五言，三變而爲歌行雜體，四變而爲沈、宋律詩。晉夏侯湛三言，楚王傅韋孟四言，李陵、蘇武五言，漢司農谷永六言，漢武柏梁七言，高貴鄉公九言。總言之，《三百篇》內，二言、三言、四言、五言、六言、七言、八言、九言、十一二言，皆有之矣。其説具項平庵《家説》中。

詩法卷之三

嚴滄浪先生詩法

要論多出《詩家一指》中，有印本。此篇取其要妙者。蓋此公於晚宋諸公石屏輩同時，此公獨得見《一指》之説，所以製作非諸人所及也。自家立論處，依舊有好者。今摘寫於此，其餘出《一指》者，兹不再編矣。然諸家論詩，多論病而不處方，卒無下手處。

詩體

國風　三頌　二雅　離騷　古樂府《焦仲卿》、《木蘭詞》、「烏生八九子」、「兩頭尖」。

古選

建安體　漢末年號，曹氏父子及鄴中七子之詩。

黄初體　魏年號，與建安相接，其體一也。

正始體　魏年號，嵇、阮諸公之詩。

太康體　晉年號，左思、潘岳、二張、二陸之詩。
元嘉體　宋年號，顔、鮑、謝諸公之詩。
永明體　齊年號，齊諸公之詩。
齊梁體　通兩朝而言之。杜云：「恐與齊梁作後塵。」
南北朝體　通魏、周而言之，與齊梁一體也。
古詩　即五言、七言，不甚對，散篇也。
排句　杜、韓二集，多是首尾對。
集句　聚集古人詩句爲一篇。
聯句　韓、孟始見，或二人，或三四人，各賦二句或四句，共成長篇。
絶句　四句不相連屬，或云絶取八句律之四句，或云絶妙之句。
雜言　多是七言，諸事皆可入内，亂雜不分意，托興規戒耳。
口號　或四句，或八句，草成而就速，達意宣情而已，貴在明白條暢。
回文　起竇滔妻織爲回文以寄其夫。周旋曲折皆可誦，與盤中體同。蘇伯玉妻爲之。

體製名目

歌行　《鞠歌行》　《放歌行》

行　《兵車行》

歌近古　《長恨歌》　古《五子之歌》　《五噫歌》

謡　沈坰《獨酌謡》　王昌齡《箜篌謡》　《穆天子傳・白雲謡》

吟　古《隴頭吟》　孔明《梁甫吟》　相如《白頭吟》

詞　漢武《秋風詞》　《木蘭詞》

引　古《辟歷引》　《走馬引》　《飛龍引》

咏　《選》五言詠　儲光羲《群鵰詠》

曲　古《大堤曲》　梁簡文《烏栖曲》

操　辛德《水仙操》　商陵牧子《别鵠操》

篇　《選・名都篇》　《京洛篇》　《白馬篇》

唱　魏明帝《氣出唱》

弄　古樂府《江南弄》

嘆　古《楚妃嘆》　《明妃嘆》

怨　《選》四怨　古樂府《獨步怨》

哀　仲宣《七哀》　少陵《八哀》　《哀江頭》

愁　《寒夜愁》　《玉階愁》

思　太白《静夜思》　《長相思》　應物《莫相思》

樂　齊武帝《估客樂》　朱藏賈《古城樂》

别　《無家别》　《新婚别》　《垂老别》

右二十品，名類不等者，皆依聲韻立造，此即樂中絲竹腔調。自沈、宋以來，已絶其法，後人不過因其所存文字而效爲之耳，其實與古音韻漠然也。

用韻

有古韻。古韻但協聲，如退之「此日足可惜」及《騷》、《選》所用，蓋多古韻也。有今韻。唐時方有韻書，分輕清、重濁，所以東、冬、鍾皆不同也，故律詩用之甚嚴。古詩，一篇中有一韻兩用，曹植《美女篇》兩「佳」字，謝康樂《述祖德》兩「人」字。

有一篇中一韻三用，任彦升《哭范僕射》三用「情」字。古詩，一篇中有一韻六七用，古《焦仲卿妻》是也。

有一篇中傍取六七韻者，如退之「此日足可惜」，凡用東、冬、江、陽、庚、青六韻。歐陽公謂退之遇寬韻故入傍韻，非也，用古韻爾，集句自見也。有全不押韻者，古《採蓮曲》是也。

轆轤韻者，雙出雙入，每隔二句用韻。進退韻者，一進一退，隔一句用韻。又次韻，依他人所押韻和詩，詩家最爲害事。始於元、白，極於東坡。諸古人不如此，但和其意爲詩耳，如杜和賈至《早朝》諸作是也。

總論

「大曆以前，分明別是一副當言語；晚唐，分明別是一副當言語；宋，分明別是一副當言語。」此説甚好，識得破，便是作者。後生晚進，不可輕易道我曉得也。有如此説者，請説幾個例頭來。若涉思議，即落妄誕自欺也。

古詩句語及盛唐詩句，有似粗而實非粗，有似拙而實非拙。唐人命題，語亦不同。杜詩却最把得此處重，不輕易出個人名字。

大曆之詩，高者不失盛唐，下者漸入晚唐矣。魏漢古詩，氣象渾厚混沌，難以句摘。晉以還方論有佳句，詩道病矣。李、杜二家，不當優劣，二家各有好處，彼此都不可互能也。子美沉鬱，太白飄逸。如太白《夢遊天姥吟》、《遠別離》，子美不能作；如子美《北征》、《兵車行》、《垂老別》，太白不能作。

太白句法，謂之開門見山，學者要識他安身立命處。今人學他，只學他許多妄誕、夢寐，雲霞飛仙耳。

高、岑之詩悲壯，讀之使人感慨。

孟郊之詩刻苦，讀之使人不歡。

《九章》不如《九歌》，《九歌》不如《哀郢》尤妙[一]。前輩謂《大招》勝《招魂》，不然。讀《騷》之久，方識真味。須歌之涕洟滿襟，然後爲識。不然，戛金扣甕耳。

韓文公《琴操》不可及，唐賢皆亞之。其語經而簡，雅而文。

李、杜、韓三公詩，如金鳷擘海，香象渡河，龍吼虎哮，濤翻鯨躍，長鎗大劍，君王親征，氣象自別。

玉川子詭怪，它有所托意耳，人却不識。

陶淵明多自言饑餓，亦有所托耳。

孟浩然詩飄逸，諷詠之久，有金石宫商之聲。

蘇子卿詩：「幸有絃歌曲，可以喻中懷。」此一篇語多重。《遊子吟》云「長歌有餘哀」，又云「絲竹勵清聲，欲展清商曲」，古詩正不忌此也。

[一] 按：「不如」二字或衍，此語見元刻本《滄浪嚴先生吟卷》卷一《詩評》，無「不如」。

詩自東坡自出己意爲之，略不肯效些字氣味，爲唐詩之一大變，而詩至是亦大厄矣。學者須要立意高古，方得。若道只要與人唱和得足矣，此人不足與論詩矣。

名公雅論

揭應奉云

生硬　陳腐　差錯　直置　妄誕　綺靡

蹈襲　濁穢　砌合　徘徊

此詩之十病也。當出題不出題，不當出題反出題。初學必須步步要學古，作爲樣子模寫之，如學書之臨帖也。歲月久，自然聲韻相合於古矣。

虞待制云

典雅　拋擲　出塵　瀏亮　縝密　淵雅

温蔚　宏博　純粹　瑩净

此詩之十美也。訣曰：「文章伎倆本無多，志意安閑氣宇和。自是幽輝光似玉，不須巇險落群魔。」

李仲元御史云

豫章三日新婦揭，浦城百戰健兒揚。蜀郡唐臨晉帖虞，清江漢法令師范。

馬仲常云

杜子有言：「《文選》爛，秀才半。」枕籍《離騷》，死生李、杜。揭君典重，楊君雄渾，虞君雅麗，范君清高。

范應奉云

優游不迫，沈著痛快。力全而不苦澀，氣促而不梟張。痛巧尚直，而神思不得直。廢言尚意，而典麗不得遺。《騷》、《選》，韓、杜爲之骨體；十五《國風》，太白爲之黻藻。

楊編修云

取材於《選》，效法於唐。

僕嘗見虞應奉論詩曰：「陶淵明詩穩重，句句用意作出。」予則難之曰：「他曷嘗用意作。蓋淵明高出一世，標格虛明，胸襟(中)[冲]澹，自然流出肺腑。他不曾作，句語有渾厚氣象，學者失之滯重。」

律詩不必用意，得好句，意在其中。宋人詩多尚意而不理會句法，所以不足觀。作句在讀秦漢以來文字，用三代古故事，古樂府、李、杜皆祖述之。

李詩，七言歌行自是好，至於五言古詩又更好，作出來皆無迹，此是他天資超逸處。召對時固氣象，流謫已後，氣愈倜儻不群，略不以世累經意，此其所以號爲詩中仙也。杜詩五言自是好，七言歌行又更好。老杜全是學力，所以不乏，險阻艱難，愈見精到，他一生把做事業看處在詩而已。

學詩之法，先須思慕其爲人，平生履歷、操持、實踐、氣象，然後效其文章。不慕其爲人，是挹末流而不尋其源也，如讀釋氏典，不必就其言語上窮之。

且如來雪山九年，終日忍饑忍凍，鵲巢於頂，草穿於膝，其如此處，是如何大本上？詩得來底自别也，不是假言語。

詩法家數

楊載仲弘

夫詩之爲法也，有其説焉。賦、比、興者，皆詩之製作之法也。然有賦起，有比起，有興起。有主意在上一句，下則貼承一句，而後方發出其意者；有雙起兩句，而分作兩股，以發其意者；有一意作出者；有前六句俱若散緩，而收拾在後兩句者。詩之爲體有六：曰雄渾，曰悲壯，曰平淡，曰蒼古，曰沉著痛（快）〔快〕，曰優游不迫。詩之忌有四：曰俗意，曰俗字，曰俗語，曰俗韻。詩之戒有十：曰不可硬礙人口，曰爛陳不新人目，曰差錯不貫串，曰直置不宛轉，曰妄誕事不實，曰綺靡不典重，曰蹈襲不識使，曰穢濁不清新，曰砌合不純粹，曰徘徊而劣弱。詩之爲難有十：曰造理，曰精神，曰高古，曰風流，曰典麗，曰質幹，曰體裁，曰勁健，曰耿介，曰凄切。大抵詩之作法有八：曰起句要高遠，曰結句要不著迹，曰承句要穩健，曰下字要有金石聲，曰上下相生，曰首尾相應，曰轉摺要不著力，曰占地步。蓋首兩句先須闊占地步，然後六句若有本之泉，源源而來矣。地步一狹，譬猶無根之潦，可立而竭也。今之學者，儻有志乎詩，且須先將漢魏、盛唐諸詩，日夕沉潛諷詠，熟其詞，究其旨，則又訪諸善詩之士以講明之。若今人之治經，日就月將，而自然有得，則取之左右逢其源。苟爲不然，吾見其能詩者鮮矣。是猶孩提之童，未能行者而欲行，鮮不僕也。予於詩之一事，用工凡二十餘年，乃能會諸法而得其一二。然於盛唐大家數，抑亦未敢望其有所似焉。

詩學正源　風　雅　頌　賦　比　興

詩之六義，而實則三體。《風》、《雅》、《頌》者，詩之體；賦、比、興者，詩之法。故賦、比、興者，又所以製作乎《風》、《雅》、《頌》者也。凡詩中有賦起，有比起，有興起。然《風》之中有賦、比、興，《雅》、《頌》之中亦有賦、比、興，此詩學之正源、法度之準則。凡有所作而能備盡其義，則古人不難到矣。若直賦其事，而無優游不迫之趣，沉著痛快之功，首尾率直而已，夫何取焉？

作詩準繩

立意　要高古渾厚，有氣概。要沉著，忌卑弱淺陋。

鍊句　要雄偉清健，有金石聲。

琢對　要寧粗毋弱，寧拙毋巧，寧朴毋華，忌俗野。

寫景　景中含意，事中瞰景。要細密清淡，忌庸腐雕巧。

寫意　要意中帶景，議論發明。

書事　大而國事，小而家事、身事、心事。

用事　陳古諷今，因彼證此，不可著迹，只使影子可也。雖死事，亦當活用。

押韻　押韻穩健，則一句有精神，如柱礎欲其堅牢也。

下字　或在腰，或在膝，在足，最要精思，宜的當。

律詩要法

起　承　轉　合

破題　或對景興起，或比起，或引事起，或就題起。要突兀高遠，如狂風捲浪，勢欲滔天。

頷聯　或寫意，或寫景，或書事、用事、引證。此聯要接破題，要如驪龍之珠，抱而不脱。

頸聯　或寫意、寫景、書事、用事、引證，與前聯之意相應、相避，要變化如疾雷破山，觀者驚愕。

結句　或就題結，或開一步，或繳前聯之意，或用事，必放一句作散場，如剡溪之棹，自去自回，言有盡而意無窮。

七言　聲響　雄渾　鏗鏘　偉健　高遠

五言　沉静　深遠　細嫩

七言律難於五言律。七言下字較粗實，五言下字較細嫩。七言若可截作五言，便不成詩，須字字去不得，方是。所以句要藏字，字要藏意，如聯珠不斷，方妙。

五言古詩

五言古詩，或興起，或比起，或賦起，須要寓意深遠，托辭温厚，反復優游，雍容不迫。或感古懷今，或懷人傷己，或瀟灑閑適。寫景要雅淡，推人心之至情，寫感慨之微意，悲歡含蓄而不傷，美刺婉曲而不露，要有《三百篇》之遺意方是。觀漢魏古詩，藹然有感動人處。如《古詩十九首》，皆當熟讀玩味，自見其趣。

七言古詩

七言古詩，要鋪叙，要有開合，有風度，要迢遞險怪，雄俊鏗鏘，忌庸俗軟腐。須是波瀾開合，如江海之波，一波未平，一波復起。又如兵家之陣，方以爲正，又復爲奇；方以爲奇，忽復是正，出入變化，不可紀極。備此法者，唯李、杜也。開合粲然，音韻鏗然，法度森然，神思悠然，學問充然，議論超然。

絶句

絶句之法，要婉曲回環，删蕪就簡，句絶而意不絶。多以第三句爲主，而第四句發之。有實接，有虛接。承接之(聞)[間]，開與合相關，反與正相依，順與逆相應，一呼一吸，宮商自諧。大抵起、承二句固難，然不過平直敘起爲佳，從容承之爲是。至如宛轉變化，工夫全在第三句。若於此轉變得好，則第四句如順流之舟矣。

榮遇

榮遇之詩，要富貴尊嚴，典雅温厚。寫意宜閑雅、美麗、清細，如王維、賈至諸公《早朝》之作，氣格雄深，句意嚴整，如宮商迭奏，音韻鏗鏘，真麟游靈沼，鳳鳴朝陽也。學者熟之，可以一洗寒陋。後來諸公應詔之作，多用此體，然多志驕氣盈處，富貴而不失其正者幾希矣。此又不可不知。

諷諫

諷諫之詩，要感事陳辭，忠厚懇惻，諷諭甚切而不失性情之正，觸物感傷而無怨懟之辭，雖美實刺，此方爲有益之言也。古人凡欲諷諫，多借此以喻彼，臣不得於君，多借妻以思其夫，或托物陳喻以通其意。但觀漢魏古詩及前輩所作可見，未嘗有無爲而作者。

登臨

登臨之詩，不過感今懷古，寫景嘆時，思國懷鄉，瀟灑遊適，或譏刺歸美，有一定之法律也。中間宜寫四面所見山川之景，庶幾移不動。第一聯指所題之處，宜叙説起。第二聯合用景物實説。第三聯合説人事，或感嘆古今，或議論，却不可用硬事。或前聯先説事感嘆，則此聯寫景亦可，但不可兩聯相同。第四聯就題主意發感慨，繳前二句，或説何時再來。

征行

征行之（時）〔詩〕，要發出悽愴之意，哀而不傷，怨而不亂，要發興以感其事，而不失情性之正。或悲時感事，觸物寓情，方可若傷亡悼屈，一切哀怨，吾無取焉。

贈别

贈别之詩，當寫不忍之情，方見襟懷之厚。然亦有數等。如别征戍，則寫死别而勉之努力效忠；送人遠遊，則寫不忍别而勉之及時早回；送人仕宦，則寫喜别而勉之憂國恤民，或訴已窮居而望其薦拔，如杜公「唯待吹噓送上天」之説是也。凡送人，多托酒以將意，寫一時之景以可，但不可重復，須要次第。末句要有規警意味，淵永爲佳。

景，或帶思慕之情，或説事；第四聯合説何時再會，或囑付，或期望。於中二聯，或倒亂前説亦

興懷，寓相勉之辭以致意。第一聯叙題意起；第二聯合説人事，或叙别，或議論；第三聯合説

詠物

詠物之詩，要托物以伸意，要二句詠狀寫生，忌極雕巧。第一聯須合直説題目，明白物之出處方是；第二聯合詠物之體；第三聯合説物之用，或説意，或議論，或説人事，或用事，或將外物體證；第四聯就題外生意，或就本意結之。

讚美

讚美之詩，多以慶喜、頌禱、期望爲意，貴乎典雅渾厚，用事宜的當親切。第一聯要平直，或隨事命意叙起；第二聯意相承，或用事，必須實説本題之事；第三聯轉説，要變化，或前聯不曾用事，此正宜用引證，蓋有事料則詩不空疏；結句則多期望之意。大抵頌德貴乎實，若褒之太過，則近乎諛；讚美不及，則不合人情而有淺陋之失矣。

賡和

賡和之詩，當觀元詩之意如何，以其意和之，則更新奇。要造一兩句雄健壯麗之語，方能壓倒元、白。若又隨元詩脚下走，則無光彩，不足觀。其結句當歸著其人，方得體。有就中聯歸著者，亦可。

哭挽

哭挽之詩，要情真事實。於其人情義深厚，則哭之；無甚情分，則挽之而已矣。當隨人行實作，要切題，使人開口讀之，便見是哭挽某人，方好。中間要隱然有傷感之意。

詩體，《三百篇》流爲楚詞，爲樂府，爲《古詩十九首》，爲蘇、李五言，爲建安、黄初，此詩之祖也。《文選》、劉琨、阮籍、潘、陸、左、郭、鮑、謝諸詩，淵明全集，此詩之宗也。老杜全集，詩之大成也。

詩不可鑿空强作，待境而生自工。或感古懷今，或傷今思古，或因事説景，或因物寄意。一篇之中，先立大意，起承轉結，三致意焉，則工緻矣。結體、命意、煉句、用字，此作者之四事也。

體者，如作一題，須自斟酌，或《騷》或《選》，或唐，或江西。《騷》不可雜以《選》，《選》不可雜以唐，唐不可雜以江西，須要首尾渾全，不可一句似《騷》，一句似《選》。

詩要鋪叙正，波瀾闊，用意深，琢句雅，使字當，下字響。觀詩之法，亦當如此求之。

凡作詩，氣象欲其渾厚，體面欲其宏闊，血脉欲其貫串，風度欲其飄逸，音韻欲其鏗鏘。若雕刻傷氣，敷演露骨，此涵養之未至也，當益以學。

詩要首尾相應。多見人中間一聯儘有奇拙，全篇凑合，如出二手，便不家數。此一句、一字，必須著意聯合也，大概要沉著痛快、優游不迫而已。

有辭盡而意不盡者，如剡溪歸棹是也；意盡而辭不盡者，如「摶扶摇」是也；意盡而辭未當盡處，則不可以不盡；辭盡而意不盡者，不可以長語益之也。辭意不盡者，不盡之中固以深盡之矣。

詩有意格。意出於格，先得格也；格出於意，先得意也。意格欲高，句法欲響，只求句字，末矣。

詩有内外意。内意欲盡其理，外意欲盡其象，内外意含蓄，方妙。

詩結尤難，無好結句，可見其人終無成也。詩中用事，僻事實用，熟事虚用。説理要簡易，説意要圓活，説景要微妙。譏人不可露，使人不覺。

詩要鍊字。字者，眼也。如老杜詩「飛星過水白，落月動檐虚」，鍊中間一字；「地（拆）[坼]江帆隱，天晴木葉聞」，鍊末後一字；「紅入桃花嫩，青歸柳色新」，鍊第二字。非鍊「歸」、「入」字，則是兒童詩。又曰「暝色赴春愁」，又曰「無因覺往來」，非鍊「赴」、「覺」字，便是俗詩。如劉滄詩云「香銷南國美人盡，怨入東風芳草多」，是鍊「銷」、「入」字；「殘柳宫前空露葉，夕陽川上浩烟波」，是鍊「空」、「浩」二字。最是妙處。

詩法卷之四

金鍼集

白居易

居易元和中，有詩友數十人，更相唱酬。獨得詩之深者劉夢得、元微之，時人多以元、劉爲先，號曰劉、元、白。欲知劉、元之詩，知詩之骨髓，播在人口，莫非騷雅者也。夢得相寄云：「沉舟側畔千帆過，病樹前頭萬木春。」「雪裏高山頭早白，海中仙果子生遲。」此二聯神助之句。自能詩者，鮮到於此，豈非夢得之深者乎？居易貶江州，多遊廬山，宿東西二林，酷愛於詩。有《(間)〔閑〕吟》云：「自從苦學空門法，銷盡平生種種心。惟有詩魔降未得，每逢歲月一閑吟。」自此味其詩理，撮其體要爲一格，目曰《金鍼集》。喻其詩病而得鍼醫，其病自除。詩病最多，能知其病，詩格自全也。《金鍼》列爲門類，示之後來，庶覽之者猶指南車，而坦然知方矣。

詩有内外意

内意欲盡其理。理，謂義理之理，頌美箴規之類是也。外意欲盡其象。象，謂物象之象，日月山河、蟲魚草木之類是也。内外含蓄，方入詩格。

宋梅聖俞曰：杜公「旌旗日暖龍蛇動，宫殿風微燕雀高」。「旌旗」喻號令，「日暖」喻時明，「龍蛇」喻君臣，言號令當明時君所出，臣奉行也。「宫殿」喻朝廷，「風微」喻政教，「燕雀」喻小人，言朝廷政出而小人向化，各得其所也。旌旗、風日、龍蛇、燕雀，外意也；號令、君臣、朝廷、政教等，内意也。此之謂含蓄不露。

詩有三體

有竅，有骨，有髓。以聲律爲竅，以物象爲骨，以意格爲髓。

詩有四格

十字句格，十四字句格，五隻字句格，拗背字句格。

詩有四鍊

鍊字，鍊句，鍊意，鍊格。鍊句不如鍊字，鍊字不如鍊意，鍊意不如鍊(意)[格]。

詩有五忌

格弱，字俗，才浮，理短，意雜。格弱則詩不老，字俗則詩不清，才浮則詩不雅，理短則詩不深，意雜則詩不純。

詩有八病

平頭，上尾，蜂腰，鶴膝，大韻，小韻，傍紐，正紐。

平頭者，第一字不得與第六字同聲，第二字不得與第七字同聲。如：「今日良宴會，歡樂難具陳。」「今」、「歡」字同聲，「日」、「樂」字同聲也。

上尾者，第五字不得與第十字同聲。如：「西北有高樓，上與浮雲齊。」「樓」、「齊」字同聲也。

蜂腰者，第二字不得與第五字同聲，兩頭大，中心細，似蜂腰也。如：「聞君愛我甘，切欲自修飾。」「君」、「甘」平聲，「欲」、「飾」皆入聲。

鶴膝者，第五字不得與第十五字同聲，所以兩頭細，中心粗，如鶴膝也。如：「客從遠方來，遺我一書札。」「上言長相思，下言久離别。」「來」、「思」皆平聲也。若一句舉其法，首尾須避之。

第三字不得與第五字相犯，第五字不得與第七字相犯。

大韻者，重叠相犯，如五言詩以「新」字爲韻者，九字内若用「津」、「人」字，爲大韻。如：「胡姬年十五，春日正當爐」，同聲也。

小韻者，除本韻外，九字中不得有兩字同韻。如：「客子已乖離，那宜遠相送。」即是大韻，「子」與「已」同聲，「離」與「宜」同聲。小韻，居五字内最急，九字内較緩。

正紐者，「壬」、「紝」、「任」入一紐，一句内有「壬」字，更不得犯「紝」、「任」入字也。如：「我本漢家女，來嫁單于庭。」「家」與「嫁」二字，係正紐也。

傍紐者，五言詩一句中有「月」字，更不可用「元」、「阮」、「願」等，此是雙聲，即是傍紐也。五字中急，十字中稍緩。傍紐者，緣聲而來，相忤也；然字從連韻而紐，故相參也。若「今」、「錦」、「禁」、「急」與「陰」、「飲」、「蔭」、「邑」，是連韻紐之也；若「今」與「飲」、「陰」與「錦」，此傍會與之相參。「丈人且安坐，梁陳將欲起。」「丈」、「梁」二字，係傍紐也。

已上八種，惟上尾、鶴膝最忌，餘病亦皆通。

詩有五理

美　「都來消帝道，渾不用兵防。」美君有道德以服遠人。

刺　「桑柘廢來猶納税，田園荒去尚徵徭。」刺役斂之重也。
規　「幸無偏照處，剛有不明時。」規聖人行號令有不明時。
箴　「日暮碧雲合，佳人期不來。」箴佞人進而使賢人未仕也。
誨　「明河川上没，芳草露中衰。」誨明時草澤中賢人不得用也。

詩有三體格

頌　「明堂坐天子，月朔朝諸侯。」頌也，明時太平也。
雅　「纔分天地色，便禁虎狼心。」雅也，君臣正，父子和。
風　「宫中誰第一，飛燕在昭陽。」風也，君不用正人。

詩有喜怒哀樂四得之辭

喜而得之，其辭麗。「有時三點兩點雨，到處十枝九枝花。」
怒而得之，其辭憤。「顛狂柳絮隨風舞，輕薄桃花逐水流。」
哀而得之，其辭傷。「淚流襟上血，髮變鏡中絲。」
樂而得之，其辭逸。「誰家緑酒飲連夜，何處紅妝睡到明。」

詩有喜怒哀樂四失之辭

失之大喜，其辭放。「春風得意馬蹄疾，一日看盡長安花。」
失之大怒，其辭躁。「解通銀漢終須曲，纔出崑崙便不清。」
失之大哀，其辭傷。「主客夜呻吟，痛入妻子心。」
失之大樂，其辭蕩。「驟然始散東城外，倏忽還逢南陌頭。」

詩有上中下

純而歸正者上。「几席延堯舜，軒轅立禹湯。」
淡中有味者中。「閑以太古石，醉卧洞庭秋。」
華而不浮者下。「山花插寶髻，石竹綉羅衣。」

詩有四不入格

輕重不等，用意太過，指事不實，用意偏枯。

詩有四齊梁格

四平頭，謂一句、二句、三句、四句皆用平字。

詩有扇對格

第一句對三句，第二句對四句。

詩有魔有癖

好吟而不工者才卑，好奇而不純者格卑。

詩有三般句

有自然句，有容易句，有苦求句。命題屬意如有神助，歸於自然；命題率意，遂成一章，歸於容易；命題用意，求之不得，歸於苦求。

詩有數格

曰葫蘆，曰轆轤，曰進退。葫蘆韻者，先三後四；轆轤韻者，雙出雙入；進退韻者，一進一退。

詩有六對

唐上官儀曰：「詩有六對，一曰正名，天地、日月是也；二曰同類，花葉、草芽是也；三曰連珠，蕭蕭、赫赫是也；四曰雙聲，黄槐、緑柳是也；五曰叠韻，彷佛、放曠是也；六曰雙擬，春樹、秋池是也。」

詩有義例

説見不得言見，説聞不得言聞。

詩有二家

詩人之詩雅而正。「朝廷有道青春好，門館無私白日長。」

詞人之詩才而辨。「長宮衫色湘波緑，學士文章蜀錦新。」

詩有物象比

日月比君臣，龍比君位，雨露比君恩澤，雷霆比君威刑，山河比君邦國，陰陽比君臣，金石比忠烈，松柏比節義，鸞鳳比君子，燕雀比小人，蟲魚草木各以其類之大小輕重比之。

詩學禁臠

清江范德機

頌中有諷格

幸温泉宮

星斗疏明禁漏殘，紫泥封後獨憑欄。露和玉屑金盤冷，月射珠光貝闕寒。天襯樓臺籠苑外，風鳴絃管下雲端。長卿只解長門賦，未識君臣濟會難。

第一聯上句言宮中之景，下句自叙玉堂夜直作詔，此時方畢。第二聯言宮中之景，應第二句。第三聯序己之榮遇密邇，以應第(二)[三]句。第四聯言陳后廢處長門宮，聞相如善賦，以千金與相如爲賦，以諷天子，武帝悟，后得還位。起聯宿歸在此，以見今日之榮遇，長卿知其一，而未知其二也，兼有諷意。

美中有刺格

上裴晉公

四朝憂國鬢成絲，龍馬精神海鶴姿。上句賦，下句比。天上玉書傳詔夜，陣前金甲受降時。曾經庾亮三更月，下盡羊曇一局棋。惆悵舊堂扃野緑，夕陽無限鳥飛遲。

第二聯上句叙尊任之隆，下句叙元勛之建，皆應第一聯二句。第三聯上句亦是應第一句。第四聯是刺朝廷不用老臣，下句見唐衰氣象。

先問後答格

三月三日泛舟

江南風景復如何，聞道新亭更可過。處處藝蘭春浦緑，萋萋芳草遠山多。壺觴須就陶彭澤，風俗猶傳晉永和。更使輕橈隨轉去，微風落日水增波。

初聯上句言江南之烟景，是一篇之主意。「復如何」問之之詞，「聞道」乃答之之詞。次聯第一句，烟景之態。三聯應第二句、末聯結上，歡樂無窮，烟景已晚，有俯仰興懷之寓。

感今懷古格

憶遊天台寄道流

憶昨天台到赤城，幾朝仙籟耳邊生。雲龍出水風聲急，海鶴鳴臯日色清。石笋半山移步險，桂花當澗拂衣輕。今來盡是人間夢，劉阮茫茫何處行。

初聯上句，是起下五句之意；下句及次聯二句、三聯二句，形容天台之景。結尾上句是憶之意，下句指道流而言。

一句造意格

子初郊墅

看山酌酒君思我，聽鼓離城我訪君。臘雪已添橋下水，齋鍾不散檻前雲。雲陰松柏濃還淡，歌雜漁樵斷更聞。亦擬城南買烟舍，子孫相約事耕耘。

初聯上句以興下句，而下句乃第一句之主意。第三句、四句皆言郊野之景。末聯結句羨郊野之美，亦欲卜鄰於其間，有悠然源泉之意，此乃詩家最妙之機也。

兩句立意格

寫意

燕雁迢迢隔上林，高秋望斷正長吟。人間路止潼關險，天上山惟玉壘深。日向花間留遠照，雲從城上結層陰。三年已制相思淚，更入新愁却不禁。

初一句起第二句，第二句起頸聯。蓋頷聯是應第一句，頸聯是應第二句，結尾是總結上六句。思之切，慮之深，得乎性情之正也。

物外寄意格

感事

長年方憶少年非，人道新詩勝舊詩。十畝野塘留客釣，一軒風雨共僧棋。花間醉任黄鸝語，池上吟從白鷺窺。大造不將爐冶去，有心重立太平基。

初聯首言是非之悟，以詩爲言，則他事可知，此唐人一種玄解。次聯言氣象鬧雜，行樂無人相似，不與上聯相接，似若散緩，然詩之進退正在裏許。頸聯言閙中自得，與物忘機，而宰相之量也。結尾言進退在君，任者不可不重。八句之意，皆出之言外。

雅意詠物格

答群公屬和

草玄山巷少塵埃，丞相清晨送馬來。初入塞垣銜玉勒，忽行山徑破蒼苔。尋花緩轡透迤去，帶月輕鞭蹀躞回。不與王侯與詞客，知輕富貴重清才。

初聯上句是自叙，下句入題。次聯二句皆承第二句。頸聯形容馬之馴服。末聯上句應草玄，下句半應丞相，半應草玄。起結二句，皆美丞相好士也。

一字貫篇格

思夫

自從車馬出門朝，便入空房守寂寥。玉枕夜寒魚信杳，金鈿秋盡雁書遥。臉邊楚雨臨風落，頭上秦雲向日銷。芳草又衰還不至，碧天霜冷轉無聊。

初聯「守」字貫篇。次聯、頸聯思夫之切，守寂寥之氣象，淚之落，髮之銷，守之切而情之至。落聯撫時已邁，望車音之不至，與君臣會合之難而臣之望其君之恩光，爲何如也？

起聯應照格

洛水

一道潺湲濺短簑，年年惆悵是春過。莫言行路聽如此，流入深宫恨更多。橋半月來清見底，柳邊風去緑生波。從愁滿眼添歸思，未把漁竿奈爾何。

初聯目洛水之濺短簑，遂起惆悵之情。次聯承惆悵，頸聯承初句。落聯目洛水起休官之興，因濺短蓑起把漁竿之懷，此所以起聯應照之妙也。

一意格　江陵道中

三千三百江西水，自古如今要路津。月夜歌謡有漁火，風天氣色厲商人。沙村好處多逢寺，山葉紅時絶勝春。行到南朝征戰地，古來名將必爲神。

起聯以古今言之，有感慨奮厲之意；次聯以景物而言，頸聯見勝概之無窮；落聯言神廟，見古之名臣隨世立功而廟食，嘆今人何如哉。一句生一句，而全篇旨趣如行雲流水，篇終激厲。

雄偉不常格　送元源中丞赴新羅國

赤墀賜對使殊方，恩重烏臺紫綬光。玉節在船清海怪，金函開詔拜夷王。雪晴漸覺山川異，風便寧知道路長。誰得似君將雨露，海東萬里灑扶桑。

初句以殊方指新羅也，只起句説盡題目。第二句以其中丞而奉使，無復遺缺，此是妙手。頷聯應第一句，頸聯言殊方之景。落聯「雨露者」，天子之澤也，「灑」之一字，又見恩澤之被於殊方也。氣象宏麗，節奏高古，實雄偉不常也。孰謂島叟之言而無警人之語乎？

想像高唐格

楚宫

月姊曾逢下彩蟾，傾城消息隔重簾。已聞玉佩知腰細，更辨絃歌覺指纖。暮雨自歸山悄悄，秋河不動恨厭厭。王昌且在墻東住，未必金堂得免嫌。

初聯言曾逢，又言重簾，蓋彷彿塵音之意也。二聯、三聯是才清。落聯述王昌故事，其意深矣。

撫景寓嘆格

惜春

惜春連日醉昏昏，醒後衣裳見酒痕。細水漾花歸別浦，斷雲含雨入孤村。人閑易得芳時恨，地迥難招自古魂。慚愧流鶯相厚意，清晨猶爲到西園。

初聯痛惜韶華，以酒自遣。頷聯有「歸」、「入」二字響，乃句中之眼，詳味有無窮之意。頸聯上句言芳時往矣，不可再得；下句言古人一去，不可再見。作詩必如此，方爲警策，方爲妙手。末聯上句托物起興，以鳥之如此，猶且有厚意而復至，何人情炎凉，勢去則散，翟公書門之意也，承上句古人不見，乃感古懷今之意。

專叙己情格

仲春寫懷

自從騎馬學謳吟，便滯光陰後此心。寓目不能閑一日，開門長勝得千金。窗懸夜雨殘燈在，庭掩春風落絮深。唯有故園同此興，近來何事不相尋。

初聯上句言好詩之早，下句言好詩之苦。頷聯上句承上句，下句又言嗜吟之苦。頸聯形容苦吟之景，以己苦吟比沈彬之苦吟亦如此。

清江范德機，以詩名天下。編集唐人之詩，具爲格式，其若公輸子之規矩，師曠之六律乎？無規矩，公輸子之巧無所施；無六律，師曠之聰無所用。學詩者得此編而詳味之，庶乎可造唐人之閫奥矣。

詩法卷之五

沙中金集

眼用實事

凡詩眼用實事，方得句健。五言以第三字爲眼，七言以第五字爲眼。「夜潮人到郭，春霧鳥啼山。」張祜 「旅愁春入越，鄉夢夜歸秦。」 「星河秋一雁，砧杵夜千家。」韓偓 「古砌碑横草，陰廊畫雜苔。」司空曙 「殘暑蟬催盡，新秋雁帶來。」 「感時花濺淚，恨别鳥驚心。」 「行雲星隱見，疊浪月光芒。」杜 「陳兵劍閣山將動，飲馬珠江水不流。」 「雪意未成雲著地，秋聲不斷雁連天。」 「風傳鼓角霜侵戟，雲捲笙歌月上樓。」 「楊柳風多潮未落，蒹葭霜令雁初飛。」 「花前雨澀春猶冷，江上風高雨乍晴。」 「梅子黄時天更雨，松花落盡晚尤風。」 「半夜臘因風捲去，五更春被角吹來。」 「花迎劍佩星初落，柳拂旌旗露未乾。」 「朝登劍閣雲隨馬，夜渡巴江雨洗兵。」岑參 「丹青霜葉秋明滅，水墨烟林暮有無。」

眼用響字

潘邠老云：「七言詩，第五字要響；五言詩，第三字要響，致力處也。」「白沙留月色，綠竹助秋聲。」太白　「芹泥隨燕觜，花蕊上蜂鬚。」工部　「孤燈燃客夢，寒杵搗鄉愁。」岑參　「荷香銷晚夏，菊氣入新秋。」駱賓王　「烟蕪斂暝色，霜菊發寒姿。」權德輿　「窗風枯硯水，山雨慢琴絃。」靈澈　「楊柳梳烟碧，酴醿架雪香。」　「綠陰生晝寂，孤健表春餘。」　「夜潭鍾月魄，溪面印冰姿。」　「衆綠結夏帷，老樹駐紅妝。」宛丘　「淺灘淘落月，遠樹納殘星。」菊澗　「返照入江翻石壁，歸雲擁樹失山村。」杜　「萬里江山分曉夢，四鄰歌吹送春愁。」　「平地風烟橫白鳥，半山雲木卷蒼藤。」王平甫《甘露寺》元是「飛白鳥」，東坡云：「精神全在『卷』字上，但恨『飛白鳥』不稱，可易以『橫』字。」平甫笑服。　「春將國色薰花骨，日借黃金縷水紋。」山谷　「鶯傳舊語嬌春日，花學嚴妝對曉風。」章孝標　「魚市人家滿斜日，菊花天氣近新霜。」

眼用拗字

亦魯直換字拗句之法。

「掬水月在手，弄花香滿衣。」杜　「孤鳥背秋色，遠帆開浦烟。」周賀　「樹密早蜂亂，江泥輕燕斜。」杜　「雁識楚山晚，蟬知秦樹秋。」司空曙　「雲捲兩山雪，風輕千樹霜。」許渾　「渡口月初上，人家漁未歸。」劉長卿　「殘雪入林路，暮山歸寺僧。」皇甫曾　「殘影郡樓月，一聲關樹雞。」劉滄　「驥雖老去壯心在，鶴縱病來仙骨清。」　「殘星幾點雁橫塞，長笛一聲人倚樓。」趙嘏　「班行失事國輕重，道路不言心是非。」龍淵　「珠藏老蚌夜光送，豹隱南山春霧深。」善權　「寒林月落鳥巢出，古渡風高釣艇稀。」杜　「歲豐奴僅拾殘穗，日晏婢方烹苦薇。」後村　「卷簾陰滿漏山色[一]，歌枕韻寒宜雨聲。」秦韜

拗句换字

詩話云：「當平聲處，以仄聲易之，其氣健然不群，此魯直法也。」

「一雙白魚不受釣，三寸黄柑尤自青。」　「外江三峽且相接，斗酒新詩終日疏。」　「負鹽出井此溪女，打鼓發船何處郎。」　「沙上草閣柳新暗，城邊野池蓮欲紅。」杜　「寵光蕙葉與多碧，點注桃花舒小紅。」　「柳條弄色不忍見，梅花滿枝空斷腸。」杜　「只金滿座一樽

[一]「漏」，原本缺，據明刻本《文苑英華》卷三百二十五《竹》補。詩題作「秦韜玉」。

酒，後夜此堂空月明。」　「清談落筆一萬字，白眼舉觴三百杯。」山谷　「田中誰問不納履，坐上適來何處蠅。」山谷　「鍬钁門巷火新改，桑柘田園春向分。」山谷　「忽乘舟去值花雨，寄得書來應麥秋。」山谷　「貧賤人忙亦是錯，富貴夢多其如空。」曾鞏　「陰風攪短日，冷雨濕不晴。」韓　「死生在片議，窮達獨一言。」　「霜降水返壁，風落木歸山。」山谷　「簾影垂晝寂，竹陰生夏凉。」茶山

用子母字妝句

「竹疏烟補密，梅瘦雪添肥。」　「曉荷重映晚，秋草碧於春。」　「社日雨多晴較少，春風晚暖雨猶寒。」誠齋　「擁爐可使弩身直，飲酒能令嬌面紅。」放翁《寒》　「更漏有無風逆順，紙窗明暗月高低。」　「曲風吹巷凉偏勁，圓月窺窗影却方。」西樵　「桐陰午轉凉如夜，藕葉秋多却勝花。」

扇對格

又名隔對句。此格出於白氏《金針》，以第一句對第三句，第二句對四句也。「得罪台州去，時危棄碩儒。移官蓬閣溪，穀貴歿潛魚。」　「幾思聞静語，夜雨對禪床。

未得重相見，秋燈照影堂。」鄭谷《吊僧》　「前年家水東，回首夕陽麗。去年家水西，濕面春雨細。」坡《遷居》　「空腸吐余思，静似蠶掇簇。方田結初果，秀若銅生緑。」坡《高要劉見寄》〔二〕「邂逅陪車馬，尋芳謝朓洲。凄涼望鄉國，得句仲宣樓。」坡《用鬱孤臺和朝奉》　「蕭蕭秋風引，葉落渭水濱。喧喧陽春歌，花明錦江城。」蔡九峰　「相思復相憶，夜夜淚沾衣。空嘆復空淚，朝朝君未歸。」　「著意尋彌明，長頭高結喉。無心逐定遠，燕頷飛上頭。」坡《送吴正輔》　「雖慚抱朴子，金鼎陋蟬蛻。猶賢柳州柳，廟俎薦丹荔。」坡《遷居》　「君方卒功名，一泛范蠡舟。我亦霈霑渥，漸解張儀囚。」　「寧須張子房，萬户自擇留。尤勝嵇叔夜，孤墳甘長幽。」　「稚子真長生，少從鄭心遊。孝章偶不死，免爲文舉憂。」東坡《送吴正輔》　「暮歸走馬沙河塘，爐烟裊裊十里香。朝行曳杖青牛嶺，崖山咽咽千山静。」坡　「去年音問隔維州，百謫誰知我亦憂。前日杯盤共江渚，一歡相屬豈人謀。」半山《酬朱昌叔》　「昔年共照松溪影，松折碑荒僧已無。今日還歸錦城事，雪鋪花謝夢何如。」鄭都官　「去年花下留連飲，暖日夭桃鶯亂啼。今日江邊容易別，淡烟衰草馬頻嘶。」唐人　「可惜鶯啼花落處，一壺濁酒送殘春。可憐月好風凉夜，一部清歌伴老身。」　「子方得病古山陽，老手風生謝刀筆。我正含毫紫薇閣，病眼昏花困書

〔二〕「要」，原本作「夢」，據明成化本《蘇文忠公全集》東坡後集卷五改。

檄。」坡

句中對

如王勃「龍光射斗牛之墟，徐孺下陳蕃之榻」是也。

「桑麻深雨露，燕雀半生成。」　「江流天地外，山色有無中。」王維　「胡越書難到，存亡夢豈知。」崔峒　「今空無古篆，宋復有唐文。」後村　「四年三月半，新笋晚花時。」元稹　「遠山芳草外，流水落花中。」司空曙　「落花遊絲白日静，鳴鳩乳燕青春深。」杜　「小院回廊春寂寂，浴鳬飛鷺晚悠悠。」杜　「白頭青鬢有存没，落日斷霞無古今。」張　「無情有恨何人見，月冷風清欲墜時。」皮日休　「孤雲獨鳥川光暮，萬井千山海氣深。」李嘉佑　「高江急峽雷霆鬥，古木蒼藤日月昏。」　「桃花細逐楊花落，黄鳥時兼白鳥飛。」杜　「閒對紅裙辭白酒，但愁新進笑陳人。」坡　「三國是非春夢斷，六朝城闕野花開。」沈存中　「三分割據紆籌策，萬古雲霄一羽毛。」杜

巧對

「雁兒争水馬，燕子逐墻烏。」杜　「行看子城過，却望女墻遥。」誠齋　「紙鳶風恰穩，秧

馬水新肥。」李玉溪　「野禽啼社宇，山蝶夢莊周。」太白　「蠶貪桑眼出，蜂趁蜜脾忙。」鄭北山　「籬落生絲竹，門庭上女蘿。」　「時難將進酒，家遠莫登樓。」唐子西　「緑揚垂手舞，黄鳥緩聲歌。」　「經來白馬寺，僧到赤烏年。」靈徹，東漢西國僧，以白馬負經至洛陽，而吴赤烏年中，唐僧會如領僧會二十員至建業。　「范子歸來思狡兔，吕公何意兆非熊。」山谷　「簾額低垂紫燕忙，蜜脾已滿黄蜂静。」（社）〔杜〕　「半世功名一雞肋，平生道路九羊腸。」誠齋　「自知老境要灰心，却笑小時空血指。」周癖齋　「抗顔末路空屠龍，貽笑一生真畫虎。」游默齋　「愁心别後無詩草，病眼燈前有醉花。」致堂　「蜘蛛影裏清吟罷，舴艋舟中白髮生。」　「石燕拂雲晴亦雨，江豚吹浪夜還風。」許渾　「草解忘憂憂底事，花名含笑笑何人。」　「平日解愁寬帶眼，乞今歸思滿琴心。」半山　「微風蹙水魚鱗浪，滿日烘晴曙色天。」　「世事真如夢，人生不等閑。」　「利名雙轉轂，今古一憑欄。看水渡傍渡，夕陽山外山。吟邊思小范，共把此詩看。」石屏

交股對

如《九歌》「蕙殽蒸兮蘭藉，奠桂酒兮椒漿」是也。又名蹉對，蓋以「蒸蕙殽」對「奠桂酒」。「春深葉密花枝少，睡起茶多酒盞疏。」半山《晚春》。僧惠洪《（泠）〔冷〕齋夜話》云：「『多』字當作『親』字，蓋以『密』對『少』、『親』對『疏』。」《藝苑雌黄》云：「惠洪多妄誕，不曉詩格。此以『密』對『疏』，『多』對『少』，正交股用之。」

「影遭碧水潛勾引，風妒紅花却倒吹。」杜　「軸轤争利涉，來往接風潮。」孟浩然　「讀書能愈病，聽話勝觀書。」

借韻對

《詩話》云：「『自朱耶之狼狽，致赤子之流離』，乃獸名對鳥名，謂之借對。」　「厨人具雞黍，稚子摘楊梅。」孟浩然　「根非生下土，葉不墜秋風。」　「佳山今十載，明日又遷居。」　「枸杞因吾有，雞栖奈爾何。」杜　「水春雲母碓，風掃石榴花。」太白　「飲子頻通汗，懷君想報珠。」杜　「袍笏未復牙排。」　「眼昏長訝雙魚影，耳熱何辭數爵頻。」韓　「姓名雖蒙齒録，

律詩不對　盛唐多作此體。

頷聯不對

謂之蜂腰格。三十字而一事，而意貫上二句，若已斷而復續。《禁臠》

下第唯空囊，如何住帝鄉。杏園啼百舌，誰醉在花傍。淚落故山遠，病來春草長。知音逢

豈易，孤棹負三湘。

頸聯不對〔二〕

謂之偷春格。蓋引韻二句已對，如「梅花偷春色先開」也。

無家對寒食，有淚如金波。斫却月中桂，清光應更多。仳離放紅蕊，想像頻青娥。牛女謾愁思，秋期猶渡河。（社）〔杜〕

不對處對

掛席東南望，青山水國遥。舳艫争利涉，來往接風潮。問處今何適〔三〕，天台訪石橋。坐看霞色晚，疑是赤城朝。孟浩然

〔二〕「頸」，原本無，據明刻本《翰林詩法》卷八補。

〔三〕「處」，《四部叢刊》景明本《孟浩然集》卷三作「我」。

起句對

萬事誰能問，一名猶未知。貧窮多累日，閑過少年時。燈下何愁睡，花前帶淚悲。無媒長委命，轉覺命堪疑。雍陶

天上碧桃和露種，日邊紅杏倚雲栽。芙蓉生在秋江上，不向東風怨未開。

末句對

皇皇三十載，書劍兩無成。山水尋吴越，風塵厭帝京。扁舟泛湖海，長揖謝公卿。且樂杯中酒，誰論世上名。

書劍摧人不暫閑，洛陽羈旅復秦關。容顏歲歲愁中改，鄉國時時夢裏還。

誤入仙人碧玉壺，一歡那復間親疏。杯盤狼籍吾何敢，車馬雍容子甚都。此夜新聲聞百里，他年故事紀南徐。欲窮風月三千界，願代人天百億軀。

首尾對

歷歷緣荒岸，冥冥入遠天。每同沙草發，長共水雲連。摇落風潮早，離披海雨偏。故鄉遊

子意，常在客舟前。

柳絮飛時别洛陽，梅花開後在三湘。世情已逐浮雲去，離恨又隨江水長。

十年歸客但心傷，三徑無人已自荒。夕宿靈臺伴烟月，晨趨廷禮逐衣裳。久看麋鹿隨芳草，謬荷鵷鸞借末行。縱有諫書猶未獻，春風拂地日空長。唐人

檐前白日應可惜，籬下黄花爲誰有。行子迎霜未换衣，主人得錢始(姑)[沽]酒。蘇秦憔悴時多飲，蔡澤恓惶世爲醜。縱使登高只斷腸，不如獨坐空回首。唐人。少陵多作此體。

押虚字

「黄雞催曉不須愁，老客世人非我獨。」坡　「人惜共遊今孰在，樹猶如此我何堪。」六一

「自從西征復何有，欲致南烹嘆久久。」坡　「起携蠟炬繞空屋，欲事煎烹無一可。」坡

「邇來變化驚可述，音號剛强今亦頗。」坡　「問之無乃求之歟，答我不然聊復爾。」坡　「我本漁樵孟諸野，一生自是悠悠者。」馬子才　「我本疏頑固當爾，子猶淪落况些餘。」坡　「當代不飲酒，虚名安在哉？」　「夏扇日自摇，行樂亦云聊。」山谷　「再遊應眷眷，聊亦寄吾曾。」坡　「人生重意氣，出處夫豈徒。」坡　「安得相付子，過聽君談笑。」坡　「拙則近於直，而直豈拙歟？」坡　「曾開遺俗即存者，豈若吾身親見之。」　「外不自持如醉者，中無

他歎若羞然。」海棠

倒字押韻

古人詩押字，或有語顛而於理無害者。《藝苑雌黄》

「星河盡涵泳，俯仰迷下上。」　「紫樹雕斐亹，碧流滴瓏玲。」　「岸樹共紛披，渚牙相緯經。」作去聲。　「是時山水秋，光景何鮮新。」　「棄去可奈何，吾其死茅菅。」《詩》：「露彼菅茅。」　「命衣備藻火，賜業兼拊搏。」《書》：「搏拊琴瑟。」　「奈何任埋没，不自求勝軒。」「古史散左右，詩書置後前。」　「君恩太山重，不見酬稗稊。」　「法吏多少年，磨淬出角圭。」　「諒非軒冕族，應對多差參。」　「胡不上書自薦達，坐令四海如虞唐。」　「居鄰化郭古寺空，杏花兩株能白紅。」　「高士例須憐麯糵，丈夫終莫生畦畛。」　「千鍾萬鼓咽耳喧，攢雜啾嚄沸篪塤。」　「閉門長安三日雪，推書樸筆歌慨慷。」　「祇今年才四十五，後日懸知漸莽鹵。」並韓詩。《漢皋詩話》云：「唯韓愈、孟郊輩才豪放，有此等語，後人難倣傚。」

「愛汝玉山草堂靜，高秋爽氣多鮮新。」杜　「興喪何足吊，萬世一仰俯。」坡

以物爲人

「風泉兩部樂，松竹三益友。」《南史》：「孔稚珪不樂世務，庭草不剪，中有珪鳴。或問曰：『欲爲陳蕃乎？』珪笑曰：『我以此當兩部鼓吹。』」坡遊武昌寒溪西山寺語。　「蚊虻當家口，草木是親情。」玉川。東坡云：「堪笑荒唐玉川子，莫言家口若爲親。」　「初期橘爲奴，漸見桐有孫。」坡。宣義序《荆州記》：「李衡仕吴爲丹陽太守，於武昌龍陽泛舟，橘千株。」臨死，語其子曰：「吾有千頭木奴不責，汝衣食歲有千匹絹，亦足耳。」　「大暑去酷吏，清風來故人。」杜　「殘暑已趣裝，好風方來歸。」山谷　「春去不窺園，黄鳥再三請。」山谷　「已遣亂蛙成兩部，更邀明月作三人。」　「鬱鬱蒼髯真道友，絲絲紅萼是鄉人。」坡　「水裏笙歌蛙兩部，山中奴婢橘千頭。」坡《贈王子直》　「猿鳥不須懷(帳)[悵]望，溪山應亦笑歸來。」半山

虚字妝句

欲其輕清，不欲其軟弱。

「飄飄摶擊便，容易往來遊。」杜　「乍逢如未識，相問各凄然。」華谷　「未老先求退，歸來不厭貧。」李嘉祐　「能飛歸不得，雖去有何求。」　「更病可無醉，猶寒已自和。」後山

「見後却無語，别來長獨愁。」　「落時猶自舞，掃後更聞香。」　「且然聊爾可，得也自知之。」山谷《和范德儒》　「更爲後會知何地，忽(慢)[漫]相逢是别筵。」杜　「説静故知尤有動，無閑底處更求忙。」坡　「無媒自進誰識之，有才不用今老矣。」坡　「君有問焉非所願，世無知者始爲真。」後山　「老病已多惟欠死，貪嗔雖盡尚餘癡。」　「漸老更思深處隱，多閑惟借上方眠。」賈島　「未醉已知醒後憶，欲開先爲落時愁。」　「詩可以興還得謗，莫賢乎己在忘機。」　「夜如何其斗初落，歲云暮矣天無情。」李師中　「時復中之徐邈聖，無多酌我次公狂。」坡

下三字用經史字

「山到江湄窮則變，水歸峽口窒斯通。」　「山如仁者静，風似聖之清。」誠齋　「曉山仁者静，夜月聖之清。」唐子西　「佳月明且哲，好風聖之清。」　「日莫于誰屋，天寒陟彼岡。」

公取古詩句

此格最新，始於太白。

「解道澄江凈如練，令人却憶謝玄暉。」太白　「憑誰説與謝玄暉，休道澄江凈如練。」山

谷「帝遺銀河一派垂，古來惟有謫仙詞。」坡　「却憶當年江處士，能言秋色霧人家。」陳覺民「如何故國三千里，空唱歌詞滿六宮。」杜牧　「開卷愛公如李益，解言明月逐人來。」韓子蒼「令人還憶柳州柳，亂道千山絶飛鳥。」誠齋　「愛君古錦囊中句，解道今秋似去秋。」「獨睡南窗月，今秋似去秋。」「子犯亦有言，臣尤自知之。」韓　「韓子亦常謂，收斂加冠巾。」「退之常有云，青蒿倚長松。」「蛾眉山月半輪秋，影入平羌江水流。謫仙此語誰解道，請君見月時登樓。」坡。劉原父戲歐陽公曰：「永叔於韓公文有公取、竊取，如此兩聯是之謂公取。」《邵氏開見録》。

坡用佛書語

「欲深苦海浪，先乾愛河冰。」《哭幹兒》

流水句

洪覺梵《禁臠》云：「其法兩句叙一事，如人信手斫木，方圓一一中規矩。宜於頷聯用之。又名十字對、十四字對。」

「如何青草裏，也有白頭翁。」太白　「仰面貪看鳥，回頭錯應人。」杜　「忽聞哀痛詔，又下聖明朝。」杜　「長因送人處，憶得別家時。」唐人　「碑已無文字，人尤敬子孫。」任藩　「若不得流水，還應過別山。」唐人　「如何萬家縣，不見一枝梅。」茶山　「若無三日雨，那得一年秋。」　「不知何處雨，便覺此間凉。」　「自言行脚好，却厭住家閑。」唐人　「何爲百年内，不見一人閑。」唐人　「安得雲如蓋，能令雨瀉盆。」坡　「羞將短髮還吹帽，笑倩傍人爲正冠。」　「竹葉於人既無分，菊花從此不須開。」杜　「自携瓶去沽村酒，却著衫來作主人。」王操　「遥知楊柳是門處，似隔桃花無路通。」　「世上豈無千里馬，人間難得九方臯。」山谷　「却從城裏携琴去，許到山中寄藥來。」　「江客不堪憑北望，塞鴻何事又南飛。」劉長卿　「夜來過嶺忽聞雨，今日到溪都是花。」　「向來耳畔只聞雨，今日眼前俱是花。」　「只消半夜雨聲作，便領一年寒氣來。」

錯綜句

「紅一作『香』。稻啄餘鸚鵡粒，碧梧棲老鳳凰枝。」杜若直叙之，則曰：「鸚鵡啄餘紅稻粒，鳳凰棲老碧梧枝。」而以「紅稻」、「碧梧」在上，「鳳凰」、「鸚鵡」在下，錯綜之也。　「溶溶院落梨花月，淡淡池塘柳絮風。」休齋以「梨花院落溶溶月，柳絮池塘淡淡風」二句换移之，即前錯綜之法。　「雪色已翻煎處脚，松風仍作瀉時聲。」誠齋。此倒語也，即前句法，尤爲詩家妙矣。　「繅成白雪桑垂緑，割盡黄雲稻正青。」半山。言繅成則知白雪爲絲，割盡則知黄雲爲麥。

「木杪北山烟冉冉，草邊南澗水泠泠。」「林下聽經秋苑鹿，溪邊掃葉夕陽僧。」鄭谷 「柳絮打殘連夜雨，桃花吹散五更風。」「翡翠啄成千嶂碧，琉璃瀉出一溪寒。」「一千里色中秋月，十萬軍聲半夜潮。」「紅珠斗帳櫻桃熟，金錯屏風孔雀開。」「花酣蓬報謝，葉在柳呈疏。」唐人 「寶鏡窺鸞影，紅妝裛淚痕。」「舞鑑鸞窺沼，行天馬渡橋。」韓

疊三實字句

「仙人視吾曹，何異蜂蟻蜩。」坡《九日次定國》 「蘇石破篆文，不辨瞿李袁。」山谷《遊愚溪》 「山童頗來服，見其父孫翁。」山谷 「駕車六九五，十四蛟螭虬。」玉川《月食》 「野草花葉細，不辨賫菉葹。」退之《寄崔立之》。賫音咨，蒺黎也。菉音録，王芻也。葹音施，枲耳也。三者皆惡草，出《離騷經》云：「賫菉葹以盈室。」「笑彼三子歐蘇梅，無事自作雪羽争。」坡 「誰與莫逆溪山我，幸甚無能詩酒棋。」秋崖 「有人難立百官上〔一〕，不爲廟中羔兔蛙。」山谷《和蒲志同》。《霍光傳》：「霍山曰：『丞相擅減宗廟羔兔蛙，可以此罪也。』」

〔一〕「難」，原本作「離」，據日本翻宋紹興本《山谷内集詩注》別集卷下《和蒲泰亨》四首其三改。

叠五實字

「風雨晦明淫，跛蹩瘖聾盲。」坡《張寺丞益齋》　「風月烟霧雨，榮悴各一時。」山谷　「蚌蠃魚鼈蟲，瞿瞿以狙狙。」韓《別趙子》

叠七實字

「岷峨之山中巴江，桂椒楠櫨楓柞樟。」　「巽人間出駭四方，嚴君平王褒陳子昂李白司馬相如揚雄。」後山《贈二蘇》。　「騅駓駰駱驪騮騵馬色，白魚赤兔騂皇驕。」坡《韓幹馬圖》。　「鴉鴟鷹雕雉鵠鶤，燖炰煨爊熟飛奔。」昌黎《陸渾山火》

折腰句

讀之若不律，自是一格。

「野店寒無客，風巢動有禽。」　「送終時有雪，歸葬處無雲。」任藩　「似梅花落地，如柳絮因風。」　「静愛行時來野寺，獨尋春處過溪橋。」六一　「黃四娘教看花去，謝三郎勸釣魚休。」　「管城子無食肉相，孔方兄有絕交書。」山谷　「鸚鵡杯難別清濁，麒麟閣懶畫丹青。」

漁隱 「開山佛已成胡鬼，住院僧尤説李王。」後村 「永夜角聲悲自語，中天月色好誰看。」杜

歇後句

「予有折足鐺，中餘五合陳。」坡《贈月長老》。坡詩大抵取其意足，言陳更不言粟。王介甫《和州》詩則云「粟餘三釜陳」，必先有「粟」字，方使「陳」字。坡詩如「已遣亂蛙成兩部」，亦暗帶「樂」字，故葉石林謂坡詩有歇後語，然不害其爲奇也。「當初只爲將勤補拙，到底翻爲弄巧成拙。」 「斷送一生惟有，破除萬事無過。」淮海《酒》詩。

失粘句

律詩有定體，然時出變體，如兵出奇，變化無窮，尤足驚世駭俗也。

引韻便失粘名江左體

杜卜居

浣花流水水西頭，主人爲卜林塘幽。已知出郭少塵事，更有澄江銷客愁。無數蜻蜓齊上下，一雙鸂鶒對沉浮。東行萬里堪乘興，須向山陰上小舟。

第二聯失粘　杜詠懷古迹

摇落深知宋玉悲，風流儒雅亦吾師。悵望千秋一洒淚，蕭條異代不同時。江山故宅空文藻，雲雨荒臺豈夢思。最是楚宫多泯滅，舟人指點到今疑。

第三聯失粘　杜仲夏嚴公枉駕

竹裏行厨洗玉盤，花邊立馬簇金鞍。非關使者徵求急，自識將軍禮數寬。百年地僻柴門迥，五月江深草閣寒。看弄漁舟移白日，老農何有罄交歡。

第四聯失粘　柳宗元挽吕衡

衡嶽新摧天柱峰，士林憔悴泣相逢。祇今文字傳青簡，不使功名上景鍾。三畝空留懸磬室，九原猶寄若堂封。遥想荆州人物論，幾回中夜惜元龍。句有輓意。

第二聯三聯失粘　太白

鳳凰臺上鳳凰遊，鳳去臺空江自流。吴宫花草埋幽徑，晉代衣冠成古丘。三山半落青天外，二水中分白鷺洲。總爲浮雲能蔽日，長安不見使人愁。

首尾失粘　　汪龍溪

扁舟徑度石頭去，看盡江南江北山。忽驚雨作綆縻下，坐見風排鷗鷺還。一生能作屧幾絁，十口恨不房三間。作箋料理向公子，有酒倘開寒士顔。

絶句失粘

新豐緑樹起黄埃，數騎漁陽探使回。霓裳一曲千峰上，舞破中原始下來。

五言失粘八句反入格

不泛最清曠，及來愁已空。數點石泉雨，一溪霜葉風。業在有山處，道歸無事中。酌盡一杯酒，老夫顔亦紅。

絶句失粘

都無看花臺，偶到樹邊來。可憐枝上色，一一爲誰開。

七言失粘

半醒半醉問諸（棃）〔黎〕，竹刺藤梢步步迷。但尋牛矢復歸路〔一〕，家在牛欄西復西。總角（棃）〔黎〕家三四童，口吟葱葉送迎翁。莫作天涯萬里意，溪邊自有舞雩風。坡《被酒獨行遍至西（棃）〔黎〕》。

第三聯失粘

華髮蕭蕭老遂良，一身萍掛海中央。無錢種菜爲家業，有病安心是藥方。才疏絶類孔文舉，癡絶還同顧長康。萬里來歸空泣血，七年供奉殿西廊。

第四聯失粘

米盡無人典破裘，送行萬里一鄉遊。解舟又欲携君去，歸舍聊須與婦謀。聞道年來丹伏火，不愁老去雪蒙頭。剩買山田添鶴口，廟堂新拜富元侯。

〔一〕「牛矢」，原本作「斗斗」，據明成化本《蘇文忠公全集》後集卷六改。

梁　橋◇撰

冰川詩式

十卷（卷之一至卷之五）

鄭妙苗◎點校

冰川詩式序

賜進士第文林郎監察御史中山張渙譔

真定冰川子梁公濟甫，力學而强識，好吟而思苦，孜孜於詩者幾三十年也。其自爲詩，若他作未涯，近乃復集詩爲《詩式》十卷。風泉張子于雨樓趙子得而讀之，曰：「甚哉！公濟甫之苦心也。」交神以會精，萃渙以凝葩，摘言摽式，確乎有定，斯其述也，倍於作也，故曰「甚哉！公濟甫之苦心也」。夫詩本乎情，發乎聲，聲依永，而音韻出焉。《三百篇》尚矣，蓋自删後而作者，魏晉爲近，唐若宋則屢變焉。至元則其思淫，其聲胡，其調靡靡，君子無取焉。而詩有式，則始於沈約，成於皎然，著于滄浪，若集大成，則始於今公濟甫云。趙子曰：「夫詩者，天地自然之音也。動之志而著之言，志之所感不同，而詩隨之。故秦、魏别調，齊、衛殊節，自今讀之，猶可區分也。矧後世之詩出之文人才士，發之情寡而工之詞多也。乃欲借言異代，經情緯思，合調貞體，其於格也能無疆乎？」張子曰：「夫人，一心也；夫心，一理也。心一而感殊，要之理則體感而不遺者也。以意逆志，是爲得之。則集詩以爲式也，其謂非我出焉，不可也；其謂有所强焉，或寡也。言以摛志，詩以永言，六義之在《三百篇》也，夫亦若此而已矣，夫古今人將無同乎？雖然，好古者本乎志，尚友者存乎識，奇出者因乎才，行健者稔其氣。故耽而忘倦，氣之充也；遇而輒發，才之裕也。因詩以弘美，綴名以表善，是尚友也，而古道敦矣。是則公濟甫之行也已。盍刻諸？」趙子曰諾，乃相與謀諸梓，作《冰川詩式》序。

嘉靖己酉冬十月吉日。

冰川詩式引

冰川子《詩式》，式冰川子詩也。冰川子嗜吟，竟以苦吟來病魔。然詩魔與病魔争雄，殆且六年，病魔始退，而詩魔專用事。冰川子聖詩魔之凌已遠之，然詩魔固善伺冰川子意，乘間視隙，闚藩闞室，晝昵而夜狎之。凡風晨雨夕，花間月下，不速攸來，雖麾弗往，冰川子如詩魔何哉？乃一日喟然嘆曰：「嗟乎！詩魔吾，吾固魔詩。」於是盡取古今諸名家，若詩法、詩話，上下而歷覽之，擬議編摩，再歷寒暑，爰纂爲書若干卷，命曰《冰川子詩式》，納冰川子詩於式也。書成，詩魔聞之，偕若屬相與詣冰川子謝曰：「某輩小道，辱君之知，又辱爲之式，野狐外道，吾知免矣。受多賜，敢不拜嘉。」冰川子乃托二三子繕書裝帙，貯之笥中，時取以發志貞思，寫性天之形而老其生，竊冀擬迹於古人之詩瓢錦囊云耳。若曰待蒙求，爲韻語立赤幟，則冰川子豈敢。

嘉靖乙巳秋八月望日，真定梁橋公濟書於懷蔚山房。

冰川子詩式

詩原

梁橋曰：「詩原，原詩也。往先哲宗工名家，肆垂緒言，飲海止足，莫能殫述。乃予僭加裁約，取凡有關詩道之太校者録之，以爲志詩者抽關啓鑰之要領云。」

學詩者以識爲主，入門欲正，立志欲高。

論詩如論禪，禪道唯在妙悟，詩道亦在妙悟。

詩有別才，非關書也。詩有別趨，非關理也。

盛唐詩人，唯在興趨，羚羊掛角，無迹可求。故其妙處，透徹玲瓏，不可輳泊，如空中之音，相中之色，水中之月，鏡中之象，言有盡而意無窮。

詩人胸中不可著一字世俗言語。

作詩貴不涉理路，不落言筌。

詩有神來、氣來、情來；有雅體、野體、鄙體、俗體。作詩者須審鑒諸體詳委所來，方爲知詩。

詩貴以雅參麗，以古雜今。

作詩須以風調高古爲主，雖意遠語疏，皆爲佳作；氣格凡下者，雖摛錦布綉，無取焉耳矣。

詩有詞、理、意、興，南朝尚詞而病于理，宋人尚理而病于意、興，唐人尚意、興而理在其中。

唐人詩主于達性情，故于《三百篇》爲近。

詩者，原于德性，發于才情，心聲不同，有如其面。故法度可學而神氣不可學。

古詩徑叙情實，故于《三百篇》爲近；律詩牽于對偶，去《三百篇》爲遠，此詩體所以爲正變。

觀詩能知身命落處，與夫神情變化，意境周流。亘天地以無窮，妙古今而獨往者，則未有不得其所以然。

學詩者，須疏鑿情塵，陶汰氣質，遣其迷妄而反其清真，未有不如是能得其所以爲詩。

學詩須先明徹古人意格聲律，其于神境事物邂逅鬱折，得其全理于胸中，隨寓唱出，自然超絶。若刻意創造，終虧天成，苟且經營，必墮凡陋。欲得其妙，要在著述之多，涵養之深，求正于宗匠名家之道，庶幾可以横絶旁流，不墮野狐外道鬼窟中。

詩貴入門之正，行有未至，可加心力，頭路一差，愈騖愈遠。

詩不可鑿空强作，待境而生自工。

詩有賦、比、興。興而兼比者尤妙。《三百篇》多以興、比重復置之首章，唐人多以比、興就作景聯。

詩貴發乎性情，止乎禮義，古今于此觀風焉。故思邪而意義淫泆者，詩家之罪人也。噫！敝也久矣。

冰川詩式目録

回文詩
反覆體
借字體
集句詩
古樂府
謳體
辭體
歌體
問答體
三婦艷
五噫歌
上留田
蟲言
和韻

和韻回文
離合體
聯句詩
首尾吟
謠體
騷體
操體
引體
五雜組
四愁詩
藁砧
禽言
詩餘
回文　創擬

附録雜詩名

冰川詩式卷之一

真定梁橋著　弟梁相校

定體

五言絶句

五言始于李陵、蘇武，或云枚乘。

五言絶句作自古漢魏樂府，古辭則有《白頭吟》、《出塞曲》等篇。下及六代，述作漸繁；唐人以來，工之者甚衆。

絶句，衆唐人是一樣，少陵是一樣，韓退之是一樣。

絶句者，截句也，句絶而意不絶。截律詩中，或前四句，或後四句，或中二聯，或首尾四句，大抵以第三句爲主。七言絶句放此。

易水送別　唐　駱賓王

此地別燕丹，壯髮上衝冠。昔時人已没，今日水猶寒。

此詩是截律詩前四句，其法前散後對。

江令于長安歸揚州九日賦　唐　許敬宗

心逐南雲逝，身隨北雁來。故鄉籬下菊，今日幾花開。

此詩是截律詩後四句，其法前對後散。

玩初月　唐　駱賓王

忌滿光恒缺，乘昏影暫流。自能明似鏡，何用曲如鉤。

此詩是載律詩中二聯，其法四句兩對。

過酒家　唐　王績

此詩是截律詩首尾四句，其法四句一意，不對。

此日長昏飲，非關養性靈。眼看人盡醉，何忍獨爲醒。

哭台州司户蘇少監　唐　杜甫

此詩是隔句扇對法，以第一句對第三句，以第二句對第四句。詳見《沙中金集》。

得罪台州去，時危棄碩儒。移官蓬閣後，穀貴殁前夫。

絶句　唐　杜甫

此詩是四句四意。

遲日江山麗，春風花草香。泥融飛燕子，沙暖宿鴛鴦。

五言絶句大法止此。然作之之要，貴婉曲回環，删蕪就簡，句絶而意不絶。多以第三句爲主，第四句發之。有實接，有虚接，承接之間，開與合相關，反與正相依，順與逆相應，一呼一吸，宫商自諧。大抵起、承二句固難，然不過乎。且叙起爲佳，從容承之爲是。至如宛轉變化，工夫全在第三句，若于此轉變得好，則第四句如順流之舟矣。七言絶句放此。五言絶句撇情入事，七言絶句掉景入情，當知有此不同。或云五言絶句主情景，七言絶句主意事。

七言絶句

七言始于漢武柏梁。

七言絶句始自古樂府《挾瑟歌》、梁元帝《烏棲曲》、江總《怨時行》等作，皆七言四句。至唐初始穩順聲勢，定爲絶句。絶句者，四句下相連屬。或云絶取八句律之四句，或云絶妙之句。詳見五言。口號亦七言四句，草成而就速，達意宣情而已，貴明白條暢。律詩放此。唐人好詩，多是征戍遷謫、行旅離別之作，往往能感動激發人意。他詩固多，而七言絶句爲甚。句少而意專，辭屬賦、比、興者，其旨深，其味長，可以興，可以觀焉。

寒食汜上　　唐　王維

此詩其法前散後對。

廣武城邊逢暮春，汶陽歸客淚沾巾。落花寂寂啼山鳥，楊柳青青渡水人。

江南　　唐　陸龜蒙

此詩其法前對後散。

村邊紫豆花垂次，岸上紅梨葉戰初。莫怪烟中重回首，酒旗青紵一行書。

奉和聖制幸韋嗣立莊應制　唐　李嶠

此詩其法四句兩對。

萬騎千官擁帝車，八龍三馬訪仙家。鳳凰原上窺青壁，鸚鵡杯中弄紫霞。

贈花卿　此詩一作古樂府，入破第二疊。　唐　杜甫

此詩其法四句一意不對。

錦城絲管日紛紛，半入江風半入雲。此曲祗應天上有，人間能得幾回聞。「祗」，一作「只」。

絶句

此詩其法隔句扇對，以第一句對第三句，以第二句對第四句。

去年花下留連飲，暖日天桃鶯亂啼。今日江邊容易别，淡烟衰草馬頻嘶。

絶句

唐　杜甫

此詩四句四意，不相連屬。

兩個黄鸝鳴翠柳，一行白鷺上青天。窗含西嶺千秋雪，門泊東吴萬里船。

七言絶句，其法如此。大略以第三句爲主，首尾率直而無婉曲。此異時所以不及唐也。其法非惟久失其傳，人亦鮮能知之。有實接者，以實事寓意而接，則轉换有力。有虚接者，以虚語接前兩句。亦有事雖實而意虚者，于承接之間，略加轉换。有用事者，融化其事以爲意，不使所用事窒塞堆叠。大抵第三句爲接句，兼備虚實兩體，四句之中，此句最宜著力。

凡作七言絶句，如窗中覽景，立處雖窄，眼界自寬。題廣者取遠景，寸山尺水，愈覺其遥；取近景，一草一木，皆有生意。言從字順，辭從興底，命意臻妙，句少而意無窮，方爲作者。

唐人以絶句名家者多矣。其詞華而艷，其氣深而長，錦綉其言，金石其聲，讀之使人一唱而三嘆。

五言律詩

律體之興，雖自唐始，蓋由梁陳以來儷句之漸也。梁元帝五言八句已近律體，庾肩吾《除夕》律詩體工密，徐陵、庾信對律精切，律調尤近。唐初工之者衆，至王、楊、盧、駱，以儷句相尚，美麗相矜，終未脱陳、隋之氣習。神龍以後，此體始盛。五言律詩貴沉静，貴深遠，貴細嫩，要聲穩語重。

五言律詩貴字字平、仄諧和，失粘、失律皆不合例。

律詩有起、有承、有轉、有合。起爲破題，或對景興起，或比起，或引事起，或就題起。要突兀高遠，如狂風捲浪，勢欲滔天。承爲頷聯，或寫意，或寫景，或書事，或用事引證。要接破題，如驪龍之珠，抱而不脱。轉爲頸聯，或寫意、寫景、書事、用事引證，與前聯之意相應相避。要變化如疾雷破山，觀者驚愕。合爲結句，或就題結，或開一步，或繳前聯之意，或用事。必放一句作散場，如剡溪之棹，自去自回，言有盡而意無窮。知此則律詩思過半矣。七言律詩放此。

早春　　唐　杜審言

此詩起結不對，惟中間頷聯、頸聯對。

獨有宦遊人，偏驚物候新。雲霞出海曙，梅柳度江春。淑氣催黄鳥，晴光轉緑蘋。忽聞歌古調，歸思欲沾巾。

秋日

唐太宗

此詩起句亦對，中二聯對，結句不對。

爽氣澄蘭沼，秋香動桂林。露凝千片玉，菊散一叢金。日吐高低影，雲垂點綴陰。蓬瀛不可望，泉石且娱心。

從軍行

唐　楊炯

此詩起句不對，中二聯對，結句亦對。

烽火照西京，心中自不平。牙璋辭鳳闕，鐵騎繞龍城。雪暗凋旗畫，風多雜鼓聲。寧爲百夫長，勝作一書生。

奉和七夕兩儀殿會宴應制

唐　李嶠

此詩起句對，中二聯對，結句亦對。八句四聯，唐初多用此體，而應制之作尤工。

靈匹三秋會，仙期七夕過。槎來人泛海，橋渡鵲填河。帝縷升銀閣，天機罷玉梭。誰言七襄詠，重入五絃歌。

尋陸羽不遇　唐　僧皎然

移家雖帶郭，野徑入桑麻。近種籬邊菊，秋來未著花。扣門無犬吠，欲去問西家。報道山中出，歸來每日斜。

此詩八句，一意順下，通不對。

舟中晚望　唐　孟浩然

挂席東南望，青山水國遥。舳艫争利涉，來往任風潮。問我今何適，天台訪石橋。坐看霞色曉，疑是赤城標。

此詩不對處對。

吊僧　唐　鄭谷

幾思開静話，夜雨對禪床。未得重相見，秋燈照影堂。孤雲終負約，薄宦轉堪傷。夢繞長松榻，遥焚一炷香。

此詩前四句隔句扇對。説見五言絶句。

下第　　唐　賈島

此詩頷聯亦無對偶，是十字叙一事，而意貫上二句，至頸聯方對偶分明。若已斷而復續，謂之「蜂腰格」。

下第唯空囊，如何住帝鄉。杏園啼百舌，誰醉在花傍。淚落故山遠，病來春草長。知音逢豈易，孤棹負三湘。

溪行即事　　唐　僧靈一

此詩首二句先對，頷聯雖不對，似非聲律。然破題已先的對，如梅花偷春色而先開，謂之「偷春格」。

近夜山更碧，入林溪轉清。不知伏牛事，潭洞何縱横。野岸烟初合，平湖月未生。孤舟屢失道，但聽秋泉聲。

田家元日　　唐　孟浩然

此詩前四句對，後四句散，與「蜂腰格」相反。

昨夜斗迴北，今朝歲起東。我年已强仕，無禄尚憂農。野老就耕去，荷鋤隨牧童。田家占氣候，共説此年豐。

送錢拾遺歸兼寄劉校書　唐　郎士元

此詩頸聯不對，與「偷春格」相反。

墟落歲陰暮，桑榆烟景昏。蟬聲静空館，雨色隔秋原。歸客不可望，悠然林外村。終當報芸閣，携手醉柴門。

五言律詩大法如此。管見欲將中二聯亦作扇對法，更是一奇格。但未之前聞，不敢强擬。雖然，確守格律，揣摩聲病，詩家之常。若時出度外，縱横放肆，外如不整，中實應節，此非造次所能。

五言律詩中間四實四虚，前實後虚，前虚後實，情與景合，淺深異宜，神而明之，存乎其人。

凡作五言律詩，先須澄静此心。如春江無風，湛緑千里，萬象森列，皆有温厚平遠之意，就其中擇取事情極明瑩者而用之。務要涵養寬平，不可迫切。

七言律詩

七言律詩，又五言八句之變也。唐以前七言儷句，如沈君攸，已近律體。唐初始專此體，沈佺期、宋之問精巧相尚。開元間此體始盛，然多君臣遊幸倡和之什。盛唐作者雖不多，其聲調最遠，品格最高，可爲萬世法程。

七言律詩難於五言律詩。七言下字較粗實，五言下字較細嫩。凡作七言律，須字字去不得方是。句要藏字，字要藏意，如聯珠不斷方妙。若七言可截作五言，便不成詩。

七言律詩貴聲響，貴雄渾，貴鏗鏘，貴偉健，貴高遠。

凡作七言律詩時，須真情推發，到奇絶處用之。以聲律爲竅，物象爲骨，意格爲髓，起承轉合，聯屬流動。

七言與五言微有分别。七言造句差長，難飽滿，易疏弱，前後多不相應。自唐人工此者亦有數，可以爲難矣。

律詩有四實四虚、前實後虚、前虚後實之别。實爲景，虚爲情。

律詩須情中有景，景中有情，以事爲意，以意融事。情意迭出，事意貫通，方爲近體之妙。

登金陵鳳凰臺　唐　李白

鳳凰臺上鳳凰遊，鳳去臺空江自流。吴宫花草埋幽徑，晉代衣冠成古丘。三山半落青天外，二水中分白鷺洲。總爲浮雲能蔽日，長安不見使人愁。

此詩首尾不對，惟頷聯、頸聯對。

和賈至舍人早朝大明宫之作　唐　岑參

雞鳴紫陌曙光寒，鶯轉皇州春色闌。金闕曉鍾開萬户，玉階仙仗擁千官。花迎劍佩星初落，柳拂旌旂露未乾。獨有鳳凰池上客，陽春一曲和皆難。

此詩起句對，中二聯對，唯結句不對。

奉和初春幸太平公主南莊應制　唐　李嶠

主家山第接雲開，天子春遊動地來。羽騎參差花外轉，霓旌摇曳日邊迴。還將石溜調琴曲，更取峰霞入酒杯。鸞輅已辭烏鵲渚，簫聲猶繞鳳凰臺。

此詩起句不對，中二聯與結句俱對。

奉和幸安樂公主山莊應制　　唐　宗楚客

玉樓銀榜枕嚴城，翠蓋紅旂列禁庭。日映層岩圖畫色，風摇雜樹管絃聲。水邊重閣含飛動，雲裏孤峰類削成。幸睹八龍遊閬苑，無勞萬里訪蓬瀛。

此詩首二句對，中二聯對，末二句亦對。八句四對。

題東峰驛用梁郎中韻　　本朝　以權西和人。詩出《雅頌正音》。

香浮緑蟻山中酯，磁甌遠勝青蓮杯。不用笙竽爲佐酒，松風一派從天來。半酣走筆寫新句，飛龍滿壁真雄哉。故人騎鶴幾時去，空庭寂寂官梅開。

此詩八句一意順下，通不對。文從字順，音韻鏗鏘。盛唐諸公有此體，今録蘭公詩。

鸚鵡洲　　唐　李白

鸚鵡來過吴江水，江上洲傳鸚鵡名。鸚鵡西飛隴山去，芳州之樹何青青。烟開蘭葉香風煖，岸夾桃花錦浪生。遷客此時徒極目，長洲孤月向誰明。

此詩頷聯亦不對，至頸聯方對偶分明。若已斷而復續，謂之「蜂腰格」。

黄鶴樓　唐　崔灝

此詩首二句先對，頷聯却不對，然破題已先的對。如梅花偷春色而先開，謂之「偷春格」。杜少陵《曉發公安》詩頷聯不對，亦是此格。

昔人已乘白雲去，此地空餘黄鶴樓。黄鶴一去不復返，白雲千載空悠悠。晴川歷歷漢陽樹，芳草凄凄鸚鵡洲。日暮鄉關何處是，烟波江上使人愁。

七言律詩，其法如此。唐人李淑有《詩苑》一書，今世罕傳，然所述篇法，止有六格。范德機《木天禁語》廣爲十二格，又分明、暗二例。《詩法源流》所載二十四格。《詩學禁臠》所載十五格。僧皎然《杼山詩格》、洪覺梵《天厨禁臠》、白樂天《金針集》、梅聖俞《續金針集》，發明七言律者詳矣，然皆命意入妙，格外之格，别爲一卷。

凡作七言律詩，先須澄静此心，如秋高月明，獨立華岳之巔，俯視萬象，景皆入奇峭中。就其中擇取沉雄險特者而用之，務要奇峭，不可寬緩。

五言排律

排律之作，其源自顔、謝諸人。古詩之變，首尾排句，聯對精密。梁、陳以還，儷句尤切，唐興，始專此體，與古詩差别。貞觀初作者猶未備，永徽以下，篇什始盛。長篇排律，唐初作者絶少。開元後，杜少陵獨步當時，渾涵汪洋，千彙萬狀，至百韻千言，力不少衰。若韓、柳雖肆才縱力，工巧相矜，要之未爲得體。

奉和拜洛應制 此詩五韻。 唐 李嶠

七萃鑾輿動，千年瑞檢開。文如龜負出，圖似鳳銜來。殷薦三神享，明禋萬國陪。周旗黄鳥集，漢幄紫雲迴。日暮鈞陳轉，清歌上帝臺。

入閣 此詩十韻。 唐 鄭谷

秘殿臨軒日，和鑾返正年。兩班文武盛，百辟羽儀全。霜漏清中禁，風旗拂曙天。門嚴新契勘，仗入邇承宣。玉机當紅旭，金鑪縱碧烟。對揚稱法吏，贊引出宫鈿。言動揮毫疾，威容執簿專。壽山晴靉靆，顥氣暖連延。禮有鴛鸞集，恩無雨露偏。小臣叨備位，歌詠泰階前。

上韋左相 此詩二十韻。 唐 杜甫

鳳曆軒轅紀，龍飛四十春。八荒開壽域，一氣轉鴻鈞。霖雨思賢佐，丹青憶老臣。應圖求駿馬，驚代得麒麟。沙汰江河濁，調和鼎鼐新。韋賢初相漢，范叔已歸秦。盛業今如此，傳經固絶倫。豫章深出地，滄海闊無津。北斗司喉舌，東方領縉紳。持衡留藻鑒，聽履上星辰。獨步才超古，餘波德照鄰。聰明過管輅，尺牘倒陳遵。豈是池中物，由來席上珍。廟堂知至理，風俗盡還淳。才傑俱登用，愚蒙但隱淪。長卿多病久，子夏索居貧。回首驅流俗，生涯似衆人。巫咸不可問，鄒魯莫容身。感激時將晚，蒼茫興有神。爲君歌此曲，涕淚在衣巾。

寄岳州賈司馬六丈巴州嚴八使君兩閣老 此詩五十韻。　唐　杜甫

衡岳啼猿裏，巴州鳥道邊。故人俱不利，謫宦兩悠然。開闢乾坤正，榮枯雨露偏。長沙才子遠，釣瀨客星懸。憶昨趨行殿，殷憂捧御筵。討胡愁李廣，奉使待張騫。無復雲臺仗，虚修水戰船。蒼茫城七十，流落劍三千。畫角吹秦晉，旄頭俯澗瀍。小儒輕董卓，有識笑苻堅。浪作禽填海，那將血射天。萬方思助順，一鼓氣無前。陰散陳倉北，晴薰太白巔。亂麻屍積衛，破竹勢臨燕。法駕還雙闕，王師下八川。此時沾奉引，佳氣拂周旋。貔虎開金甲，麒麟受玉鞭。侍臣諳八仗，廄馬解登先。花動朱樓雪，城凝碧樹烟。衣冠心慘愴，故老淚潺湲。哭廟悲風急，朝正霽景鮮。月分梁漢米，春給水衡錢。内蕊繁於纈，宫莎軟勝綿。恩榮同拜手，出入最隨肩。晚著華堂醉，寒重繡被眠。轡齊兼秉燭，書枉滿懷牋。每覺升元輔，深期列大賢。秉鈞方咫尺，

鍬翮再聯翩。禁掖朋徒改，微班性命全。青蒲甘受戮，白髪竟誰憐。弟子貧原憲，諸生老伏虔。師資謙未達，鄉黨敬何先。舊好腸堪斷，新愁眼欲穿。翠乾危棧竹，紅膩小湖蓮。賈筆論孤憤，嚴詩賦幾篇。定知深意苦，莫使衆人傳。貝錦無停織，朱絲有斷絃。浦鷗防碎首，霜骨不空拳。地僻昏烟瘴，山稠隘石泉。且將棋度日，應用酒爲年。典郡終微眇，治中實棄捐。安排求傲吏，比興展歸田。去去才難得，蒼蒼理又玄。古人稱逝矣，吾道卜終焉。隴外翻投迹，漁陽復控弦。笑爲妻子累，甘與歲時遷。親故行稀少，兵戈動接聯。他鄉饒夢寐，失侶自迍邅。多病加淹泊，長吟阻静便。如公盡雄俊，志在必騰騫。

五言排律大法如此。自五韻至五十韻，盡極變態。山谷云：「凡始學詩，每作一篇，先立大意，若長篇須曲折三致意，乃爲成章。」

作大篇當布置，首尾停匀，腰腹肥滿。多見人前面有餘，後面不足，前面極工，後面草草，不可不知。

作大篇須有開闔乃妙。

長律妙在鋪叙，時將一聯挑轉，又平平説去，如此轉換數匝，却將數語收拾，乃妙。

七言排律

七言排律，唐人不多見。如太白《别山僧》、高適《宿田家》、子美《題鄭著》及《清明》二首、王仲初《寄韓侍郎》等作，雖聯對精密，而律調未純，終未脱古詩體段。若言從字順、音響冲和者，今録《品彙集》所載，以爲法式。

月夜有懷王端公兼簡朱孫二判官 此詩六韻。

唐　僧清江

月照疏林驚鵲飛，羈人此夜共無依。青門旅寓身空老，白首頭陁力漸微。屢向曲池陪逸少，幾迴戎幕接玄暉。四科弟子稱文學，五馬諸侯是綉衣。江雁往來曾不定，野雲摇曳本無機。修行未盡身將盡，欲向東山掩舊扉。

秘書省有賀監知章草題詩筆力遒健風尚高遠拂塵尋玩因有此作 此詩七韻

唐　温庭筠

越溪漁客賀知章，任達憐才愛酒狂。鸂鶒葦花隨釣艇，蛤蜊菰葉夢横塘。幾年凉夜拘華省，一宿秋風憶故鄉。榮路脱身終自得，福庭回首莫相忘。出籠鸞鶴歸遼海，落筆龍蛇滿壞墻。

李白死來無醉客，可憐神彩吊殘陽。

從軍行 此詩八韻。

唐　崔融

穹廬雜種亂金方，武將神兵下玉堂。天子旌旂過細柳，匈奴運數盡枯楊。關頭落月横西裔，塞下凝雲斷北荒。漠漠邊塵飛衆鳥，昏昏朔氣聚群羊。依稀蜀杖迷新竹，髣髴胡床識故桑。臨海舊來聞驃騎，尋河本自有中郎。坐看戰壁爲平土，近待軍營坐破羌。

送裴相公上太原 此詩九韻。

唐　王建

還携堂印向并州，將相兼權是武侯。時難獨當天下事，功成却進手中籌。再三陳乞爐烟裏，前後分張玉案頭。朱架早朝排立戟，緑槐殘雨看張油。遥知雁塞從今好，直到漁陽以北愁。邊鋪恐巡旂盡换，山城欲過館重修。千群白刃兵迎節，一對紅妝妓打毬。聖主分明教暫去，不須高起見京樓。

五言古詩

五言之興，源于漢，注于魏，汪洋乎兩晉，混濁乎梁陳。大雅之音，幾于不作。至唐貞觀、垂拱間，頗精粹；神龍以還，品格漸高。

詩以古名，繼《三百篇》之後而作。朱子嘗欲取漢、魏五言，以盡乎郭景純、陶淵明之詩，以爲古詩之根本推則。

五言古詩或興起，或比起，或賦起，須要寓意深遠，托辭温厚，反覆優游，雍容不迫。或感古懷今，或懷人傷己，或瀟洒閑適。寫景要雅淡，推人心之至情，寫感慨之微意，悲歡含蓄而不傷，美刺婉曲而不露，要有《三百篇》之遺意。觀之漢、魏古詩藹然有感動人處可知。

古詩　此詩十句。　無名氏

此詩喻臣之不得事君，如牛女之不得相會。

迢迢牽牛星，皎皎河漢女。纖纖濯素手，札札弄機杼。終日不成章，涕泣零如雨。河漢清且淺，相去復幾許。盈盈一水間，默默不得語。

飲酒　此詩十句。　晉　陶淵明

學五言古詩，須將《古詩十九首》熟讀玩味，方得旨趨，淵明是也。

結廬在人境，而無車馬喧。問君何能爾，心遠地自偏。採菊東籬下，悠然見南山。山氣日夕佳，飛鳥相與還。此中有真意，欲辯已忘言。

古風其一 此詩二十四句。

大雅久不作，吾衰竟誰陳。王風委蔓草，戰國多荆榛。龍虎相啖食，兵戈逮狂秦。正聲何微茫，哀怨起騷人。揚馬激頹波，開流蕩無垠。廢興雖萬變，憲章亦已淪。自從建安來，綺麗不足珍。聖代復元古，垂衣貴清真。群才屬休明，乘運共躍鱗。文質相炳焕，衆星羅秋旻。我志在删述，垂輝映千春。希聖如有立，絶筆于獲麟。

晦日尋崔戢李封 此詩四十句。 唐 杜甫

胡光入甕牖，户寢驚弊裘。起行視天宇，春氣漸和柔。興來不暇懶，今晨梳我頭。出門無所待，徒步覺自由。杖藜復恣意，免值公與侯。晚定崔李交，會心真罕儔。每過得酒傾，二宅可淹留。喜結仁里歡，况因令節求。李生園欲荒，舊竹頗修修。引客看掃除，隨時成獻酬。崔侯初筵色，已畏空尊愁。未知天下士，至性有此不？草芽既青出，蜂聲亦暖遊。思見農器陳，何當甲兵休。上古葛天氏，不貽黄屋憂。至今阮籍等，熟醉爲身謀。威鳳高其翔，長鯨吞九州。地軸爲之翻，百川皆亂流。當歌欲一放，淚下恐莫休。濁醪有妙理，庶用慰沉浮。

五言古詩雖無定句，《十九首》尚矣。然自六句短古篇放之至百句，大要貴意圓而語深。凡作五言古詩，先須澄静此心，如滄溟不波，空碧無際，纖月到景，萬象涵精。題目如鏡中物影，悲歡動静，了無遁情。懷天地于秋毫，洞古今爲一瞬。視彼區區者吾談笑道之。大抵五言古詩所養浩蕩，所見詳明，所取精微，所用輕快。

七言古詩

七言古詩從張衡《四愁詩》來，變柏梁體耳。唐初王勃《滕王閣詩》、宋之問《明河篇》，語皆未之純，至盛唐作者始盛。

七言古詩貴清壯奇麗，確深渾厚。

盛唐工七言古調者多，李、杜而下，論者推高適、岑參、李頎、王維、崔顥數家爲勝。謂張皇氣勢，陟頓始終，綜覈乎古今，博大其文辭，李、杜尚矣。至於沉鬱頓挫，抑揚悲壯，法度森嚴，神情俱詣，一味妙悟而佳句輒來，遠出常情之外。高、岑數子，誠與李、杜並驅争先。

七言古詩要鋪叙，要有開合，有風度，要迢遞險怪，雄俊鏗鏘，忌庸俗軟腐。

七言古詩，其波瀾開合如江海之波，一波未平，一波復起。又如兵家之陣，方以爲正，又復爲奇，方以爲奇，忽復是正。出入變化不可紀。極備此法者，唯李、杜而已。開合粲然，音韻鏗然，法度森然，神思悠然，學問充然，議論超然。

金陵酒肆留别 此詩六句。

風吹柳花滿店香，吴姬壓酒勸客嘗。金陵子弟來相送，欲行不行各盡觴。請君試問東流水，别意與之誰短長。

送孔巢父謝病歸遊江東兼呈李白 此詩六句。

唐　杜甫

巢父掉頭不肯住，東將入海隨烟霧。詩卷長留天地間，釣竿欲拂珊瑚樹。深山大澤龍蛇遠，春寒野陰風景暮。蓬萊織女迴龍車，指點虚無引歸路。自是君身有仙骨，世人那得知其故。惜君只欲苦死留，富貴何如草頭露。蔡侯静者意有餘，清夜置酒臨前除。罷琴惆悵月照席，幾歲寄我空中書。南尋禹穴見李白，道甫問訊今何如。

長安古意 此詩六十八句。

唐　盧照鄰

長安大道連狹斜，青牛白馬七香車。玉輦縱横過主第，金鞍絡繹向侯家。龍銜寶蓋承朝日，鳳吐流蘇帶晚霞。百丈遊絲争繞樹，一群嬌鳥共啼花。啼花戲蝶千門側，碧樹銀臺萬種色。

複道交窗作合歡，雙闕連甍垂鳳翼。梁家畫閣天中起，漢帝金莖雲外直。樓前相望不相知，陌上相逢詎相識。借問吹簫向紫烟，曾經學舞度芳年。得成比目何辭死，願作鴛鴦不羡仙。比目鴛鴦真可羡，雙去雙來君不見。生憎帳額繡孤鸞，好取開簾帖雙燕。雙燕雙飛繞畫梁，羅幃翠被鬱金香。片片行雲著蟬鬢，纖纖初月上鴉黄。鴉黄粉白車中出，含嬌含態情非一。妖童寶馬鐵連錢，娼婦盤龍金屈膝。御史府中烏夜啼，廷尉門前雀欲栖。隱隱朱城臨玉道，遥遥翠幰没金堤。挾彈飛鷹杜陵北，探丸借客渭橋西。俱邀俠客芙蓉劍，共宿娼家桃李蹊。娼家日暮紫羅裙，清歌一囀口氤氲。北堂夜夜人如月，南陌朝朝騎似雲。南陌北堂連北里，五劇三條控三市。弱柳青槐拂地垂，佳氣紅塵暗天起。漢代金吾千騎來，翡翠屠蘇鸚鵡杯。羅襦寶帶爲君解，燕歌趙舞爲君開。别有豪華稱將相，轉日回天不相讓。意氣由來排灌夫，專權判不容蕭相。專權意氣本豪雄，青虬紫燕坐生風。自言歌舞長千載，自謂驕奢凌五公。節物風光不相待，桑田碧海須臾改。昔時金階白玉堂，即今惟見青松在。寂寂寥寥揚子居，年年歲歲一床書。獨有南山桂花發，飛來飛去襲人裾。

凡作七言古詩，先須澄静此心，如泛舟滄溟，春秋晴雨，風波作止，萬變隨時。題目如大海受風，泠風則微瀾應，疾風則駭浪騰，自然而然。吾取其神奇者而用之。大要古詩七言，所養浩優，所見詳明，所取奇崛，所用峭絶。

冰川詩式卷之二

三言詩

三言詩起於晉夏侯湛，唐人以來作者甚少。西涯李公《麓堂詩話》謂三言亦可爲詩，豈未見夏侯湛詩邪？

將進酒

本朝　蘇祐

將進酒，樂間陳。錯華燈，襲錦茵。覿良時，接光塵。獻萬年，酹千金。嗟何辭，不常醺。流水逝，曜靈沉。

四言詩

四言詩起于漢楚王傅韋孟。四言最古，在諸詩中獨難，以《三百篇》在前故也。四言詩自曹氏父子、王仲宣、陸士衡後，惟元亮最高。

四言最古。經史韻語，二《南》之前有矣。其經聖人所删者，出自閭巷，謂之《風》，出自朝廷，謂之《雅》，用之郊廟，謂之《頌》，有賦、比、興之分。

諷楚元王

邦事是廢，逸遊是娱。犬馬悠悠，是放是驅。所執匪德，所親匪俊。唯囿是恢，唯諛是信。嗟哉我王，漢之睦親。曾不夙夜，以休令聞。

思親　魏　王粲

穆穆皇妣，德音徽止。思齊先姑，志侔姜姒。躬此勞瘁，鞠予小子。小子之生，遭世罔寧。烈考勤時，從之于征。奄遘不造，殷憂是嬰。

停雲思親友　晉　陶淵明

靄靄停雲，濛濛時雨。八表同昏，平路伊阻。静寄東軒，春醪獨撫。良朋悠悠，搔首延佇。
停雲靄靄，時雨濛濛。八表同昏，平陸成江。有酒有酒，閑飲東窗。願言懷人，舟車靡從。
東園之樹，枝條再榮。競用新好，以招余情。人亦有言，日月于征。安得促席，説彼平生。

翩翩飛鳥，息我庭柯。歛翮閑止，好聲相和。豈無他人，念子寔多。願言不獲，抱恨如何。

五言六句律

五言六句法，但可放言遺興，不可寄贈。

塞上 此詩前四句對，後二句不對。

唐 李益

漢家今上郡，秦塞古長城。有日雲長慘，無風沙自驚。當今天子聖，不戰四夷平。

此詩首二句對，後四句不對。

宋 黄庭堅

三公未白首，十輩擁朱輪。只有人看好，何益百年身。但願身無事，清樽對故人。

送黄師是赴兩浙憲 此詩六句三對。

宋 蘇軾

世久無此士，我晚得王孫。寧非叔度家，豈出次公門。白首沉下吏，緑衣有公言。

幽居　此詩首尾不對，中二句對。　唐　儲光羲

幽人下山徑，去去夾清林。滑處莓苔濕，暗中蘿薜深。春朝烟雨散，猶帶浮雲陰。

題畫　此詩六句一意，不對。　本朝　張紳見《雅頌正音》

高樹漏疏雨，滴瀝下銀塘。美人捲簾坐，銀鴨自添香。風吹緑荷葉，正見宿鴛鴦。

此詩首二句不對，後四句對。　唐　鄭綮

日照西山雪，老僧門未開。涷瓶黏柱礎，宿火陷爐灰。童子病歸去，鹿麑寒入來。

六言絶句

六言絶句始于漢司農谷永。自唐王繼效曹、陸體賦之，其後諸家往往間見其法，或對或散，亦如五、七言絶句。

六言有《回波樂》。唐中宗内宴群臣，各爲《回波樂》，皆諂佞之辭，獨諫議大夫李景伯一首

有規諷〔一〕。樂府云「商調曲」也。

輞川　　唐　王維

桃紅復含宿雨，柳緑更帶朝烟。花落家僮未掃，鳥啼山客猶眠。

此詩四句二對。

問李二司直所居雲山　　唐　皇甫冉

門外水流何處，天邊樹繞誰家。山色東西多少，朝朝幾度雲遮。

此詩前二句對，後二句散。

漫興　　本朝　李夢陽

種豆南山一頃，朝來豐草離離。豈若藍田種玉，何如商嶺餐芝。

此詩前散後對。

〔一〕「諷」，原本缺，據隆慶本補。

別甑山　唐　韓翃

此詩四句一意，不對。

一身趨侍丹墀，西路翩翩去時。惆悵青山緑水，何年更是來期。

六言律

六言八句作于唐太宗，其後玄宗又作《小破陣樂》，其散見各家集中，法亦如五、七言律詩。

六言八句亦「商調曲」。

送陳明府赴淮南　唐　韓翃

此詩首尾不對，中四句對。

年華近過清明，落日微風送行。黄鳥綿蠻芳樹，紫騮躞蹀東城。花間一杯促膝，烟外千里含情。應渡淮南信宿，諸侯擁斾相迎。

送李億東歸

唐　周賀

此詩前六句對，後二句不對。

黄山遠隔秦樹，紫禁斜通渭城。别路青青柳弱，前溪漠漠苔生。和風澹蕩歸客，落日慇懃早鶯。灞上金樽未飲，讌歌已有餘聲。

送萬臣

唐　盧綸

此詩首二句不對，後六句對。

把酒留君聽琴，誰堪歲暮離心。霜葉無風自落，秋雲不雨空陰。人愁荒村路細，馬怯寒溪水深。望盡青山獨立，更知何處相尋。

破陣樂

唐　張説

此詩八句四對。

漢兵出頓金微，照日明光鐵衣。百里火幡焰焰，千行雲騎騑騑。蹙踏遼河自竭，鼓譟燕山可飛。正屬四方慶賀，端知萬舞皇威。

六言排律體

此體唐宋人作者亦絶少，今録以備一體。

贈致政方伯章公尚素

本朝　魏偁鄞縣人

宦路累勳報國，嶽藩乞老歸鄉。一林桑梓仍舊，三徑菊松未荒。洛社耆英會合，疏家親友徜徉。襟期撫景聯句，日夕揮金醉觴。賀監湖頭月色，午橋莊裏春芳。行行曳杖情逸，泛泛乘舟興長。有客騎鯨采石，何人嘆犬咸陽。閒調水館清瑟，倦倚山樓小床。萬境承平可喜，四時佳趣非常。歲寒梅竹爲伍，作範簪纓後行。

七言六句律

七言六句律作者最少，惟李太白一首，在古詩中。今録出以備一體。

送羽林陶將軍

將軍出使擁樓船，江上旌旗拂紫烟。萬里横戈探虎穴，三杯拔劍飲龍泉。莫道詞人無贍氣，臨行將贈繞朝鞭。

七言五句

七言五句始于晋傅玄《兩儀》詩。此格但可即事遣興，若題物贈送之類，則不可用。

兩儀　　晋　傅玄

兩儀始分元氣清，列宿垂象六位成。日月西流景東征，悠悠萬物殊品名，聖人憂代念群生。

　　唐　杜甫

曲江蕭條秋氣高，芰荷枯折隨風濤。遊子空嗟垂二毛，白石素沙亦相蕩，哀鴻獨叫求其曹。

　　唐　杜甫

此五句仄體。

即事非今亦非古，長歌激烈稍林莽。比屋豪華固難數，吾人甘作心似灰，弟姪何傷淚如雨。

九言詩

九言詩起於魏高貴公卿，貴在渾成勁健。

暮春即事

本朝　魏偁

往年三月三日梅如豆，今歲三月三日梅尚花。天道無常何況此人事，朝烟暮雨搔首情無涯。

九言古詩

石城久旱仲冬十二夜大雨曉起作

本朝　魏偁

昨暮陰風怒號雲亂走，須臾天黑疾雨敲窗牖。卧聽蕭瑟寒聲溢耳多，勝飲燈前幾杓麻姑酒。荷鋤農子明看壟畝頭，鼓枻商人料入溪龍口。曉闢荆扉水漫畜魚池，鵝鴨浮沉於我愁何有。

一字至七字詩

此詩起于唐南史《雪月》、《花草》等篇。

春日登大悲閣二首

宋　錢惟治

閣，閣。雕鏤，彩錯。簇明霞，攢麗蕚。玉女窺牖，飛仙捧鐸。沉烟㷌寶香，媚水涵珠箔。

千山蓊鬱晴雲，萬井喧填曉郭。登臨徙倚傍瓊欄，滿目春光煦寥廓。

閣，閣。般斤，郢作。木從繩，工必度。華飾藻繪，密施榱桷。明蟾代寶燈，瑞霧爲珍箔。

欄危似倚高空，梯迥疑穿碧落。有時閑上瞰人寰，自謂禽中騰一鶚。

一字至十字詩

古無此體，至宋始有之。然體類四六，而音律有可取也。今録文與可《詠竹》、李空同《芳樹》二首以備。

詠竹　宋　文同

竹，竹。森寒，潔緑。湘江濱，渭水曲。帷幔翠錦，戈矛蒼玉。心虚異衆草，節勁逾凡木。化龍杖入仙陂，呼鳳律鳴神谷。月娥巾帔静苒苒，風女笙竽清蔌蔌。林間飲酒碎影摇罇，石上圍棋輕陰覆局。屈大夫逐去徒悦椒蘭，陶先生歸來但尋松菊。若論檀欒之操無敵于君，欲圖瀟洒之姿莫賢於僕。

芳樹　本朝　李夢陽

猗君子，道爲貴。貪夫所欽，駟馬高蓋。東家雖椎牛，不如西家蠚。雖有文馬千駟，不如西山啜薇。猗嗟富貴良何爲，瞻彼青青兮陌上林。穠華灼灼兮一何早，凉風有時漂摇來吹。汝坐見凄凄白露滿芳草，願采青松寄情親于遠道。

七言五詩

題李民曹廳壁畫度雲雨

唐　岑參

似出棟梁裏，如和風雨飛。掾曹有時不敢歸，謂言雨過濕人衣。

三五七言詩

三五七言

秋風清，秋月明。落葉聚還散，寒鴉棲復驚。相思相見知何日，此時此夜難爲情。

賦松竹梅三友圖簡白白泉

本朝　蘇祐

松竹梅，結交情莫逆。常向雪中披素心，何如江上遲來客。遲來客，誰歲寒。變幻似雲雨，翻覆如波瀾。口血未乾心已改，堪嘆人間行路難。行路難，歌聲起。此君葳蕤可偕止。大夫自倚岱宗雲，處士常照吴江水。點額妝，生腹夢。曾化葛陂龍，亦引岐山鳳。丰神氣概杳風塵，皎日巖霜自伯仲。歲暮如歲早，相看顔色好。絶交翻憐賸有書，世衰友道何草草。

四六八言

雜言　　本朝　李夢陽

五階風發，蕙花時歇。莎雞夜鳴衰草，捲簾獨望秋月。黄雲没萬里之關山，使妾空老而凋紅顔。

雜言

明月在隅，蟪蛄夜鳴。仰觀天上列星，三三五五成行。憭慄悽兮不可以寐，嗟哉四時之氣靡常。

長短句

長短句者，古歌辭之類。其語峭絶頓挫，其音高下抑揚，有波瀾開闔之勢，流動變化莫測。其涯涘所貴者，麗而不浮，奇而不僻，怪而不俚，參差而不亂。

蜀道難

唐　李白

噫嘘嚱！危乎高哉。蜀道之難，難于上青天。蠶叢及魚鳧，開國何茫然。爾來四萬八千歲，不與秦塞通人烟。西當太白有鳥道，可以横絶峨嵋巔。地崩山摧壯士死，然後天梯石棧相勾連。上有六龍回日之高標，下有衝波逆折之回川。黄鶴之飛尚不能過，猿猱欲度愁攀緣。青泥何盤盤，百步九折縈岩巒。捫參歷井仰脅息，以手拊膺坐長嘆。問君西游何當還，畏途巉巖不可攀。但見悲鳥號古木，雄飛呼雌遶林間。又聞子規啼夜月，愁空山。蜀道之難，難于上青天，使人聽此凋朱顔。連峰去天不盈尺，枯松倒挂倚絶壁。飛湍瀑流争喧豗，砯崖轉石萬壑雷。其險也如此，嗟爾遠道之人胡爲乎來哉！劍閣峥嶸而崔嵬，一夫當關，萬夫莫開。所守或匪親，化爲狼與豺。朝避猛虎，夕避長蛇。磨牙吮血，殺人如麻。錦城雖云樂，不如早還家。蜀道之難，難於上青天，側身西望長咨嗟。

回文體

回文詩自晉温嶠始，或云起自竇滔妻蘇氏于錦上織成文，順讀與倒讀皆成詩句。今按，「織錦詩」，體裁不一，其圖如璇璣，四言、五言、六言、横讀、斜讀皆成章，不但回文。

四言回文

春日登大悲閣　　宋　錢惟治

春城滿望，曉閣閑登。塵銷霽景，定出真僧。人懷遠思，檻凭危層。因圓果證，勝境斯興。

五言回文

春日登大悲閣　　宋　錢惟治

聖主欽崇教，千光顯紺容。映雲窗倚暖，籠月泊花重。净刹香風遠，危欄碧霧濃。勝因良以詠，華閣一斯逢。

七言絶句回文

題織錦圖

宋　蘇軾

春晚落花餘碧草，夜涼低月半枯桐。人隨遠雁邊城暮，雨映疏簾綉閣空。

七言律回文

題金山寺

宋　蘇軾

潮隨暗浪雪山傾，遠浦漁舟釣月明。橋對寺門松徑小，巷當泉眼石波清。迢迢遠樹江天曉，靄靄紅霞晚日晴。遥望四山雲接水，碧峰千點數鷗輕。

和韻回文

夜宿江館

本朝　丘濬

潮生海岸兩崖傾，落月江楓映火明。橋透白波流水遠，屋連紅樹帶霜清。迢迢漏盡寒更曉，片片寒收夜雨晴。遥望楚天江渺日，茭蒲盡處落鴻輕。

璇璣體

織錦回文

苻秦　蘇若蘭

仁智懷德聖虞唐真妙題華重榮章臣賢惟聖配英皇倫匹離飄浮江湘津
傷嗟情家明葩榮志庭闈亂作人讒佞奸凶害我忠貞桑凶慈雍思恭基河
慘嘆中無鏡紛爲篤明難受消源禍因所恃恣極驕盈榆頑孝和淑自爲隔
懷懷傷君朗光誰終榮苟不義姬班女姊好辭輦漢成薄浸休家貞記孝塞
慕所路房容珠感誓城傾在戒后孽嬖趙氏飛燕寔生景讒退遠敦貞敬殊

增離曠幃飾曜思穹熒猶炎盛興漸至大伐用昭青青昭愚譙危節所是山
憂經遐清華英多蒼形未在慎深慮微察遠禍在防萌西滋蒙疑容持從梁
心荒淫忘想感所欽岑幽巖峻嵯峨深淵重涯經網羅林光流電逝摧生民
堂妃闈飛衣誰追何思情時形寒歲識凋松愆居嘆如陽移陂施爲祗差生
空后中奮衮爲相如感傷在勞貞物知終始舊獨懷何潛西不何誰神無感
惟自節能我容聲將自孜君想顏衰改華容是爲女賤曜日日激與通者曠
思興厲不歌治同情寧孜側夢仁賢別行士念誰賤鄙翳白無憤將上採悲
詠風樊嘆發觀羽纏龍旂容衣詩情明顯怨哀情時傾英殊衰殊身節菲路
和周楚長雙華宮憂虎雕飾繡始璇璣圖義年勞嘆奇華年有志飾忘葑長
音南鄭歌商流徵殷繁華觀曜終始心詩興感遠殊浮沉時盛意麗哀遺身
藏邵衛詠齊曜情多文曜壯顏無平蘇氏理往憂歲異浮惟必心華惟下微
催伯女志興榮傷患藻榮麗充端比作麗辭日思慕世異逝倏違榮感體憫
悲窈河遐碩翠感生嬰漫丁寃詩風興鹿鳴懷悲哀誰遊倏無一俯憂作已
聲宛廣路人粲我艱是漫是何桑驛感孟宣傷感情者頹然盈體仰情者處
發淑思逶其威情惟憂何艱生時盛昭業傾思永戚我流若不忠容何成幽

曲悠歸迤頎蕤悲苦懷思苦我章徽恨微玄悼嘆戚知沙馳戲離儀貲辭房
秦王懷土眷舊鄉身加兼愁悴少精神遐幽曠遠離鳳麟龍昭德懷聖皇人
商遊桑鳩揚仇傷榮身我乎集殃愆辜何因備嘗苦辛當神飛文遺分歸賤
弦西翳雙激好催君深日潤浸愆思罪積怨其根難尋所用經殊孤乖雁爲
激階陰巢水悲容仁均物品育施生天地德貴平均勻專通身粲妾殊翔女
楚步林燕清思發離濱漢之步飄飄離微隔喬木誰陰一感寄飾散聲應有
流東桃飛泉君嘆殊心改者惑暱親聞遠離殊我同衾志精浮光離哀傷柔
清廂休翔流長愁方禽伯在誠故遺舊廢故君子惟新貞微雲輝群悲春剛
琴芳蘭凋茂熙陽春墻面殊意惑故新霜冰齊潔志清純望誰思想懷所親

四圍縱橫，初行、八行、十五、二十二、二十九行，及「仁嗟斜」至「春親」、「琴廊斜」至「基津」，以朱畫其形如。　按讀法，此色凡三圖，餘四色，色各一圖，共詩三千七百五十二首。四隅「嗟情」至「英多」，「遊桑」至「長愁」，「神飛」至「悲春」，「凶慈」至「持從」，縱橫皆六字，以墨畫。

正面，「妃闈」至「蕤悲」，「移陂」至「貲辭」，縱六字，橫十三字。兩旁「庭闈」至「防萌」，「身我」至「惟新」，縱十三字，橫六字，以青畫。中方正面，「龍旂」至「麗充」，「衰情」至「暮世」，縱四字，横五字。兩旁，「寒歲」至「行士」，「詩風」至「微玄」，縱五字，横四字，以紫畫。中方四隅，「思情」至「側夢」，「嬰漫」聖「苦我」，「愆居」至「賤鄙」，「懷悲」至「戚知」，縱横皆四字。又中縱各五字，「詩情」至「顯怨」，「端比」至「麗辭」，横各五字。「詩始」至「無端」，「怨義」至「理辭」，空中心「璇璣圖始平蘇氏詩心」九字，以黄畫。

反覆體

此體舉一字而誦皆成句，無不押韻，反覆成文。唐李公詩格有此二十字詩，宋錢惟治亦有之。今録以備一體。

春日登大悲閣二首 此詩二十字連環讀，反覆成詩四十首。

宋　錢惟治

碧天臨迴閣，晴雪點山屏。夕烟侵泠箔，明月斂閑亭。臮霞披迴殿，香霧擁輕簾。曉花歌静院，芳樹捧晴檐。

離合體，亦回文

離合一格，字相析合成文。孔融《漁父屈節》之詩是也。今録《玉連環》一首，以備一體。

玉連環

此詩原作連環寫之，以「花」字藏頭，其詩中「花」字、「麻」字、「沙」字、「槁」字俱雙呼三喚，五七成文，左右通貫，兼回文、藏頭、析合三體而有之。詩中「麻」字上六字音「琰」。

（花）飛螢聚亂麻，野闊接平沙。磯灘露荻槁，微翠近明花。

借字體

春景

宣宗皇帝

皇家美景際，春陽氣繁華。物物芳草和，烟當砌好花。笑日隔簾香，風已趁群生。樂歲應期，萬載昌運。如斯臻盛治平，有永紹羲皇。

聯句體

聯句者，在坐之人角其才力，率然成句，聯絡成章。對偶親切，類乎誇奇鬥戲。古無此法，自韓退之始，觀之《石鼎》、《鬥雞》可見。或云謝宣城、陶靖節、杜工部集中俱有聯句，聯句不自退之始。

梁時有連句，即「聯句」。《儀賢堂兼策秀才連句》見《初學記》。

過海聯句　唐　賈島

沙島浮還没，山雲斷復連。高麗使棹穿波底月，船壓水中天。賈島

客淮南幕中赴宴杜牧席上聯句　唐　張祐

骰子逡巡裹手拈，無因得見玉纖纖。杜牧但須報道金釵墜，髣髴還應見指尖。張祐

足柳公權聯句　宋　蘇軾

人皆苦炎熱，我愛夏日長。唐文宗薰風自南來，殿閣生微凉。柳公權一爲居所移，苦樂永相忘。願言均此施，清陰分四方。蘇軾

鬥雞聯句　唐　韓愈　孟郊

大雞昂然來，小雞竦而待。愈崢嶸顛盛氣，洗刷凝鮮彩。郊高行若矜豪，側睨如伺殆。愈精光

目相射，劍戟心獨在。郊既取冠爲冑，復以距爲介。天時得清寒，地利挾爽塏。愈磔毛各噤瘁，怒癭争碨磊。俄膺忽爾低，植立瞥而改。郊腷膊戰聲喧，繽翻落羽皠。中休事未决，小挫勢益倍。愈妬腸務生敵，賊性專相醢。裂血失鳴聲，啄殷甚飢餒。郊對起何急驚，隨旋誠巧紿。毒手飽李陽，神槌困朱亥。愈惻心我以仁，碎首爾何罪。獨勝事有然，旁驚汗流浼。郊知雄欣動顔，怯負愁看賄。争觀雲填道，助叫波翻海。愈事爪深難解，嗔情時未怠。一噴一醒然，再接再礪乃。郊頭垂碎丹砂，翼搨拖錦綵。軒昂尚賈餘，清厲比歸凱。愈選俊感收毛，受恩慚始隗。英心甘鬥死，義肉恥庖宰。君看鬥雞篇，短韻有可採。郊

集句體

集句者，集古人之句以成篇。宋王安石始盛，石曼卿大著。是雖未足以益後學，亦足見詩家組織之工。

暮春閨意

本朝　梁橋

幾度春眠覺，令狐楚開簾滿地花。李益眼看春又去，令狐楚長恨隔龍沙。錢起

錢起

秋夜　　本朝　梁相

西風吹雨滴寒更，秦韜玉宋玉含悽夢亦驚。許渾楊柳敗梢飛葉響，譚用之千家砧杵共秋聲。

下第偶成集句　　宋　石曼卿

一生不得文章力，欲上青雲未有因。聖主不勞千里召，姮娥何惜一枝春。鳳凰詔下雖沾命，豺虎叢中也立身。啼得血流無用處，着朱騎馬是何人。

首尾吟

春日田園雜興　　元　陳希邵

春來非是愛吟詩，詩是田園漫興時。無事花邊繙兔册，有時桑下課牛醫。乍隨父老看秧去，還共兒童鬥草嬉。偶物興懷渾不奈，春來非是愛吟詩。

古樂府

上邪　　漢　古辭

上邪！我欲與君相知，長命無絶衰。山無陵，江水爲竭，冬雷震震，夏雨雪，天地合，乃敢與君絶。

西門行　　古辭

出西門，步念之，今日不作樂，當待何時。一解夫爲樂，爲樂當及時。何能坐愁怫鬱，當復待來兹。二解飲醇酒，炙肥牛。請呼心所歡，可用解愁憂。三解人生不滿百，常懷千歲憂。晝短苦夜長，何不秉燭遊。四解自非仙人王子喬，計會壽命難與期。自非仙人王子喬，計會壽命難與期。五解人壽非金石，年命安可期。貪財愛惜費，但爲後世嗤。六解

飲馬長城窟行　　古辭

青青河畔草，綿綿思遠道。遠道不可思，夙夜夢見之。夢見在我傍，忽覺在他鄉。他鄉各

異縣，輾轉不可見。枯桑知天風，海水知天寒。入門各自媚，誰肯相爲言。客從遠方來，遺我雙鯉魚。呼童烹鯉魚，中有尺素書。長跽讀素書，書中竟何如。上有加餐食，下有長相憶。

定情篇

後漢　繁欽

我出東門遊，邂逅承清塵。思君即幽房，侍寢執衣巾。時無桑中契，迫此路側人。我即媚眉姿，君亦悦我顔。何以致拳拳，綰臂雙金環。何以致慇懃，約指一雙銀。何以致區區，耳中雙明珠。何以致叩叩，香囊繫肘後。何以致契闊，繞腕雙跳脱。何以結恩情，佩玉綴羅纓。何以結中心，素縷連雙針。何以結相遊，金薄畫搔頭。何以慰別離，耳後玳瑁釵。何以答歡悦，紈素三條裾。何以結愁悲，白絹雙中衣。與我期何所，乃期東山隅。日旰兮不至，谷風吹我襦。遠望無所見，涕泣起踟躕。與我期何所，乃期南山陽。日中兮不來，飄風吹我裳。逍遥莫誰睹，望君愁我腸。與我期何所，乃期西山側。日西兮不來，躑躅長嘆息。遠望涼風至，俯仰正衣服。與我期何所，乃期北山岑。日莫兮不來，淒風吹我衿。望君不能坐，悲苦愁我心。愛身以何爲，惜我華色時。中情既款款，然後剋密期。褰衣躡花草，謂君不我欺。厠此醜陋質，徙移無所之。自傷失所欲，淚下如連絲。

謡體

城上烏童謡　古辭

城上烏，尾畢逋。公爲吏，子爲徒。一徒死，百乘車。車班班，入河間。河間姹女工數錢，以錢爲室金爲堂。石上慊慊春黄梁，梁下有懸鼓，我欲擊之丞卿怒。

謳體

築者謳　宋人

澤門之皙，實興我役。邑中人黔，實慰我心。

騷體

離騷，楚聲也。始于屈原，其辭幽憂，非所以變《風》、《雅》者也。後人效之，故有《招隱士》、《山中人》等作。然亦不及古矣。「離」，「遭」也。「騷」，「憂」也。

作騷辭宜情深痛切而極其情。

九歌東皇太一

吉日兮辰良，穆將愉兮上皇；撫長劍兮玉珥，璆鏘鳴兮琳琅。瑶席兮玉瑱，盍將把兮瓊芳；蕙肴蒸兮蘭藉，奠桂酒兮椒漿。揚枹兮拊鼓，疏緩節兮安歌，陳竽瑟兮浩倡。靈偃蹇兮姣服，芳菲菲兮滿堂〔一〕，五音紛兮繁會，君欣欣兮樂康。

九辯一

漢　宋玉

悲哉！秋之爲氣也，蕭瑟兮草木摇落而變衰。憭慄兮若在遠行，登山臨水兮送將歸。泬寥兮天高而氣清，寂寥兮收潦而水清。憯悽增欷兮薄寒之中人，愴怳懭悢兮去故而就新。坎廩兮貧士失職而志不平，廓落兮羈旅而無友生，惆悵兮而私自憐。燕翩翩其辭歸兮〔二〕，蟬寂漠而無聲。雁廱廱而南遊兮，鵾雞啁哳而悲鳴。獨申旦而不寐兮，哀蟋蟀之宵征。時亹亹而過中兮，

〔一〕「芳」，原本脱，據《四部叢刊》景明翻宋本《楚辭》卷二補。
〔二〕原本「其」上衍一「兮」字，據《楚辭》卷八删。

蹇淹留而無成。

辭體

哭周先生辭

本朝　魏偁

辭貴古遠淳暢，自《三百篇》、楚騷中來，方得體。

吁嗟先生猗！魂縹縹以何從猗，窮乎玄間遼不可援猗。宿昔麗世葆貞則猗，相維金玉英昭奕猗。籍而蕷蘅羃而栝櫄猗，紫鳳之儃佪而玄鶴之逡巡猗。抗行下烟泰宇無垠猗，吁嗟先生烝誰與犹猗。歲曶曶而邁猗，鬢星焉其粲猗。款寧戚之克吻道玆竟爲身貴猗，何堪輿之殯秀猗。予其倀倀而顣頷猗，爵猗，雠猗，命害習險猗；，壽猗，陻猗，天害傜檢猗。吁嗟先生終其然猗，有謥詷嚅哯栟甈上延猗。何珣玗而畢捐猗，去矣先生予疆其與若人猗。此辭句末用「猗」字，取琴張臨子桑户之喪而歌云「而我猶爲人猗」之「猗」。此體未前聞，衍之，自魏偁始。當與《楚辭》「些」字同體，唯哀辭祭文可用。

操體

「操」者，操也。君子操守有常，雖阨窮，猶不失其操也。若《南風》、《思親》、《拘幽》、《猗退之爲得體。

蘭》等操，皆稱聖人之詞，未敢以爲信。然後之作者蓋儗之，唐子西云《琴操》非古詩，非騷詞，惟

將歸操

孔子之趙，聞殺竇鳴犢作

秋之水兮風揚波，舟楫顛倒更相加。歸來歸來胡爲斯！

拘幽操

文王羑里作

殷道溷溷，浸濁煩兮。朱紫相合，不可別分兮。迷亂聲色，信讒言兮。炎炎之雪，使我愆兮。幽閉牢穽，由其言兮。遘我四人，憂勤勤兮。

擬將歸操

唐　韓愈

秋之水兮，其色幽幽。我將濟兮，不得其由。涉其淺兮，石齧我足。乘其深兮，龍入我舟。我濟而悔兮，將安歸尤。歸兮歸兮，無與石鬥兮，無應龍求。

擬拘幽操　唐　韓愈

目窈窕兮，其凝其盲。耳肅肅兮，聽不聞聲。朝不日出兮，夜不見月與星。有知無知兮，爲死爲生。嗚呼！臣罪當誅兮，天王聖明。

歌體

永言謂之歌，有高下之節，誦之使人興起，宜通暢響亮。

南風歌

南風之薰兮，可以解吾民之慍兮；南風之時兮，可以阜吾民之財兮。

卿雲歌

卿雲爛兮，禮縵縵兮。日月光華，旦復旦兮。

引體

箜篌引　古辭

公無渡河，公竟渡河。墮河而死，當奈公何。

問答體

春桂問答　唐　王維

此詩托物喻人。

問春桂，桃李正芳華，年光隨處滿，何事獨無花？

春桂答，春華詎能久，風霜摇落時，獨秀君知不？

五雜組

五雜組　梁　沈約

五雜組，岡頭草。往復還，車馬道。不獲已，人將老。

五雜組　唐　王融

五雜組，慶雲發。往復還，經天月。不獲已，生胡越。
五雜組，處朝市。往復還，王良駁。不獲已，昭君去。
五雜組，園中樹。往復還，虧盈數。不獲已，邊城戍。

三婦艷

三婦艷　唐　董思恭

大婦裁紈素，中婦弄明璫。小婦多恣態，登樓紅粉妝。丈人且安坐，初日漸流光。

三婦艷　唐　王紹宗

大婦能調琴，中婦詠新詩。小婦獨無事，花庭曳履綦。上客且安坐，春日正遲遲。

四愁詩

四愁詩其一　漢　張衡

一思曰：我所思兮在太山，欲往從之梁父艱。側身東望涕沾翰。美人贈我金錯刀，何以報之英瓊瑤。路遠莫致倚逍遥，何爲懷憂心煩勞。

擬四愁詩　晉　張載

我所思兮在營州，欲往從之路阻修。登崖遠望涕泗流，我之懷矣心傷憂。佳人遺我緑綺琴，何以贈之雙南金。願因波流超重深，終然莫致增永吟。

五噫歌

過京師作五噫之歌　漢　梁鴻

陟彼北邙兮，噫！顧覽帝京兮，噫！人之劬勞兮，噫！宮室崔嵬兮，噫！遼遼未央兮，噫！

藁砧

藁砧

古注云：「『藁砧』者，砆，謂夫也。『山上山』，出也。『大刀頭』，刀環也。『破鏡』，半邊月也。言夫出還在半月也。

藁砧今何在？山上復安山。何日大刀頭，破鏡飛上天。

上留田

上留田

魏文帝

居世一何不同？上留田。富人食稻與粱，上留田。貧子食糟與糠，上留田。貧賤一何傷，上留田。禄命懸在蒼天，上留田。今爾嘆息，將欲誰怨？上留田。

禽言

禽言，鳥語也。因其自呼之名而名之。宋梅聖俞、蘇東坡諸公俱有之。詩宜麗而婉，假喻以達事情，使人快睹而易悦可也。

不如歸去

宋　梅聖俞

不如歸去，春山雲暮。萬木兮參天，蜀山兮何處。人言有翼可歸飛，安用空啼向高樹。

脱布袴　　宋　蘇軾

南山昨夜雨，西溪不可渡。溪邊布谷思，勸我脱布袴。不辭脱袴溪水寒，水中照見催租瘢。

蟲言

蟲言，因蟲之自言而爲之。亦假喻以達事情，使聞者足以警。

促織　　本朝　魏偁

織織織，夜長機杼須勤力。舅姑非帛不成暖，秋寒莫怪蟲聲逼。織織織。

詩餘

詩餘，即《香奩》、《玉臺》之遺體，言閨閣之情，乃艷詞也。作者雖多，要之貴發乎性情，止乎禮義。今於《草堂詩餘》中録數首，以爲法式。

傾杯樂 上元應制

柳耆卿

禁漏花深，繡工日永，蕙風布暖。變韶景、都門十二，元宵三五，銀蟾光滿。連雲複道凌飛觀。聳皇居麗，佳氣瑞烟葱蒨。翠華宵幸，是處層城閬苑。龍鳳燭、交光星漢。對咫尺鰲山開雉扇。會樂府兩籍神仙，梨園四部絃管。向曉色、都人未散。盈萬井、山呼鰲抃。願歲歲，天仗裏，常瞻鳳輦。

喜遷鶯 丞相上壽

宋 康伯

臘殘春早。正簾幕護寒，樓臺清曉。寶運當千，佳辰餘五，嵩嶽誕生元老。帝遣皁安宗社，人仰雍容廊廟。盡總道，是文章孔孟，勳庸周召。　師表。方眷遇，雨水君臣，須信從年少。玉帶金魚，朱顏緑鬢，占斷世間榮耀。篆刻鼎彛將遍，整頓乾坤都了。願歲歲，見柳梢青殘，梅英紅小。

桂枝香 金陵懷古

王介甫

登臨送目，正故國晚秋，天氣初肅。瀟洒澄江似練，萃峰如族。征帆去棹殘陽裏，背西風、酒旗斜矗。綵舟雲淡，星河鷺起，圖畫難足。念自昔、豪華競逐。恨門外樓頭，悲恨相續。千古憑高，對此謾嗟榮辱。六朝舊事隨流水，但寒烟、衰草凝緑。至今商女，時時尚歌，後庭遺曲。

念奴嬌　赤壁懷古　蘇子瞻

大江東去，浪淘盡，千古風流人物。故壘西邊，人道是，三國周郎赤壁。亂石穿空，驚濤拍岸，捲起千堆雪。江山如畫，一時多少豪傑。遥想公瑾當年，小喬初嫁了，雄姿英發。羽扇綸巾，笑談間，檣艣灰飛烟滅。故國神遊，多情應笑我，早生華髮。人生如夢，一樽還酹江月。

祝英臺近　春晚　辛幼安

寶釵分，桃葉渡。烟柳暗南浦。怕上層樓，十日九風雨。斷腸點點飛紅，都無人管，倩誰喚、流鶯聲住。鬢邊覷。試把花卜歸期，纔簪又重數。羅帳燈昏，哽咽夢中語。是春帶愁來，春歸何處。又不解、帶將愁去。

水龍吟 春恨

鬧花深處層樓，畫簾半捲東風軟。春歸翠陌，平莎茸嫩，垂楊金淺。遲日催花，淡雲閣雨，輕寒輕暖。恨芳菲世界，遊人未賞，都付與、鶯和燕。　寂寞憑高念遠。向南樓、一聲歸雁。金釵鬥草，青絲勒馬，風流雲散。羅綬分香，翠綃封淚，幾多幽怨。正銷魂，又是疏烟淡月，子規聲斷。

滿江紅 詠雨　陳瑩中

斗帳高眠，寒窗靜、瀟瀟雨意。南樓近、更移三鼓，漏傳一水。點點不離楊柳外，聲聲只在芭蕉裏。也不管、滴破故鄉心，愁人耳。　無似有，遊絲細。聚復散，真珠碎。天應分付與，別離滋味。破我一床蝴蝶夢，輸他雙枕鴛鴦睡。向此際、別有好思量，人千里。

望遠行 冬雪　柳耆卿

長空降瑞，寒風剪、淅淅瑶花初下。亂飄僧舍，密洒歌樓，迤邐漸迷鴛瓦。好是漁人，披得一簑歸去，江上晚來堪畫。滿長安、高却旗亭酒價。　幽雅。乘興最宜訪戴，泛小棹、越溪瀟洒。皓鶴奪鮮，白鷴失素，千里廣鋪寒野。須信幽蘭歌斷，同雲收盡，別有瑶臺瓊樹。放一輪明月，交光清夜。

水龍吟　詠楊花　章質夫

燕忙鶯懶芳殘，正堤上、柳花飄墜。輕飛點畫青林，全無才思。閑趁遊絲，静林深院，日長門閉。傍珠簾散漫，垂垂欲下，依前被、風扶起。　蘭帳玉人睡覺，怪春衣、雪霑瓊綴。繡床漸滿，香毬無數，纔圓却碎。時見蜂兒，仰粘輕粉，魚吞池水。望章臺路杳，金鞍遊蕩，有盈盈淚。

詩餘和韻

水龍吟　詠楊花和韻　蘇軾

似花還似飛花，也無人惜從教墜。拋家傍路，思量却是，無情有思。縈損柔腸，困酣嬌眼，欲開還閉。夢隨風萬里，尋郎去處，又還被、鶯呼起。　不恨此花飛盡，恨西園，落紅難綴。曉來雨過，遺蹤何在？一池萍碎。春色三分，二分塵土，一分流水。細看來，不是楊花，點點是離人淚。

詩餘回文

菩薩蠻 秋思回文

丘濬

紗窗碧透橫斜影，月光寒處空幃冷。香炷細燒檀，沉沉正夜闌。更深方睏睡，倦極生愁思。含情感寂寥，何處别魂銷。

菩薩蠻 賞園花隨句回文

魏偁

此體每句隨回，與全篇自尾句回至首句體不同。今録以備。愚意絶句、律詩、古詩亦傚此體爲之，但未之前聞，不敢妄擬。

曉園花暖蒸香草，草香蒸暖花園曉。蜂蝶戀嬌紅，紅嬌戀蝶蜂。酒杯歡處有，有處歡杯酒。狂客醉春芳，芳春醉客狂。

附録

創擬詩體

秋日登大悲閣，杼成五平、五仄回文詩二首，合五平五仄回文詩一首，五平五仄反覆體二首，合五平五仄反覆體二首。　梁橋

五平回文

蟠層開莊嚴，殘蘭欹明蟾。千霄連雲纖，歡遊方耽淹。

五仄回文

夐境倚碧漢，净刹綴古幔。迎曉梟霧亂，令甲擅美觀。

合五平五仄回文

蟠層開莊嚴，夐境倚碧漢。殘闌欹明蟾，净刹綴古幔。千霄連雲纖，迎曉梟霧亂。歡遊方

耽淹，令甲擅美觀。

五平反覆體并回文一字一首成詩四十首

晴烟籠巍楹，香風披輕旛。擎蓮叢飛甍，翔虹垂清軒。

五仄反覆體詩四十首

聖境擅麗構，曉月浸堊殿。靚景絢霽岫，杪樾蔭臒院。

合五平五仄二首反覆共詩八十首

晴烟籠巍楹，曉月浸堊殿。擎蓮叢飛甍，杪樾蔭臒院。聖境擅麗構，香風披輕旛。靚景絢霽岫，翔虹垂清軒。

夏日同萬守素王岩野二進士舍弟我津子相連飲張錦衣兄臨溪小圃杼成

五言扇對律一首首尾扇對中聯扇對古無此格今創擬之　梁橋

夏來幽興愜，携酒問芳瀕。昨日花前醉，青衫藉玉人。今宵月下飲，翠袖舞紅茵。老去流光易，乘時欲怡神。

梁橋曰：予爲《詩式》作「定體」一卷，言詩有定體也。嘗備覽往名家詩式若詩話矣，達幾入妙，莫能縷悉，而於式則容有未盡然者。迨《杼山詩式》、《詩苑類格》、《天厨禁臠》、《詩人玉屑》、《金針集》、《續金針集》、《滄浪詩法》、《木天禁語》、《詩家一指》等集，格目雖互見，則又無統紀次第，乃初學何述焉。肆予鄙人，僭擬此式，抑皆詩之正體。若璇璣織錦，固曲盡巧心，而詩則迄無定首。迨藏頭、歇後、盤中、字謎、物謎、卦名、數名、州名、支干、建除、易言、難言、大言、小言、危言、十七字、十九字、二十三字、隋人應制三十字等詩，抑又無取焉，今皆不録。若留情戲作，兼學旁通，請取織錦圖。陳沈迥，宋鮑照、謝莊，梁元帝、文帝、范雲，唐崔融、王融、王勔、宇文正、權德輿、韋應物，宋元詩人諸家全集及諸家詩話具載，一博可知。予小子至愚至陋，於往名家宗工何敢有所軒輊云。

冰川詩式

句法目録

人名妝句法　藥名妝句法
聯珠句法　上接下下接上句法
雙句有聲　雙句無聲
有聲對無聲　無聲對有聲
雙句俱動　雙句俱靜
動中有靜　靜中有動
健句　新句
清句　偉句
麗句　豪句
刻意句　自在句
意欲圓句　格欲高句
聲律爲竅句　物象爲骨句
意格爲髓句

冰川詩式卷之三

練句

練句之法有險、易、古、今四端，險者，倒持造化，鬼神莫知；易者，渾然天成，人人愜意；古者，楚漢晉唐，情辭純粹；今者，一時新句，千古闕文。然又須險易相須，古今不雜，如金鼎火候，不疾不徐，故謂之練。至于句中之字，又有音、意、故、新四法。音者，順時之聲，高下中節；意者，詳文之意，隱顯得宜；故者，平穩之處，宜求古字；新者，出奇之處，宜下新字。但新字須求不經人道，語又須只在眼前，最忌在僻。知此則詩法思過半矣。

五言練句法

五言詩以第三字爲眼。古人練字，只于句眼上練。

五言詩第三字要響。

詩眼用實事法

詩眼用實事方得句健

星河秋一雁，砧杵夜千家。

行雲星隱見，疊浪月光芒。

詩眼用響字法

芹泥隨燕嘴，花蕊上蜂鬚。

孤燈然客夢，寒杵搗鄉愁。

練字次第法

紅入桃花嫩，青歸柳葉新。此練第二字法。

地折江帆穩，天清木葉聞。此練第五字法。

詩眼用拗字法

掬水月在手，弄花香滿衣。

孤鳥背秋色，遠帆開浦烟。

子母字妝句法

竹疏烟補密，梅瘦雪添肥。

曉荷重映晚，秋草碧于春。

句中自對法

桑麻深雨露，燕雀半生成。

江流天地外，山色有無中。

巧對法

紙鳶飛恰穩，秧馬水新肥。

行看子城過，却望女墻遥。

交股對法 即蹉對

軸轤争利涉，來往接風潮。
野老就耕去，荷鋤隨牧童。

借字對法 即假對

佳山今十載，明日又遷居。
卷簾黄葉下，鎖印子規啼。
厨人具雞黍，稚子摘楊梅。

錯綜句法 即倒句

舞鑑鸞窺沼，行天馬渡橋。
野禽啼杜宇，山蝶夢莊周。

折腰句法

野店寒無客，風巢動有禽。二字折腰。

似梅花落地，如柳絮因風。三字折腰。

疊字次第句法

納納乾坤大，行行郡國遥。

野日荒荒白，江流泯泯清。

莫天沙漠漠，空磧馬蕭蕭。

疊五實字法

風雨晦明淫，跛鱉瘖聾盲。

風月烟霧雨，榮悴各一時。

兩句一意法

即十字句法，宜于頷聯用之。

如何青草裏，也有白頭翁。

忽聞哀痛詔，又下聖明朝。

引用經史句法

山如仁者静，風似聖之清。

日暮于誰屋，天寒陟彼岡。

公取古人詩句法

獨睡南窗日，今秋似去秋。

退之常有言，青松倚長松。

翻案古人詩句法

遥知不是雪，爲有暗香來。此王安石翻案蘇子卿詩。

點化古人詩句法

野水無人渡，孤舟盡日横。此唐韋應物詩，寇準化作二句。

老色日上面，歡悰日去心。此唐白樂天詩，黄庭堅化「情」作「悰」。

虚字妝句法貴輕清，忌軟弱。

且然聯爾可，得也自知之。

落時猶自舞，掃後更聞香。

押虚字句法

再遊應眷眷，聯亦寄吾曾。

人生重義氣，出處夫豈徒。

倒字押韻法

星河盡涵泳，俯仰迷下上。

古詩散左右，詩書置後前。

人名妝句法

疏鍾皓月曉，晚景丹霞異。
澗谷永不變，山粱冀無累。

藥名妝句法

鄙性常山野，尤甘草舍中。
行當歸老矣，已逼白頭翁。
四海無遠志，一溪甘遂心。

聯珠句法

百年雙白髮，一別五秋螢。
遠山芳草外，流水落花中。

上接下下接上句法

野曠天低樹，江清月近人。

石梁高瀉月，樵路細侵雲。

上下接連句法

落日下平楚，孤烟生洞庭。

波光摇海月，星影入城樓。

上接下句法

金波麗（鳷）［鳷］鵲，玉繩低建章。

曉雲僧衲潤，殘月客帆明。

下連上句法

卷幔來風遠，移床得月多。

冰涵天影闊，山拔地形高。

雙句有聲

霜猿啼曉夢，巖鳥和秋吟。
秋風吹渭水，落葉滿長安。

雙句無聲

孤舟依岸静，獨鳥向人閑。
流年川暗渡，往事月空明。

有聲對無聲

興闌啼鳥换，坐久落花多。
山虚風落石，樓静月侵門。

無聲對有聲

音書新雁斷，機杼夜蛩催。
澄潭寫度鳥，空嶺聽鳴猿。

雙句俱動

浴鳬含藻戲，驚鷺帶魚飛。
鏡好鸞空舞，簾疏燕誤飛。

雙句俱静

竹裹柴扉掩，庭前鳥雀行。
蕭散烟霞晚，凄清天地秋。

動中有静

聽錫樵停斧，窺禪鳥立槎。

雲穿搗藥屋，雪壓釣魚船。

静中有動

古木花猶發，荒臺雨尚懸。
庭閑花自落，門閉水空流。

健句

壯節初題柱，生涯獨轉蓬。
獨鶴歸何晚，昏鴉已滿枝。

新句

小桃初謝後，燕子恰來時。
微月初三夜，新蟬第一聲。

清句

月生初學扇，雲細不成衣。
粉墻猶竹色，虛閣自松聲。

偉句

蓋海旗幢出，連天觀閣開。
壁壘依寒草，旌旗動夕陽。

麗句

御鞍金腰裊，宫硯玉蟾蜍。
舞鬢金翡翠，歌頸玉蠐螬。

豪句

虹截半江雨，風驅大澤雲。

太液天爲水，蓬萊雲作山。

刻意句

露菊班豐鎬，秋蔬影澗瀍。
墜露清金閣，流螢點玉除。

自在句

只因松上鶴，便是洞中人。
共看今夜月，獨作異鄉人。

意欲圓句

霄漢愁高鳥，泥沙困老龍。
草枯鷹眼疾，雪盡馬蹄輕。

格欲高句

花枝臨太液，燕語入披香。
無瑕勝似玉，至潔過於冰。

聲律爲竅句

別來頭併白，相見眼終青。
花濃春寺静，竹細野池幽。

物象爲骨句

雷霆驅號令，星斗焕文章。
露濃金掌重，天近玉繩低。

意格爲髓句

勳業頻看鏡，行藏獨倚樓。

感時花濺淚，恨別鳥驚心。

按，琢對之法，先須作三字對或四字對起，然後妝排成句。不可逐句思量，却似對偶，不成作手。或二字對起亦可。路頭差處在此，捕風捉影，如何成詩。然用字用事，又不可用俚語及偏方之言。凡摘用古經傳、史書字樣，集成聯對，務要求一副當語言。二字如「眉語」、「目成」，三字如「白虎觀」、「碧雞坊」，四字如「高鼻胡人」、「平頭奴子」，推類可知。

七言練句法

七言詩以第五字爲句眼。古人練句，直以句眼上練。句眼字練，則句自精神。

詩眼用實事法 詩眼用實事，方得句健。

雪意未成雲著地，秋聲不斷雁連天。

朝登劍閣雲隨馬，夜渡巴江雨洗兵。

詩眼用響字法

返照入江翻石壁，歸雲擁樹失山村。

平地風烟横白鳥，半山雲木卷蒼藤。

練字次第法

露洒旌旗雲外出，風迴岩岫雨中移。練第二字。
芳草伴人還易老，落花隨水亦東流。練第三字。
秋後見飛千里雁，月中聞搗萬家衣。練第四字。
宫闕星河低拂柳，殿庭燈燭上薰天。練第六字。

詩眼用拗字法

殘星數點雁横塞，長笛一聲人倚樓。
驥雖老去壯心在，鶴縱病來仙骨清。

拗句换字法

其法或二四皆平或仄，或六四皆平或仄，或三字一連皆平或仄，或當平處以仄聲易之。

沙上草閣柳新暗，城邊野池蓮欲紅。
一雙白魚不受釣，三寸黄柑猶自青。

子母字妝句法

社日雨多晴較少，春風晚暖雨猶晴。
曲風吹巷涼偏勁，圓月窺窗影却方。

句中自對法

小院迴廊春寂寂，浴鳧飛鷺晚悠悠。
白頭青鬢有存没，落日斷霞無古今。

巧對法

半世功名一雞肋，平生道路九羊腸。
愁心别後無詩草，病眼燈前有醉花。

交股對法 即蹉對

春深葉密花枝少，睡起茶多酒盞疏。

影遭碧水潛勾引，風妒紅花却倒吹。

借字對法 即假對

高柳夕陽過古巷，菊花梨葉滿荒渠。「高樹」對「夕陽」，句中自對又假對，此見盧綸高妙。

眼昏長訝雙魚影，耳熱何辭數爵頻。

錯綜句法 即倒句

紅稻啄餘鸚鵡粒，碧梧棲老鳳凰枝。「紅」，一作「香」。

林下聽經秋苑鹿，溪邊掃葉夕陽僧。

折腰句法

鸚鵡杯且酌清濁，麒麟閣懶畫丹青。上三字下四字。

静愛僧時來野寺，獨尋春處過溪橋。上四字下三字。

永夜角聲悲自壯，中天月色好誰看。上五字下二字。

叠字次第句法

漠漠水田飛白鷺，陰陰夏木囀黄鸝。
遠樹依依如送客，平田渺渺獨傷春。
無邊落木蕭蕭下，不盡長江滚滚來。
信宿漁人還泛泛，清秋燕子故飛飛。

叠七字句法

岷峨之山中巴江，桂椒楠櫨楓柞樟。
鴉鴟鷹雕雉鵠鵾，燖包熝爊熟飛奔。

兩句一意法

此法即十四字句法，宜于頷聯用之。

自携瓶去沽村酒，却著衫來作主人。
世上豈無千里馬，人間難得九方臯。

引用經史句法

夜如何其斗初落，歲云暮矣天無情。

杯酒英雄君與操，文章微婉我合丘。

公取古人詩句法

解道澄江浄如練，令人常憶謝玄暉。

詩成白也知無敵，花落虞兮可奈何。

翻案句法

何須更待秋井塌，見人白骨方銜杯。

不用茱萸子細看，管取明年各强健。

點化古人詩句法

春水船如天上坐，老年花似霧中看。此杜甫點化佺期詩。

雲白山青萬餘里，愁看直北是長安。亦杜甫點化沈佺期詩。

問答句法

誰當穫者婦與姑，丈夫何在西擊胡。
大麥乾枯小麥黄，問誰腰鐮胡與羌。

虚字妝句法

君有問焉非所欲，老無知者始爲真。
更爲後會知何地，忽漫相逢是别筵。

押虚字句法

曾問遺俗即存者，豈若吾身親見之。
外不自持如醉者，中無他歉若羞然。

倒字押韻法

千鍾萬鼓咽耳喧，攢雜啾嚄沸篪塤。祇今年方四十五，後日懸知漸莽鹵。

人名妝句法

江繞武侯籌筆地，雨昏張載勒銘山。劉琨坐嘯風清塞，謝朓裁詩月滿樓。

連珠句

叠嶂懸流平地起，危樓曲閣半天開。積水長天迷遠客，荒城極浦足寒雲。

上下相接句法

風傳鼓角霜侵戟，雲捲笙歌月上樓。

三春月照千山路，十日花開一夜風。

有聲對無聲

風引漏聲來枕上，月移花影到窗前。
睡輕可忍風敲竹，飲散那堪月在花。

無聲對有聲

蒼苔路熟僧歸寺，紅葉聲乾鹿在林。
一溪晚緑浮鸂鶒，萬樹春紅叫杜鵑。

雙句有聲

羌管一聲何處曲，流鶯百囀最高枝。
深秋簾幕千家雨，落日樓臺一笛風。

先動後静句

野蒿自發空臨水，社燕春歸不見人。
緑竹挂衣凉處歇，風清展簟睏時眠。

先静後動句

放魚池涸蛙争聚，棲燕梁空雀自喧。
簾箔可垂嫌隔燕，釣竿慵把恐驚魚。

健句

陳兵劍閣山將動，飲馬珠江水不流。
汴水波濤喧鼓角，隋堤楊柳拂旌旗。

新句

淑氣初銜梅色淺，條風半拂柳墻新。

百草香心初罥蝶，千林嫩葉始藏鶯。

清句

留連戲蝶時時舞，自在嬌鶯恰恰啼。
蝴蝶夢中家萬里，子規枝上月三更。

偉句

文移北斗成天象，酒遞南山作壽杯。
雲頭灩灩開金餅，水面沉沉卧彩虹。

麗句

歌繞畫梁珠宛轉，舞嬌春席雪朦朧。
妝樓翠幌教春住，舞閣金鋪借日懸。

豪句

伯仲之間見伊吕，指揮若定失蕭曹。
帆飛楚國風濤闊，馬渡監關雨雪多。

刻意句

暗香惹步澗花落，晚影逼簾溪鳥迴。
野寺山邊斜有徑，漁家竹裏半開門。

自在句

掛冠傲吏垂綸坐，絶粒高僧擁衲眠。
老鶴巢邊松最古，毒龍藏處水偏清。

意欲圓句

春水船如天上坐，老年花似霧中看。

短短桃花臨水岸，輕輕柳絮點人衣。

格欲高句

織女機絲虚夜月，石鯨鱗甲動秋風。
周宣漢武今王是，孝子忠臣後代看。

聲律爲竅句

胡騎中宵堪北走，武陵一曲想南征。
殘星數點雁横塞，長笛一聲人倚樓。

物象爲骨句

旌旗日暖龍蛇動，宫殿風微燕雀高。
花明劍佩星初落，柳拂旌旗露未乾。

意格爲髓句

艱難苦恨繁霜鬢，潦倒真停濁酒杯。

楚水晚凉催客早，杜陵秋思傍蟬多。

夫詩貴練句，尚矣。統貫聯屬，意與格寔主之。故諧會五音，清便宛轉，宫商迭奏，金石相宣，謂之「聲律」。摹寫景象，巧奪天真，探索幽微，妙與神會，謂之「物象」。苟無意與格以主之，雖藻辭麗句無取也。要在意圓格高，纖穠具備，句老而字不俗，理深而意不雜，才縱而氣不怒，言簡而事不晦，識超今古，思入玄妙，方爲作者，而詩道畢矣。

冰川詩式

貞韻目録

冰川詩式卷之四

貞韻

五言絶句平韻

觀放白鷹　唐　李白

八月邊風高，胡鷹白錦毛。孤飛一片雪，百里見秋毫。

憶東山　唐　李白

此詩首句末以仄字起，平韻。

不向山東久，薔薇幾度花。白雲還自散，明月落誰家。

魏宫詞　唐　崔國輔

此詩首句末以平字起，平韻。

朝日照紅妝，擬上銅雀臺。畫眉猶未了，魏帝使人催。

五言絶句仄韻

江雪　唐　柳宗元

千山鳥飛絶，萬徑人蹤滅。孤舟簑笠翁，獨釣寒江雪。

怨辭　唐　崔國輔

此詩首句末以平字起，仄韻。

妾有羅衣裳，秦王在時作。爲舞春風多，秋來不堪著。

竹里館　唐　王維

此詩首句末以仄字起，仄韻。

獨坐幽篁裏，彈琴復長嘯。深林人不知，明月來相照。

七言絶句平韻

九月九日旅眺　唐　盧照鄰

九月九日眺山川，歸心歸望積風烟。他鄉共酌黄花酒，萬里同悲鴻雁天。

奉和聖制餞來濟應詔　唐　許敬宗

萬乘騰鑣警岐浴，百壺共帳餞離宫。御溝分水聲難絶，廣宴留歌曲易終。

七言絶句仄韻

尋山家

唐　長孫佐輔

獨訪山家歇還涉，茅屋斜連隔松葉。主人聞語未開門，繞籬野菜飛黄蝶。

絶句兩韻

凉州歌

唐　王建

三秋陌上早霜飛，羽獵平田淺草齊。錦背蒼鷹初出按，五花驄馬餵來肥。「飛」、「肥」字，在「微」字韻。「齊」字自爲韻。

絶句後三句一韻

入關先寄秦中故人　唐　岑參

秦山數點似青黛，渭水一條如白練。京師故人不可見，寄將兩眼看飛燕。

絶句四韻前二仄後二平

蝴蝶舞　唐　李賀

楊花撲帳春雲熱，龜甲屏風醉眼纈。東家蝴蝶西家飛，白騎少年今日歸。

五言律平韻

臨洞庭　唐　孟浩然

首句平字起。

八月湖水平，涵虚混太清。氣蒸雲夢澤，波撼岳陽城。欲濟無舟楫，端居耻聖明。坐觀垂釣者，徒有羡魚情。

遣懷　　唐　杜甫

首句仄字起。

愁眼看霜露，寒城菊自花。天風隨斷柳，客淚墮清笳。水净樓陰直，山昏暮日斜。夜來歸鳥盡，啼殺後棲鴉。

五言律仄韻

西霞山夜坐　　唐　僧靈一

五言律仄韻，唐人作者最少，惟僧靈一一首載姚合《極玄集》中，今録以備。

山頭成壇路，幽映雲巖側。四面青石床，一峰苔蘚色。松風静復起，月影開還黑。何獨乘夜來，殊非盡所得。

七言律平韻

和賈至舍人早朝大明宫之作　唐　王維

首句平字起。

絳幘雞人報曉籌，尚衣方進翠雲裘。九天閶闔開宫殿，萬國衣冠拜冕旒。日色纔臨仙掌動，香烟欲傍衮龍浮。朝罷須裁五色詔，珮聲歸向鳳池頭。

奉和賈至舍人早朝大明宫　唐　杜甫

首句仄字起。

五夜漏聲催曉箭，九重春色醉仙桃。旌旗日暖龍蛇動，宫殿風微燕雀高。朝罷香烟攜滿袖，詩成珠玉在揮毫。欲知世掌絲綸美，池上于今有鳳毛。

七言律仄韻

九月九日酬顔少府

唐　高適

七言仄韻律作者極少，今録一首，以備一體。原在古詩，今録出。

檐前白日應可惜，籬下黄花爲誰有。行子迎霜未换衣，主人得錢始沽酒。蘇秦憔悴時多飲，蔡澤栖惶世應醜。縱使登高只斷腸，不如獨坐空回首。

律詩用古體

酬暉上人夏日林泉

唐　陳子昂

聞道白雲居，窈窕青蓮宇。岩泉萬丈流，樹石千年古。林卧對軒窗，山陰滿庭户。方釋塵事勞，從君襲蘭杜。

律詩用重韻

送客

唐　陳子昂

故人洞庭去，楊柳春風生。相送河洲晚，蒼茫別思盈。白蘋已堪把，緑芷復含榮。江南多桂樹，歸客贈平生。

子昂此詩用二「生」字韻。

律詩上下句各用韻

唐　章碣

東南路盡吴江畔，正是窮愁暮雨天。鷗鷺不嫌斜雲岸，波濤欺得送風船。偶逢島寺停帆看，深羨漁翁下釣眠。古今若論英達算，鴟夷高興固無邊。

此詩出於唐末，上下句平仄各押韻，當時謂之變體，亦無足取，録之以備。

古詩倒字押韻

古人詩押字，或有語顛而于理無害者，不嫌倒押。

雜詩

魏　左思

秋風何洌洌，白露爲朝霜。柔條旦夕勁，緑葉日夜黄。明月出雲崖，皎皎流素光。披軒臨前庭，嗷嗷晨雁翔。高志局四海，塊然守空堂。壯齒不恒居，歲暮常慨慷。「慨慷」字倒押。

律詩倒字押韻

崔氏東山草堂

愛汝玉山草堂静，高秋爽氣相鮮新。有時自發鍾磬響，落日更見漁樵人。盤剥白鴉谷口栗，飯煮青泥坊底芹。何謂西莊王給事，柴門深閉鎖松筠。「鮮新」字倒押。

古詩每句用韻

燉煌太守後庭歌　唐　岑參

燉煌太守才且賢，郡中無事高枕眠。太守到來山出泉，黄沙磧裏人種田。燉煌耆舊鬢皓然，願留太守更五年。城頭出月星滿天，曲房置酒張錦筵。美人紅妝正色鮮，側垂高髻插金鈿。醉坐藏鈎紅燭前，不知鈎在若個邊。爲君手把珊瑚鞭，射得半段黄金錢，此中樂事亦已偏。

古詩用古韻　吴棫《韻補》所載詩賦皆此。

此日足可惜贈張籍　唐　韓愈

此日足可惜，此酒不足嘗。捨酒去相語，共分一日光。念昔未知子，孟君自南方。自矜有所得，言子有文章。我名屬相府，欲往不得行。思之不可見，百端在中腸。維時月魄死，冬日朝在房。驅馳公事退，聞子適及城。命車載之至，引坐于中堂。開懷聽其説，往往副所望。孔丘殁已遠，仁義路久荒。紛紛百家起，鬼怪相披猖。長老守所聞，後生習爲常。少知誠難得，純粹古已亡。譬彼植園木，有根易爲長。留之不遣去，館置城西旁。歲時未云幾，浩浩觀湖江。衆夫指之笑，謂我知不明。兒童畏雷電，魚鱉驚夜光。州家舉進士，選試謬所當。馳辭對我策，章句何煒煌。相公朝服立，正席歌鹿鳴。禮終樂亦闋，相拜送于庭。之子去須臾，淅淅流盛名。竊喜復竊嘆，諒知有所成。人事安可恒，奄忽令我傷。聞子高第日，正從公相喪。哀情逢吉語，惝怳難爲雙。暮宿偃師西，徒展轉在床。夜聞汴州亂，繞壁行徬徨。我時留妻子，倉卒不及將。相見不復期，零落甘所丁。驕兒未絶乳，念之不能忘。忽然在我所，耳若聞啼聲。中途安得返，一日不可更。俄有東來説，我家免罹殃。乘船下汴水，東去趨彭城。從喪朝至洛，還走不及停。假道經盟津，出入行澗岡。日西入軍門，羸馬顛且僵。主人願少留，延入陳壺觴。卑賤不敢辭，忽忽心如狂。飲食豈知味，絲竹徒轟轟。平明脱身去，决若驚鳧翔。黄昏次汜水，欲過無舟船。號呼文乃至，夜濟十里黄。中流上灘潬，沙水不可詳。驚波暗合沓，星宿争翻芒。轅馬蹢躅鳴，左右泣僕童。甲午憩門門，臨泉窺鬥龍。東南出陳許，陂澤平茫茫。道邊草木花，紅紫相低昂。百里不逢人，角角雉雉鳴。行行三月暮，乃及徐南疆。下馬步堤岸，上船拜吾兄。誰云經艱難，百口無夭傷。僕射南陽公，宅我雎水陽。篋中有餘衣，盎中有餘糧。閉門讀書史，窗户忽已凉。日念子來遊，子豈知我情。別離未爲久，辛苦多所經。對食每不飽，共言無倦聽。連延三十日，晨坐達五更。我友二三子，宦遊在西京。東野窺禹穴，李翶觀濤江。蕭條千萬里，會合安可逢。

淮之水舒舒，楚山直叢叢。子又捨我去，我懷焉所窮。男兒不再壯，百歲如風狂。高爵尚可求，無爲守一鄉。

古詩二疊促句换韻法

此法止於六句，三句一换韻，或平或仄。平者换平，仄者换仄。

平聲换韻詩

蘆花如雪洒扁舟，正是滄江蘭杜秋，忽然驚起散沙鷗。平生生計如轉蓬，一身長在百憂中，鱸魚正美負秋風。

仄聲换韻詩

江南秋色推煩暑，夜來一枕芭蕉雨，家在江南白鷗浦。一生未歸鬢如織，傷心日暮楓葉赤，偶然得句應趙壁。

古詩三叠促句換韻法

此法九句，三句一換韻，三叠而止。

觀伯時畫馬

宋　黄庭堅

儀鸞供帳饕蝨行，翰林濕薪爆竹聲，風櫓官燭淚縱横。木穿石盤未渠透，坐窗不傲令人瘦，貧馬百䭏逢一豆。眼明見此玉花驄，徑思着鞭吟詩翁，城西野桃尋小紅。

擬詩

宋　胡仔苕溪

青玻璃色瑩長空，爛銀盤挂屋山東，晚凉徐度一襟風。天分風月相管領，對之技癢誰能忍，吟哦自恨詩才窘。掃寬露坐發興新，浮蛆琰琰抛青春，不妨舉醆成三人。

古詩平頭換句法

此法七句方一換韻。又首句平聲，其注不得雙殺，雙殺者不得此法。

太白贊　宋　蘇軾

天人幾何同一漚，謫仙非謫乃其遊。揮斥八極隘九州，化爲兩鳥鳴相酬。一鳴一止三千秋，開元有道爲少留，縻之不得矧肯求。東望太白橫峨岷，眼高四海空無人。大兒汾陽中令君，小兒天台坐忘身。平生不識高將軍，手涴吾足矧敢嗔，作詩一笑君應聞。

古詩雙殺二句一换韻八句四韻法

采蓮　唐　徐玄之

越艷荆姝慣採蓮，蘭橈畫檝滿長川。秋來江水澄如練，映水紅妝如可見。此時蓮浦珠翠光，此日荷風羅綺香。纖手周遊不暫息，紅英爛熳殊未極。夕鳥栖林人欲稀，長歌哀怨採蓮歸。

古詩雙殺二句即换韻以後不换法

短歌行

唐　李白

白日何短短，百年苦意滿。蒼穹浩茫茫，萬劫太極長。麻姑垂兩鬢，一半已成霜。天公見玉女，大笑億千場。吾欲攬六龍，迴車掛扶桑。北斗酌美酒，勸龍各一觴。富貴非所願，與人駐顏光。

古詩雙殺八句四韻一變法

贈清漳明府姪聿

唐　李白

我李百萬葉，柯條布中州。天開青雲器，日爲蒼生憂。小邑且割雞，大刀停烹牛。雷聲動四境，惠與清漳流。絃歌詠唐堯，脱落隱簪組。心和得天真，風俗猶太古。牛羊散阡陌，夜寢不扃户。問此何以然，賢人宰吾土。舉邑樹桃李，垂陰亦流芬。河堤繞緑水，桑柘連青雲。趙女不冶容，提籠晝成群。繰絲鳴機杼，百里聲相聞。訟息鳥下階，高卧披道帙。蒲鞭掛檐枝，示恥無撲抶。琴清月當户，人寂風入室。長嘯無一言，陶然上皇逸。白玉壺冰水，壺中見底清。清光洞毫髮，皎潔照群情。趙北美嘉政，燕南播高名。過客覽行謡，因之誦德聲。

古詩雙殺六句三韻一變法

陌上桑　唐　李白

美女渭橋東，春還事蠶作。五馬如飛龍，青絲結金絡。不知誰家子，調笑來相謔。妾本秦羅敷，玉顔艷名都。緑條應素手，採桑向城隅。使君且不顧，况復論秋胡。寒螿愛碧草，鳴鳳棲青梧。托心自有處，但怪旁人愚。徒令白日暮，高駕空踟躕。

古詩末句變韻法一云漏底韻法

春思　唐　李白

燕草如碧絲，秦桑低緑枝。當君懷歸日，是妾斷腸時。春風不相識，何事入羅幃。

古詩逐句韻二韻一變法

擬古東飛百勞西飛鷰　唐　李嶠

傳書看鳥迎簫鳳，巫嶺荆臺數通夢。誰家窈窕住圓樓，五馬千金照陌頭。羅裙玉珮當軒出，點翠拖紅競春日。佳人二八盛舞歌，羞將百萬呈雙蛾。庭前芳樹朝夕改，空駐妍華欲誰待。

古詩八句兩變韻前後如兩絶句法

軍中人日登高贈房明府　唐　宋之問

幽郊昨夜陰風斷，頓覺朝來陽推煖。涇水橋南柳欲黄，杜陵城北花應滿。長安昨晚寄春衣，短翮登兹一望歸。聞道凱旋乘騎入，看君走馬見芳菲。

古詩五句一變韻後用長短句變韻法

白紵辭　　唐　李白

月寒江清夜沉沉，美人一笑千黄金。垂羅無縠楊哀音，郢中白雪且莫吟。子夜無歌動君心，動君心，冀君賞。願作天池雙鴛鴦，一朝飛去青雲上。

古詩重用韻法

飲中八仙歌　　唐　杜甫

此詩或五句一意，或三句一意，或二句，或一句一意。任意單殺、雙殺重用。三「前」字、三「天」字、二「眠」字、二「船」字韻，然不失體。此子美之妙處。

知章騎馬似乘船，眼花落井水底眠。汝陽三斗始朝天，道逢麴車口流涎，恨不移封向酒泉。左相日興費萬錢，飲如長鯨吸百川，御杯樂聖稱世賢。宗之瀟洒美少年，舉觴白眼望青天，皎如玉樹臨風前。蘇晉長齋綉佛前，醉中往往愛逃禪。李白一斗詩百篇，長安市上酒家眠，天子呼來不上船，自稱臣是酒中仙。張旭三杯草聖傳，脱巾露頂王公前，揮毫落紙如雲烟。焦遂五斗方卓然，高談雄辯驚四筵。

橋按：一詩中重用韻，非格。如曹子建《美女篇》用二「難」字，在唐以前。詩自沈約拘聲韻以來，不得重押韻。如任昉《哭范僕射》詩用二「生」字，如「夫子值狂生」、「千齡萬恨生」，猶是二義。如「猶我故人情」、「生死一交情」、「欲以遺離情」，三字皆一義。《天厨禁臠》謂平韻可重押，殆未之思矣。

王維《上平田》絶句用二「田」字，高適《玉真公主歌》用二「仙」字，謝康樂《述祖德》詩用二「人」字。杜甫《八仙歌》重用三、四韻，《焦仲卿妻》詩有三韻，六、七用一韻，重用二十餘，東坡用二「耳」字韻。然在沈約以前者不論，在沈約以後者皆非也。

古詩協韻法

協韻，《離騷》多用之，今録古詩二首以備。

古詩

客從遠方來，遺我一端綺。文綵雙鴛鴦，裁爲合歡被。著以長相思，緣以結不解。以膠投漆中，誰能别離此。「解」字，「舉」、「履」協。

古詩

生年不滿百，常懷千歲憂。晝短苦夜長，何不秉燭遊。爲樂當及時，何能待來兹。愚者愛惜費，但爲塵世嗤。仙人王子喬，難可以等期。「憂」字，協音「醫」。「游」字，協音「夷」。

古詩借韻法

此法如七虞可借八微、十一齊，一韻也。

古詩全不押韻法

古采蓮曲 缺

采蓮曲

此詩兼長短句法，中間或押韻、變韻，或不押韻，任意變化。

採蓮歸，緑水芙蓉衣。秋風起浪鳧雁飛，桂棹蘭橈下長浦，羅裙玉腕輕摇櫓。葉嶼花潭極望平，江謳越吹相思苦。相思苦，佳期不可駐。塞外征夫猶未還，江南採蓮今已暮。採蓮花，渠今那必盡娼家。官道城南把桑葉，何如江上採蓮花。蓮花復蓮花，花葉何稠叠。葉翠本羞眉，花紅强如頰。佳人不在兹，悵望别離時。牽花憐共蒂，折藕愛蓮絲。故情無處所，新物徒華滋。不惜西津交珮解，還羞北海雁書遲。采蓮歌有節，采蓮夜未歇。正逢浩蕩江上風，又值徘徊江上月。徘徊蓮浦夜相逢，吴姬越女何丰茸。共問寒江千里外，征客關山路幾重。

葫蘆韻法

葫蘆韻，謂前少後多，前二後四。今録太白詩一首以備，未知然否。鄭谷與僧齊己、黄損等定此等格，未之有詩。

獨酌清溪江石上寄權昭夷〔二〕

唐　李白

我携一罇酒，獨上江祖石。自從天地開，更長幾千尺。舉杯向天笑，天回日西照。永賴坐

〔二〕「昭」，原本作「照」，據宋刻本《李太白集》改。

此石，長垂嚴陵釣。寄謝山中人，可與爾同調。

轆轤韻法

單轆轤者，單出單入，兩句換韻。雙轆轤者，雙出雙入，四句换韻。

單轆轤缺

雙轆轤

妾薄命

唐　李白

前人未有詩，今録李太白詩一首以備，然亦未知然否。當必有真知之者，姑俟。太白此詩是四句兩變一韻，恐未爲雙轆轤格。轆轤格其法疑如前二韻在「東」字韻，次二韻入「冬」字韻，第三兩韻還入「東」字韻，第四兩韻却入「冬」字韻。

漢帝寵阿嬌，貯之黄金屋。咳唾落九天，隨風生珠玉。寵極愛還歇，妒深情却疏。長門一步地，不肯暫迴車。雨落不上天，水覆難再收。君情與妾意，各自東西流。昔日芙蓉花，今成斷根草。以色事他人，能得幾時好。

進退韻法

進退韻者，一進一退。如一詩四韻，第一韻與第三韻同韻，第二韻與第四韻同韻。

贈唐介謫英州别駕 七言律

宋 李師中

孤忠自許衆不與，獨立敢言人所難。去國一身輕似葉，高名千古重於山。並游英俊顔何厚，未死奸諛骨已寒。天爲吾皇扶社稷，肯教夫子不生還。「難」、「寒」字同在二十五「寒」韻，「山」、「還」字同在二十七「山」韻。

進退韻近體 五言律

宋 韓子蒼

盗賊猶如此，蒼生困未蘇。今年起安石，不用哭包胥。子去朝行在，人應問老夫。髭鬚衰白盡，瘦地日携鉏。「蘇」、「夫」字同在十「虞」韻，「胥」、「鉏」字同在九「魚」韻。

附録

大韻 以下沈約「八病」中四病。

大韻者，重疊相犯。如五言詩以「新」字爲韻者，九字内若用「津」、「人」字及「聲」、「鳴」字爲韻者，九字内若用「驚」、「傾」、「平」、「榮」字，是爲大韻，皆不可。胡姬年十五，春日正當壚。「胡」字與「壚」字同在「虞」字韻，是爲大韻相犯。

小韻

小韻者，除本韻外，九字中不得有兩字同韻，如「遥」、「條」同韻之類。客子已乖離，那宜遠相送。「子」字、「已」字同在「紙」韻，五字内相犯。「離」字、「宜」字同在「支」字韻，九字内相犯。五字最急，九字較緩。

正紐

正紐者，「壬」、「紝」、「任」、「入」一紐，一句内有「壬」字，更不得犯「紝」、「任」、「入」字。

我本漢家女，來嫁單于庭。「家」字、「嫁」字係正紐。

傍紐

傍紐者，如五言詩一句中有「月」字，更不可用「元」、「阮」、「願」字，此是雙聲，即傍紐。五字中急，十字稍緩。十字内兩字雙聲爲正紐，若不共一紐而又有雙聲，爲傍紐。如「流」、「六」爲正紐，「流」、「柳」爲傍紐。

傍紐者，緣聲而來相忤也，然字從連韻而來，故相參。若「金」、「錦」、「禁」、「急」，與「陰」、「飲」、「蔭」、「邑」，是連韻紐之。若「金」與「陰」，及「飲」與「錦」，此傍會與之相參。此正紐、傍紐之不同。

丈人且安坐，梁陳將欲起。「丈」字、「梁」字係旁紐。

雙聲疊韻

雙聲溪上思

唐 陸龜蒙

溪空唯容雲，水密不隕雨。迎漁隱映間，妄問謳雅摣。

叠韻山中吟

瓊英輕明生，石脉滴瀝碧。玄鉛山偏憐，白幘客亦惜。

古人以四聲爲切韻，紐以雙聲叠韻，必以五音爲定。東方喉聲爲木音，西方舌聲爲金音，南方齒聲爲火音，北方唇聲爲水音，中央牙聲爲土音。雙聲者，同音而不同韻；叠韻者，同音而又同韻。「互」、「護」同爲唇音，而二字不同韻，故謂之雙聲。「礉」、「碻」同爲牙音，而二字又同韻，故謂之叠韻。若「彷彿」、「熠燿」、「騏驥」、「慷慨」、「咿喔」、「霡霂」，皆雙聲，「侏儒」、「童蒙」、「崆峒」、「巃嵸」、「螳螂」、「滴瀝」，皆叠韻。

方穿詰曲崎嶇路，又聽鈎輈格磔聲。「詰曲」、「崎嶇」爲雙聲〔二〕，「鈎輈」、「格磔」爲叠韻。

梁橋曰：貞韻何？韻不貞，非格也。乃予歷考漢、魏以及乎初唐、正唐、晚唐諸名家詩法，見其韻有此凡例，謹掇拾以告作者。然押韻不必有處，忌俗韻，忌啞韻，亦不可不知，敢併及之。

〔二〕「聲」，原本作「韻」，據文意改。

冰川詩式

變格　全篇皆平格
全篇皆仄格　五平五仄格
失粘格　失律附
七言律詩平仄式
正格　偏格
變格　拗句格
失粘格　失律附
附録
平頭　上尾
蜂腰　鶴膝
句内避忌

冰川詩式卷之五

審聲

五言絶句平仄式

正格

此法以第二字仄入，謂之正格。

武侯廟　　唐　杜甫

遺廟丹青落，空山草木長。猶聞辭後主，不復卧南陽。

偏格

此法第二字平入，謂之偏格。

秋朝覽鏡　唐　薛稷

客心驚落木，夜坐聽秋風。朝日看容鬢，生涯在鏡中。

失粘格

贈喬侍御　唐　陳子昂

漢庭榮巧宦，雲閣薄邊功。可憐驄馬使，白首爲誰雄。

拗句格

五言絶句大抵貴拗律。

同群公題張處士菜園　唐　高適

耕地桑柘間，地肥菜常熟。爲問葵藿資，何如廟堂肉。

各爲平仄格

鹿柴　　唐　王維

空山不見人，但聞人語響。返景入深林，復照青苔上。

四句平仄不變格

孟城坳　　唐　裴迪

結廬古城下，時登古城上。古城非疇昔，今人自來往。

前二句平仄不變格

蟬　　唐　虞世南

垂緌飲清露，流響出疏桐。居高聲自遠，非是藉秋風。

後二句平仄不變格

洛陽道　唐　儲光羲

洛水春冰開，洛城春樹緑。朝看大道上，落花亂馬足。

七言絶句平仄式

正格

苑中遇雪應制 說見「五言」　唐　宋之問

紫禁仙輿詰旦來，青旂遥倚望春臺。不知庭霰今朝落，疑是林花昨夜開。

偏格

逢入京使　唐　岑參

故園東望路漫漫，雙袖龍鍾淚不乾。馬上相逢無紙筆，憑君傳語報平安。

失粘格

泛洞庭　　唐　張説

平湖一望上連天，秋景千尋下洞泉。忽驚水上江華滿，疑是乘舟到日邊。

拗句格

其法以當下平字處，以仄字易之，則其氣挺然不群。此體始於杜子美、李太白。

登廬山五老峰　　唐　李白

廬山東南五老峰，青山削出金芙蓉。九江秀色可攬結，吾將此地巢雲松。

各爲平仄格

其法前二句皆平或仄，後二句皆仄或平。

過燕支寄杜位　唐　岑參

燕支山西酒泉道，北風吹沙卷白草。長安遥在日光邊，憶君不見令人老。

四句平仄不變格

秋山　唐　張籍

秋山無雲復無風，溪頭看月出深松。草堂不閉石床静，葉間墜露聲重重。

前二句不變格

送劉判官赴磧西　唐　岑參

火山五月行人少，看君馬去疾如鳥。都使行營太白西，角聲一動胡天曉。

後二句平仄不變格

竹枝詞　　唐　劉禹錫

日出三竿春霧銷，江頭蜀客駐蘭橈。憑寄狂夫書一紙，家住成都萬里橋。

五言律平仄式

按，五言律貴字字平仄諧和。失粘、失律皆不合律。然唐人詩亦有數格，今録以備。

正格

春夜喜雨

好雨知時節，當春乃發生。隨風潛入夜，潤物細無聲。野徑雲俱黑，江船火獨明。曉看經濕處，花重錦宫城。

偏格

題李疑幽居　　唐　賈島

閑居少鄰並，草徑入荒園。鳥宿池邊樹，僧敲月下門。過橋分野色，移石動雲根。暫去還來此，幽期不負言。

變格

此法與正律相反，首尾自爲平仄，謂之變律。五言律出康求，七言律出岑參，此格自唐已有之。康求詩，諸詩法中具載。岑參詩格，有表出録，見「七言」。

題鄭家隱居　　唐　康求

不信最清曠，及來愁已空。數點石泉雨，一溪霜葉風。業在有山處，道歸無事中。酌盡一杯酒，老夫顔亦紅。

全篇皆平字格

五平體

夏日閑居　　唐　陸龜蒙

荒池河浦深，閑居苔莓平。江邊松篁多，人家簾櫳清。爲書淩遺編，調絃夸新聲。求歡雖殊途，探幽聊怡情。

費少司成歸省作此分韻　　本朝　丘濬

青年登高科，掄才官詞垣。文名聞宸旒，超陞來橋門。封章陳私情，歸榮蒙皇恩。鄉邦生光輝，遄還朝天閽。

全篇皆仄字格

五仄體　宋　梅聖俞

月出斷岸口，影照别舸背。且獨與婦飲，頗勝俗客對。月漸上我席，暝色亦稍退。豈必在秉燭，此景已可愛。

一句平，一句全仄格

雪詩五平五仄體

春雲驕難同，朔雪苦不足。寒聲驚人眠，曉色奪我目。龍鸞交横飛，玉鰐兩滅没。天開先春花，地秉不夜燭。沙鷗湯焊翎，海鰐陸死骨。輕塵揚遊絲，暗響遞折竹。空林炊烟遲，近市酒券促。平增江山清，厚滿澗壑欲。荒汙蒙包含，螣蜢賴斥逐。天心貽來牟，帝命走嶽瀆。歡呼馳黄童，瑞藹動白屋。行將登弦歌，豈止塞口腹。而予章縫儒，濫擁繡豸服。觀風聽民謡，稽首效華祝。休徵年年如，聖主萬萬福。

失粘格

頷聯失粘格

早春桂林殿應詔　　唐　陳叔達

金鋪照春色，玉律動年華。朱樓雲似蓋，丹桂雪如花。水岸銜階轉，風條出柳斜。輕輿臨太液，湛露酌流霞。

頷聯頸聯失粘格

侍宴歸雁堂　　唐　虞世南

歌堂面緑水，舞館接金塘。竹開霜後翠，梅動雪前香。鳧歸初可侶，雁起欲分行。刷羽同棲集，懷恩愧稻粱。

頸聯失粘格

白下驛餞唐少府　唐　王勃

下驛窮交日，昌亭旅食年。相知何用早，懷抱即依然。浦樓低晚照，鄉路隔風烟。去去如何道，長安在日邊。

頷聯末聯失粘格

折楊柳　唐　盧照鄰

倡樓起曙扉，楊柳正依依。鶯啼知歲隔，條變識春歸。露葉凝愁黛，風花落舞衣。攀折將安寄，軍中音信稀。

末聯失粘格

散關晨度　唐　王勃

關山陵旦開，石路無塵埃。白馬高譚去，青年真氣來。重門臨巨壑，連棟起崇隈。即今揚策度，非是棄繻回。

失律此失律非以爲格。詩貴知病，此亦詩中一病，但唐人亦不甚忌，今録以告作者。

除夜宿石頭驛　唐　戴叔倫

「問」、「夜」、「事」、「鬢」四字俱去聲。

旅館誰相問，寒燈獨可親。一年將盡夜，萬里未歸人。寥落悲前事，支離笑此身。愁顔與衰鬢，明日又逢春。

七言律詩平仄式

正格

九日　唐　杜甫

老去悲秋强自寬，興來今日盡君歡。羞將短髮還吹帽，笑倩傍人爲正冠。藍水遠從千澗落，玉山高並兩峰寒。明年此會知誰健，醉把茱萸仔細看。

偏格

行經華陰　唐　崔顥

岧嶢太華俯咸京，天外三峰削不成。武帝祠前雲欲散，仙人掌上雨初晴。河山北枕秦關險，驛路西連漢畤平。借問路傍名利客，無如此處學長生。

變格自爲平仄

使君席夜送嚴河南赴長水　唐　岑參

嬌歌急管雜青絲，銀燭金杯映翠眉。使君地主能相送，何尹天明坐莫辭。春城月出人皆醉，野戍花深馬去遲。寄聲報爾山翁道，今日河南勝昔時。

失粘格

律詩有定體，然時出變體。如兵出奇，變化無窮，尤是驚世駭俗。

引韻便失粘格

卜居　唐　杜甫

浣花流水水西頭，主人爲卜林塘幽。已知出郭少塵事，更有澄江銷客愁。無數蜻蜓齊上下，一雙鸂鶒對沉浮。東行萬里堪乘興，須向山陰上小舟。

第二聯失粘格

詠懷古迹　唐　杜甫

摇落深知宋玉悲，風流儒雅亦吾師。悵望千秋一洒淚，蕭條異代不同時。江山故宅空文藻，雲雨荒臺豈夢思。最是楚宫俱泯滅，舟人指點到今疑。

第三聯失粘格

仲夏嚴公枉駕　唐　杜甫

竹裏行厨洗玉盤，花邊立馬簇金鞍。非關使者徵求急，自識將軍禮數寬。百年地僻柴門迴，五月江深草閣寒。看弄漁舟移白日，老農何有罄交歡。

第四聯失粘格

哭呂衡州　唐　柳宗元

衡嶽新摧天柱峰，士林憔悴泣相逢。祇令文字傳青簡，不使功名上景鍾。三畝空留懸罄室，九原猶寄若堂封。遥想荆州人物論，幾回中夜惜元龍。

第二聯三聯失粘格

出塞作　唐　李憕

居延城外獵天驕，白草連天野火燒。暮雲空磧時驅馬，秋日平原好射雕。護羌校尉朝乘障，破虜將軍夜度遼。玉靶角弓珠勒馬，漢家將賜霍嫖姚。

第三聯四聯失粘格

所思　　唐　杜甫

苦憶荆州醉司馬，謫官尊酒定常開。九江日落醒何處，一柱觀頭眠幾回。可憐懷抱向人盡，欲問平安無使來。故憑錦水將雙淚，好過瞿塘灎澦堆。

第二聯四聯失粘格

奉和初春幸太平公主南莊應制　　唐　趙彦昭

主第岩扃架鵲橋，天門閶闔降鸞鑣。歷亂旌旂轉雲樹，參差臺榭入烟霄。林間花雜平陽舞，谷裏鶯和弄玉簫。已陪泌水追歡日，行奉茅山訪道朝。

拗句格

題省中院壁

掖垣竹埤梧十尋，洞門對雪常陰陰。落花遊絲白日静，鳴鳩乳燕青春深。腐儒衰晚謬通籍，退食遲回違寸心。衮職曾無一字補，許身愧比雙南金。

失律附

失律非以爲格。詩貴知病，此亦詩中一病，但不甚忌。

送楊少府貶柳州「遠」、「口」、「于」三字俱上聲。　唐　王維

明到衡山與洞庭，若爲秋月聽猿聲。愁看北渚三湘遠，惡説南風五兩輕。青草瘴時過夏口，白頭浪裏出湓城。長沙不久留才子，賈誼何須弔屈平。

寄友人「妙」、「暮」、「住」三字俱去聲。　元　范德機

綉衣行部直南州，幕府英名蚤歲收。如此一臺兼二妙，令人萬里破千愁。桄榔葉暗潮聲莫，薜荔花懸岳影秋。此去三湘寧久住，近天須應璽書求。

鄭駙馬潛曜宴洞中「薄」、「麓」、「谷」三字同入聲，「麓」、「谷」二字又同韻。　唐　杜甫

主家陰洞細烟霧，留客夏簟青琅玕。春酒杯濃琥珀薄，冰漿椀碧瑪瑙寒。誤疑茆堂過江

麓，已入風磴霾雲端。自是秦樓壓鄭谷，時聞雜珮聲珊珊。

附録

平頭以下沈約「八病」中四病。

平頭，如五言第一字不得與第六字同聲，第二字不得與第七字同聲，餘以例推。

今日良晏會，歡樂難具陳。「今」、「歡」字同平聲，「日」、「樂」字同入聲。

上尾

上尾者，如五言詩，第五字不得與第十字同聲，餘以例推。

西北有高樓，上與浮雲齊。「樓」、「齊」同平聲。

蜂腰

蜂腰者，第二字不得與第五字同聲，兩頭大，中心細，似蜂腰。

聞君愛我甘，切欲自修飾。「君」、「甘」同平聲，「欲」、「飾」同入聲。

鶴膝

鶴膝者，第五字不得與第十五字同聲，兩頭細，中心粗，如鶴膝。

客從遠方來，遺我一書札。上言長相思，下言久離别。「來」、「思」同平聲。

句内避忌

作詩平仄，固有平頭、上尾、蜂腰、鶴膝。然一句之内，其法須首尾避之，第三字不得與第五字相犯，第五字不得與第七字相犯。平頭、蜂腰猶可，上尾、鶴膝最忌。

梁橋曰：審聲者何？聲不審，非律也。古人作詩自應律度，未嘗以音韻爲主。自沈約崇尚韻學，則欲使宫商相變，低昂殊節，若前有浮聲，則後有切響。一篇之内，音韻盡殊；兩句之中，輕重悉異。妙達此旨，方可言詩。是則審聲之不可以已也。